西国の獅子

劉　寒吉

海鳥社

本扉装画・尾形光琳「波濤図屏風」(メトロポリタン美術館蔵)

西国の獅子■目次

西国の獅子

本書は、「夕刊フクニチ」（フクニチ新聞社）にて昭和五十五年（一九八〇）七月一日より十二月三十一日まで、計一八〇回にわたり連載された小説を底本としています。

あきらかに間違いと思われるものは訂正し、括弧内の旧地名は現在の地名に改めましたが、基本的には原文にしたがっております。また、一部の漢字には編集部でルビを振りました。

本文中、現在からみれば不当、不適切と思われる表現がありますが、著者に差別的意図のないこと、時代背景と作品価値とを鑑み、原文のままにしております。

南蛮船

由布山から鶴見岳にかけての山道は、大小の丘が起伏して、一面ぼうぼうたる夏草の原である。その丈なす雑草をたたきつけて大粒の雨が降っている。まっ暗い空から、その空いっぱいに溜っていた水が、一度にくつがえったみたいなすさまじさである。

その大夕立の山腹の草原を一騎がまっしぐらに馳けている。人も馬もぐしょ濡れである。その狩装束の騎馬武者の面上には薄笑いが浮かんでいる。若い武士だ。体つきこそおとな並みだが、いかにも荒っぽい悪戯を好みそうな、眼のするどい少年である。

黒い空間を引き裂いて太い稲妻が光った。とたんにごうぜんと天地をゆるがして前方の森に火柱が立った。落雷におどろいた馬が悲鳴をあげて棒立ちになった。少年は鞍に身を沈めると巧みに馬をなだめた。

ふたたび豪雨を衝いて爽快なほどの疾駆がはじまる。

落雷を最後に、雨脚はしだいにゆるくなった。黒い雲を割って、かっと真夏の太陽が照りつけてきた。

夕立の去ったころ、騎馬は鶴見岳の山腹をめぐって遠く海を望む丘の上を馳けていた。はるかな豊後灘の果てに、一点、黒い船影があった。少年ははじめて馬を停めた。

眼下は、別府《べっぷ》の村である。散在するわずかばかりの農家のあちこちから、いで湯のけむりが立っている。

その向う、左の国東《くにさき》半島と、右の長い岬とが、両腕のようにのびた間の海に、瓜生《うりゅう》島と久光《ひさみつ》島の二つの小さな島が浮かんでいる。

黒い船影はその瓜生島の彼方、岬の沖のあたりから北方に向っているようであった。見なれない黒い帆を張った異様な船である。

速い船脚だ。ぐんぐん近づいてくる。右手の海になだれ入っている高崎山の頂上から白い煙が昇った。急を府内《ふない》（今の大分市）の大友屋形に報じる烽火である。少年は馬に鞭をくれると、府内へ向う急坂を一気に馳け下っていった。

しばらくすると、今しがた少年武者が馳けてきた山の道を二十騎ばかりが一団となって疾駆してきた。人も馬もびっしょりと汗をかいている。いずれも狩すがたの若武者ばかりだ。中の五人ばかりは鷹を左の拳にとまらせている。

「若殿は、どこじゃ」

「かなわぬ。すばしこい若殿じゃ」

「ヤッ、高崎砦にのろしが昇っておるぞ」

「おうッ、見ろ。あれは南蛮船ではないか」

「うむッ、南蛮船じゃッ」

「おおッ、若殿は、あれに。もう峠を馳けくだっておられる」

「急ごう。おくれると、また大目玉ぞ」

若武者の一団はくちぐちに叫びかわしながら、雨あがりの坂の道をなだれ落ちるようにくだっていった。

豊後府内、現在の九州大分市の町はずれの浜、神宮寺浦は、すでにおびただしい人の群れである。大友館《やかた》からも多勢の武士が出張って、声高らかにわめきあっていた。

「やあ、若殿が見えられた。新太郎殿がござらしたぞ」

「いつもの鷹狩りのお帰りと見ゆる」

「みんな、道をあけい。若殿ぞッ」

館の武士の声に、どっと群集がゆれると、たちまちに一条の道が開らかれた。

なにせ、お館の新太郎殿といえば、年齢こそまだ十五歳だが、猛勇をもって知られる恐ろしい若殿である。

この二月の狼退治のうわさは、まだ人びとの記憶になまなましい。由布山《ゆふ》に狼が出没して麓の田畑を荒らしていると聞いた新太郎は、屈強の若い家臣たちを連れて山に向った。すると果して狼が出てきた。しかも親が二頭に、子が三頭の、五頭連れである。

家臣たちは恐れて、一人として近づく者がない。遠巻きにして、身を縮めているばかりだ。

怒った新太郎は、単身、突進した。たちまちにして四頭の狼を谷底に投げ落すと、逃げおくれた一頭の子狼を生け捕りにしてしまった。

爾来、新太郎の暴勇はおさまらず、あばれ馬を乗りまわしたり、山狩りをしたり、とかく荒ら事を好んだ。お館の若殿、と聞くと、府内の城下では、武士も土民も鬼神のようにおそれた。

神宮寺浦を埋めた人の群れの中で馬をすてると、新太郎は浜の砂の上に仁王立ちになって沖を睨んだ。五尺七寸はあろう。眼光はするどいが、顔立ちの整った美丈夫である。

南蛮船は神宮寺浦の沖合いまで進んでくると、黒い大鳥が翼を休めるように、二枚の帆を捲いて碇泊した。二艘のバッテラ（洋式船に搭載された小船）がおろされる。

バッテラが浜につくと、二十人ばかりの異国人が上陸してきた。先頭に立っているのは日本の武士である。

佇立《ちよりつ》している新太郎の前まで来ると、うやうやしく一礼した。

「種子島時堯《ときたか》殿が家の者にて島名左太夫と申します。大友殿のお招きにてポルトガル人どもを引き連れてまいりました。お館によろしくお伝え下されい」

赭顔《しやがん》のポルトガル人たちは、いずれも顔半分が赤髭に埋っている。

「案内しよう。父上のお頼みの鉄砲は持参しておるか」

新太郎がきくのに、

「あれでございます」

と左太夫が指すと、一人の赤髭が、手にしていた鉄砲を空に向けて、いきなり発射した。群集が「わあッ」と飛び上ったほどの恐ろしい音がひびいた。

その驚愕の叫びに向って、さきほどから上空を舞っていた一羽の鳶が落ちてきた。

浜辺に集っている群集がおどろいているのを見ると、大男の赤髭は鉄砲を高くかかげて新太郎に近づき、

「ケッケ、ケッケ、ケ」

と鴉のような声を立てて笑った。

「あ、こやつ。無礼なまねをするな」

島名左太夫は赤髭を制して、

「こやつはピントと申す無作法者でござるが、なにしろ言葉が通じませず、万々おゆるし下されませ」

「承知しておる」

とこたえて、新太郎は馬に乗った。

浜から館までは、それほど遠い道のりではない。一里弱、半里というところであろうか。新太郎が館にかえりつくと、広庭にはすでに父の義鑑《よしあき》を中心に重臣たちが集っていた。

左近衛権少将、修理大夫義鑑は、このとき豊後、豊前、筑後、肥後四ケ国を領有する大友家第二十

代の当主である。

「おお、新太郎、南蛮人どもはいかがしておる」

「さきほど上陸いたしました。間もなく到着いたすでしょう」

そういって新太郎は父のそばに立った。

ポルトガル船が種子島に着いたのは一昨年、天文十二年（一五四三）八月で、わが国にはじめて鉄砲が伝来したのは、このときであった。

これまで見たこともなかった新しい兵器、鉄砲なるものが種子島に伝えられたと旅の商人から聞くと、義鑑はそれが欲しくなった。欲しくなったとだけではいいたりない。矢も楯もたまらぬという風情で、子供のように欲しがった。

すぐに種子島の領主、種子島時尭に手紙を出して、豊後にポルトガル船の来航を依頼したのである。それが一昨年のことで、いま、待ちに待った南蛮船がやってきたというのだ。

これまでにも豊後の港に南蛮船が来なかったというわけではない。

享禄三年（一五三〇）の夏には南蛮の大船九隻が臼杵《うすき》に着岸している。このときは絹布、毛皮、薬種のほか、さまざまに珍奇な品が荷上げされたために、諸国からおびただしい商人が集ってきた。これはわが国の最初の外国貿易であった。

さらに天文十年（一五四一）の七月には二百八十人を乗せた唐船が神宮寺浦に入津し、八月には貿易の唐船が五隻もやってきた。

大友家は大いに交易をし、朝廷や足利幕府にさかんに金品を贈って、買官運動をした。大友家に欲しいものは金や珍品ではない。いまや武器である。新しい兵器である。近隣の強豪を薙ぎ倒す新鋭の武器であった。

そんなときに大友義鑑が夢にまで見た強力な武器を積んで、ポルトガル船がやってきたのである。館の櫓《やぐら》から太鼓が鳴りだした。南蛮船の一行を迎える太鼓である。その太鼓の音の中から種子島家から派遣された島名左太夫を先頭にして、二十人余の南蛮人が現れた。

南蛮人の先頭にあるのは赤髭のピントである。このときの会見では、義鑑も、その子の新太郎もまだ知るはずはなかったが、このピントこそは世界を股に活躍して「海賊ピント」の名で知られたフェルナン・メンデス・ピントである。

このピントのことをすこしく説明するならば、かれは幼時家が貧しかったためにリスボンに出て、ある貴婦人の家に奉公していたが、一五三七年（天文六年）志を立てて、つまり一と旗あげる決心をもって、東洋に出かけた。

以来、二十余年間、東洋諸国を渡りあるいた。その間、前後三十回も捕虜となり、あるときは軍人となり、あるいは官吏となり、商人となり、僧侶、乞食、奴隷などと波瀾を重ねたが、最も知られているのは、印度洋や南シナ海で活躍した海賊業である。みずからも自分を紹介するときなどは、好んで「海賊ピント」と自慢げに名乗った。つまりは中世に多く輩出した冒険商人の一人であった。

のち、一五五八年（永禄元年）にポルトガルに帰国して、生涯の回顧録を書いた。「東洋遍歴記」である。

その中におもしろい箇所がある。

――この地（府内）の住民は予の射撃術を見て、すこぶる奇異の思いを抱いた。国主（大友義鑑）の公子は当年十六歳、或る日、二人の従者を連れて予の宿舎を訪れたが、予の熟睡を機とし、ひそかに予の銃を取り、無法に火薬を詰め込みて、庭前の黄なる橙《だいだい》を的に発射した。俄然、銃は三つに破裂し、公子は後にどっと倒れた。

かの従者は、国主の御殿にかけつけ「公子は異国人の鉄砲にあたり、哀れなる最後をとげられたり」と大声に呼ばわりしため、多数のサムライが押し寄せて、われらを囲み、まさにわれらを殺害せんとした。

然るに国主は「止まれ者共、悪しきはこの南蛮人ならず。粗忽なことをして、後悔すべからず」とかれらを制すると、鮮血にまみれていた公子はにわかに眼をさまし「ああ、悪しきはわれなり」と叫ばれた。

ああ、奇なるかな。偉なるかな。――

というのがピントの回想録の冒頭の部分の大要だが、この一章はたいへんに誇張されている。いわば海賊ピントらしい劇的な場面展開である。事実は、似ているが、だいぶ違う。

そのとき、南蛮人の一隊二十人ばかりが義鑑の前にならぶと、またもやピントが、奇声を発した。

「何と申しておるのだ」

不審げに義鑑がたずねると、

「かたい物を出せ。撃ち抜いてみせると申しています」

と島名左太夫が通訳した。

「ほほう、おもしろい」と義鑑は大きくうなずいて、かたわらの侍臣に命じた。「大楯を三枚、用意せい」

楯が持ち出されると、またもや海賊ピントがなにやら大声でわめき立てて騒ぎだした。島名左太夫が前の方にならんでいる若者の腕をつかんで引き出すと、ピントは、左太夫とその青年を押し戻して、鴉のような声でわめいた。

義鑑が招くと、左太夫は恐縮したように腰をかがめて、

「かのピントなる奴、この試射は自分がしたい、自分以外には出来る奴はおらぬ、などと申し立てております。なにかといえば出しゃばって、いやな男でございますが、いかがでございましょう、あやつに試射をいたさせては」

「そう致させい、早いがよいぞ」

左太夫がそばに寄って、なにやら伝えると、ピントは満面笑みをうかべて、「ケッケッケ、ケッケッケ、ケ」と笑声を立てながら、鉄砲を高くさし上げて、愉快そうにグルグルまわした。

それから胸を張って広庭の中央に進んで、遠くに立てられた三枚重ねの大楯に狙いを定めた。広庭がシーンと静まった瞬間、すさまじい銃声がした。見物人たちが、「あッ」と耳をおさえると、向うの大楯がはげしくはね飛んだ。

見物の家臣が一団となって、的に向って走った。

「お屋形、見事でございます。まことに、三板とも打ちほいでおりますぞッ」

と叫んで、その楯を義鑑のもとに持っていった。

「うむ、みごとじゃ。こんどは、だれか代ってやってみい。あの南蛮鉄砲を撃ってみい」

義鑑の声に応じて四、五人が出ていったが、その中から、背丈けこそピントに劣らぬ大きさだが、まだ若い瀬古馬之介が選ばれた。使用法をピントと左太夫から手ほどきを受けると、広庭に立った。向うに、またもや三枚重ねの大楯が立てられた。

どッと歓声があがった。その刹那、耳をつん裂く烈しい音がひびくと、

「わあッ」

と絶叫して、瀬古馬之介が倒れた。

馬之介だけではない。近くにいた三人ばかりが、いずれも顔から血を噴き出して倒れ、鋼鉄製の銃身は三つに裂けて、吹き飛んでいた。

「馬之介」

と、さけんで走り寄ったのは新太郎である。

新太郎は、いきなりじぶんの袂を引きちぎって、傷口にあてると、抱きかかえた。

「馬之介、しっかりせいッ」

馬之介は、この日、鶴見岳中腹の草原を、若殿を追って馬を走らせた若い侍臣の一人である。

新太郎はやがて立ち上った。家来の失敗を嗤《わら》うような表情を浮べているピントに近づくと、いきな

り馬鞭をふるって、その髭面を打ちすえた。

はじめは度肝を抜かれて、あわてふためいて逃げまわっていたピントも、新太郎の攻撃があまりにも烈しく、その怒りが真剣なことに気がつくと、態勢をとり直した。腰に下げていた短剣を抜いたのである。

ピントは短剣を閃めかして、新太郎の胸を狙った。広庭は騒然となった。若殿に向って抜剣した男を許してよいはずがない。いっせいに殺気立ったのを見ると義鑑は、手をあげて制した。

「手出しはならぬぞッ。みんな、ひかえい」

ピントというのは身がるい男である。新太郎の周囲を、剣をかざしながら、左に右に跳ね、瞬時も止るときがない。

しかし新太郎は刀を抜かない。さきほどふるった馬鞭を持った右手を、ダラリと下げたままである。ピントの動きにつれて、わずかに体の向きを変えるだけで、こちらから攻めようとはしない。

目まぐるしいピントである。大男のくせに、身のこなしはまるで野鼠のようにすばしこい。そしてときどき「ケッケッケ、ケッ」と奇声をあげて、突進した。

ピントの跳躍も、しかしながくはつづかなかった。新太郎の一撃をくらうと、頭をかかえて、うずくまってしまったのである。

「その者を、牢に入れておけ」

と命じて義鑑は広庭を去った。

父の歩み去るうしろ姿を見送りながら、新太郎はうれしかった。

ピントが剣を抜いたために家臣がさわぎ立ったとき、父は手をあげて制した。父は子の力量を知っていたのだ。ピントなど一撃をもって倒すにちがいないわが子の腕を信頼しているのだ。驍名《ぎようめい》天下にあまねて、いまや九州の王者として仰がれる義鑑が、誇りやかに子の武力を認めた。そのことが新太郎の若い胸を熱くしたのであった。

新太郎のもとに種子島の左太夫がやってきた。

「若殿、申しわけないことが起って、まことに相すみませぬ」

「よいわ。したが、鉄砲は、まだあるのか」

「はい。全部で二十挺ほど積んでまいりました。昨年以来、製造にかかり、薩州本国をはじめ、各地に送り出していますが、このたびのような失敗ははじめてでございます」

「残りの鉄砲と玉ぐすりは、全部買い上げる。ピントめも両三日もすれば本復するだろう。その上で帰るがよい」

「ありがとうございます」

「いや、ありがたいのは、こちらの方です。二十挺が基本になって、やがて、これが百挺になり、千挺になれば、もう九州で恐れる者はないのだ。いま豊前を狙っておる大内義隆殿にも遠慮することはいらぬ。大友家は西国第一の強豪となる」

新太郎の両眼は虚ろに、夢を見るような顔になった。時に天文十四年（一五四五）夏。

二階崩れ

府内の大友館は深い夜闇の底に沈んでいた。遠く蛙の声が夜をこめてきこえ、さらに梟が森の中で鳴いた。館は深い森に囲まれていた。

館の二階は暗く、わずかに義鑑の部屋の隅に用心灯が、ぼうっとともっているだけで、そのあかりをうけて義鑑のいびきが高い。四十九歳だが、近年、にわかに肥満してきて、すこし足早にあるくと、すぐ息切れがする。ドキンドキンと心の臓が音を立てることがあった。

義鑑は床につく前には、かならず酒を飲む。大酒である。酒をのまないと寝つきがよくないようだ。そしてイビキが高い。

「玄斉は、まだか」

イビキが止むと、義鑑は夢の中で、どなり声をあげることがあった。城下に住む鋳物師の名である。

鉄砲の威力に感動したのは、新太郎だけではない。父の義鑑も同様である。

義鑑は、これまでの狭い豊後一国を中心にした考えから、なにやら途方もなく広い世界に飛び出したような気になった。

ピントの気分が回復して、島名左太夫とともに種子島にかえることになったとき、鋳物師の玄斉を左太夫に托して島に渡らせた。海賊ピントが威力を見せた鉄砲製造の技術を習得させるためである。

「鉄砲さえあれば」

といいつづけて六年が経過した。

天文十二年には贈物政策が効を奏して、京都の足利将軍義晴から肥後守護職に任じられて、豊後、筑後、豊前、筑前、肥後の五カ国を領有する西国屈指の大名である。しかし北方、海峡の彼方には九州侵略の野望に燃える防長の大守大内義隆があり、南方からは薩摩と大隅を根拠とする島津の勢力が、つねにその虚をうかがっていた。

いまは肥前を平定し、筑前の半ばを占めて大宰大弐に任じられている大内義隆とは和睦しているが、この平和がいつまでもつづくとは思われない。

「玄斉ッ」

と、夢中の声を立てたとき、女の声で返辞があった。

「鉄砲も大事ですが、それよりも、もっとたいせつなことを考えねば、やがて大友家はたいへんなことになるのではありますまいか」

と添い寝の床の中で憂れわしげに呟いたのを聞いて、義鑑は目をさました。

「千代能《ちよの》。……なにを申したのじゃ」

白い蛇のように、ねっとりと義鑑のからだに巻きついた女体は、ますます心細そうにいった。

「新太郎どののこと、気にかかってなりませぬ」

「新太郎が、どうしたと申すのじゃ」

「あの乱暴な所業、重臣たちもホトホト呆れて、このままでは大友家の命脈も、いまに尽きるであろうと、口ぐちに申しております」

千代能のことばに義鑑は目をさましてしまった。

「なにをいうとるのじゃ。なんの話じゃの」

逞しい義鑑のからだに巻きついた白い蛇身は、心細そうにいった。

「申してもよろしいでしょうか」

「おお。おのしとわしとの間に、隠しごとなど、あってはならぬ」

「はい。新太郎どののことが気にかかってなりませぬ」

「新太郎がどうしたというのじゃ」

蛇身は義鑑の背をゆっくりと撫でながら、

「気に入らぬとあれば、近習の者を木剣で殴り殺したり、遠い頃には山に出かけて狼を打ち殺したこともあったというではございませんか。学問などは振り向こうともせず、鷹狩りに出かけては田畑を踏み荒らして、つぐなおうともせぬとあって、領民たちの恐怖のまとになっております。これでは家臣たちが従うはずはなく、たとえ千挺万挺の鉄砲が備えられたとしても、大友家は内から崩れてゆくのではないでしょうか」

「それだからこそ、新太郎の教育のためにと考えて、家老の入田丹後《にゅうた》を付けてあるのだが、困ったものじゃ」

「はい。その入田も心配して、お屋形様え、ここで、はっきりとお世嗣ぎのことをお決めにならねば、それは鉄砲よりなにより、大事なことで、お家の浮沈にかかわりますと嘆いておりました」

「新太郎もすでに二十歳だというのに、いまだに粗暴な振るまいがおさまらぬとは、のう」

「それにひきかえて、塩市丸は十歳にしかなりませんが、聖賢の書も読むし、幼いながら武術の修業も怠りませぬ。この千代能の腹をいためた子だからと申すのではございませぬ、家臣どもも新太郎殿とくらべて、塩市丸をほめぬ者はありませぬ」

「左様のう。いつぞやは丹後も、ひどく塩市丸をほめておった」

「入田丹後もでございますか。あの男は大友家思いの無二の忠臣、さすがによう見ておりますなあ」

「かねてから、わしも気になっておったことよ。塩市丸は利潑な子じゃ。わしも可愛い」

「まあ、うれしゅうございます」

白い蛇は全身から粘液を噴きながら、狂ったように義鑑にからみついていった。

美しい千代能は義鑑の妻だが後室である。先妻は子無くして五年前に亡くなった。そのとき千代能には義鑑との間に塩市丸という子があったので、側室から正室に直された。しかし新太郎は、その先妻の子でもない。新太郎の母は、かれが四歳のときに病没している。

幼くして実母を失った新太郎は、つぎつぎにあたらしい母によって育てられた。

それら年若い義母たちは、ほとんど新太郎に母らしい愛情をそそいではくれなかった。ただ義鑑の側室から正妻に昇格しただけのことであった。かの女たちは「お屋形」の「御廉中様」であって「子の母」ではなかった。中には十七歳で、はるかに年長の義鑑の妻になり、二年ばかりで、あわただしく世を去った女もあった。

子に対する愛情も湧かず、とても、新太郎を育てるなどということもなかった。それらの若い数人の女は、大友家の系図にも記載されることなく、名も伝わっていない。

母のない新太郎に目をかけ、気を配ってやらねばならないのは義鑑だったが、戦国の父は、明けても暮れても血しぶきをあげる戦場にあった。

しかし、義鑑は新太郎にたいして、まったく無頓着であったわけではない。

天文八年（一五三九）には、義鑑は京都の足利義晴将軍に金三百両のほか、唐船から仕入れた虎の皮三枚や緞子《どんす》などの貴重品を贈って、将軍の名の一字を受けることを申し出て許された。さらに翌天文九年に新太郎が元服して「義鎮《よししげ》」と名乗ったときも、その祝儀として金三十両に、太刀や馬などが将軍家へ贈られた。

貧窮を極めている将軍家の権威は、今やまったく地に堕ちている時代だったが、地方ではまだ一応は通用していたし、西海の首領である大友家では、しきりにこれを利用した。

義鑑は天文十二年に、肥後国守護になり、九州探題に任じられたが、それらもすべて献金と珍品贈呈政策によるものである。

とりわけ、主君の名の一字を頂戴する「一字書き出し」は重要な意味を持つもので、新太郎が義鎮を名乗ることによって、将軍家に密着する存在であることを諸国の領主たちに認知せしめるのである。

それは同時に、大友家の権威を高めるもので、義鑑は新太郎の将来に、それなりの努力をしていた。

新太郎の母、義鑑の妻は、美しく、気立てのやさしい女だったが、虚弱で、幼い新太郎と弟の八郎（のちの晴英《はるふさ》）を残して亡くなったのは、豊後国に移って七年目であった。

以後、新太郎はひとりであった。弟の八郎は母に似て温和な性質だが、新太郎は腕白であった。自分の気持が通じないことがあると、見境いなしに相手に突っかかった。

お屋形の長男、やがては大友塚二十一代のあるじとなる人と思って、だれもが遠慮していると、その遠慮が気に入らない様子で、はげしく嚙みついた。その怒りが昂じると、まるで狂ったようにあばれた。

そんな新太郎を案じた父が、教育係として付けたのが、家老の一人、入田丹後守親誠《ちかざね》であった。

新太郎は、いつも孤独であった。

父とは、ほとんど接触することがなかった。父への連絡は、すぐ側の家臣たちがしてくれた。少年のころから腺病質で、たびたび寝込むことがあったが、そんなときでも、義母は寄りつかず、すべて侍女たちが看病してくれた。

ぷいと出ていったまま、館にかえって来ないことがあった。十歳のとき、側臣たちと由布《ゆふ》山に遊びに行ったことである。弓矢を携えて鹿を追っているうちに、にわかにあたりが静かになった。供の者たちにはぐれたことに気がつくと、急にさびしくなった。

「おーい……おーい」

と呼んでも、返辞が返って来ない。

山を登ったり、下ったりするうちに、まったく道に迷ってしまった。

しだいに日暮れが迫ってくると、春の終りの山は冷えてきた。朽ち木がところどころに倒れている。樵夫《しょうふ》も入ったことのないような森が黒黒とつづいていた。

由布山はそのむかし、鎮西八郎為朝が愛犬を連れて分け入った山だ。山の中で休んでいると、犬がにわかにけたたましく吠えだした。叱りつけると、いつもだったら、すぐに鳴きやむ犬だが、このときは眼をいからせて、一層はげしく吠え、ついには為朝の野袴《のばかま》に嚙みつく始末である。

あまりの聞き分けなさに立腹した為朝は、狂気のように叫び吠える犬の首を一刀のもとに斬り落した。すると、その瞬間、首は飛んで木の上に跳ねたと思うと、バサリと音を立てて大きな蛇が落ちてきた。しかもよく見ると、その大きな蛇の咽喉のあたりに、愛犬の首がくらいついていた。

犬は為朝に、頭上から主人を狙っている大蛇の危機を知らせたのである。しかもそれに気がつかなかった為朝は、これまで忠義であった犬の裏切りと誤解して、斬ってしまったのだ。為朝は大いに後悔して、愛犬の菩提を手あつくとむらってやったという。

この話を、ながい病床に伏していた母が、はなしてきかせてくれたことがある。ふと気がつくと、その場所がここではないのか、と思われてきた。ひょいと樹上を見上げた。大小の枝が無数に交錯していて、それがあたかも大蛇のすがたのように見えた。

はげしい恐怖に襲われると、

「母上ーッ。母上ーッ」

と泣き声をあげて叫んだ。

それは日頃乱暴をはたらく狂気めいた少年ではなく、純真な赤児のような声であった。まったく、そのときの新太郎は純真であった。そして、それこそが本来の新太郎のすがたであった。人前で、白眼をむいて狂気じみる少年も心の奥では、いつも母を求めて泣きさけんでいたのだ。そうして新太郎はしだいに成長していった。


天文十九年（一五五〇）春。

朝の間は忙しい家老詰所も午後は雑談部屋である。

小佐井大和守、斉藤播摩守、津久見《つくみ》美作守、田口蔵人佐の四人が声高かにはなしている。かねて戦場往来の武者ばかりだから、平常の声からして腹の底から出るような戦さ声である。

「きょうは朝から入田丹後の姿が見えんな」

といいだしたのは斉藤播磨守であった。

「また若殿に兵書の講義でもしとるのじゃろう」

「それにしても、あの丹後の強情には、さしもの若殿もかなわんじゃろう」

「左様。丹後の忠義心はわからんでもないが、あんまり過ぎると、むしろ憎たらしく感じるものよ」

「若殿は無茶武者、丹後殿は一徹者、いずれ劣らずでは、困ったものよのう」

「静かに。あれは若殿ぞ」

はげしく板廊下を踏む足音が遠くからきこえてきた。

館の中でこんなつよい足音をひびかせるのは新太郎にきまっている。

「おお、揃うとるな」

と入ってきた新太郎は、珍しく笑顔である。

「これを見い」

と、携えていた太刀を家老たちの前に据えた。

大太刀である。

「田口、抜いてみい。三尺五寸の業物じゃ」

蔵人佐は「はい」と答えて、その大太刀を両手で捧げ、うやうやしく拝して、静かに抜いた。

「これは美事な大太刀じゃ。こんな業物、美作もはじめて拝見しました」

「まことに、大和、感服いたしました。これはお屋形の差料《さしりよう》でございますか」

新太郎は大声をあげて笑うと、

「ばかなことを。新太郎の太刀ぞ」

といったとき、

「斯様なものを」

と、にがにがしげにいって入ってきたのは入田丹後守である。

あわてて田口蔵人佐が鞘におさめると、もぎ取るように取り上げて、新太郎が出て行こうとすると、

「お待ちなさい」

と丹後守が威儀を正して坐った。

突っ立っている新太郎に向ってていう。

「国を治さめる大将には長い刀など無用のものです。そんな長いものを、むやみやたらと振りまわすよりも、まずは国の民、大友家の家臣を、いつくしみ愛することをもって、第一と考えていただきたいものです。御大将の刀は、その半分で充分でございます」

新太郎は無言のまま、入田丹後守を睨みつけると、足音を荒らげて出ていった。

「大友家も、これで終りじゃな」

と丹後守は吐息をついた。

そのことばをきいて憤慨したのは斉藤播摩守である。入田丹後守が去ると、座に残った三人の家老に向って切り出した。

「丹後殿の放言、聞き捨てならんな。われらに聞えがしに吐息をついたり、舌打ちしたり。まるで、われらを踏みつけた態度ではござらんか」

「胸くそわるい。忠臣は我れひとり、あとの重役どもは、地行ただ取りの、デクの棒といわんばかりの、

あの思い上った態度は、どうじゃ」

斉藤播摩守も、小佐井大和守も、同席の津久見も、田口も、いずれも大友家にとって重要な人物であり、もう一人の家老、入田丹後守ともども、お家大事の重臣である。ただ、なにかにつけて肩をそびやし、同僚たちにも、すぐ説教口調で話し出す丹後守とはソリが合わなかった。

「いつも高飛車に、他の者を威圧するような態度は、気に食わん。まるで、あたりにひと無しの恰好だな」

「あれでは、若殿が嫌うのも当然じゃと思うよ」

「左様、新太郎殿は丹後を厭い、丹後は若殿を押さえつけようとする。困ったものじゃ」

「したが、こりゃあ、丹後殿の方にむりがあると思うよ。あんな調子では新太郎殿が心服するはずがない。若殿が可哀そうじゃ」

「それでは申し上げるが」

と膝を乗り出して、声をひそめたのは斉藤播摩守である。

「御三方の意見はようわかった。そこで腹蔵なく申しあげたいが」

聞いている三人の表情が緊張した。

「つい先日耳にしたことだが、お世継のことで、ちかごろ、入田丹後、しきりに御簾中にお目にかかり、ときにはお屋形とながい間、はなしこんでおるということじゃ」

「うむ。ありそうなことじゃ。さては丹後め、新太郎殿の廃嫡をもくろんでおるとみえる。それは、さきほどの放言で推察できるというものじゃ」

「そうなってはお家の一大事。後嗣をいたずらに変更することは、家の乱れのもとぞ。それがわからぬお屋形ではあるまい」

「さてのう」と播摩守は眉を寄せて「お屋形はとにかくとして、あの御簾中が付いておるからのう。油断はならんぞ」

「その御簾中と入田丹後が合体したとなると、いよいよもって油断はならん。こうなれば、われらは一致して、お家のために新太郎殿をお守りせねばならんのう」

「それじゃ」いちばん年長で、筆頭家老ともいうべき斉藤播摩老人がいった。

「明日にでも、お屋形に申し上げよう。順序をみだすは家の乱れ。新太郎殿こそ、われらがお仕え申す大友家のお世つぎじゃとな」

翌日は、しかし斉藤老人は義鑑に会わなかった。

溜りの間で相談した夜、四人の家老はもう一度集った。そのときの斉藤播摩邸の相談では、事によると、入田丹後守を斬ることになるかもしれない。あるいは御簾中を襲うことになるかもしれぬ。すべての禍根はこの二人にある。これを斬るとなれば、新太郎が府内にいることはよくない。新太郎の計画だろうと疑われる危険がある。

そのために新太郎を他所に移しておかねばならない。遠いところではいけない。近くとなれば、別館のある別府だ。高崎山を越えた麓の浜脇村には大友館の別館があって、からだの弱かった少年時代、新太郎はしばしば保養に出かけたことがある。

その数日後、新太郎の一行は浜脇村に向った。警固兵十人と侍女十人からなる一行である。

さらにそれから数日を経た日、館に出仕した斉藤播摩守が、側用人に、義鑑への目通りを申し込むと、

「おお、ちょうどよかった」

と、せかせかと奥から義鑑が出てきた。元来は勿体ぶらず、だれにでも会う気さくな武将である。

「いまから家老たちの会合をしたいと思うとったところじゃ。おぬしから、すぐに、みんなを集めてくれぬか」

「はい。承知しましたが、その前に申し上げたいことがありまして、参上しました」

「よい、どんな話か知らぬが、あとにせい。あとでゆっくりきこう」

といわれると、引き下らないわけにはいかなかった。

しばらくして、五人の家老たちが集まると、義鑑は一同を見わたして、

「大事な話じゃ。わしの次ぎ、大友家の世継ぎのことをそろそろ決めときたいと思うてのう」。

入田丹後守以外の家老たちは意表を衝かれた思いで、ギクッとした。表情をこわばらした播摩守が、

「は。それで」

「それでじゃ。これまでは一応は新太郎をと思うてはいたが、あいつはあのとおりの乱暴者じゃ」

話しながら義鑑は、まだ少年の頃、たったひとりで由布の山中を、泣きながら彷徨していた新太郎を思い出していた。

にわかに哀れな思いが湧いた。早く母を亡くして、ひとりぽっちで育った新太郎が可哀そうになってきた。その思いも、しかし幼い塩市丸にたいする妻の千代能との約束を思うと、すぐに打ち消してしまった。

「乱暴な大将は家臣の信を失う。あるいは戦さには強いかもしれぬが、国の治めに力をそそがぬ者は、やがては国を滅す。それにひきかえて、塩市丸だ。いまはまだ幼いが、おぬしたちの指導と協力があれば、きっとすぐれた大将になってくれるにちがいない。塩市丸の後押しを、わしは頼みたいのだ」

「恐れながら」

と面をあげたのは斉藤播摩守である。「そう致しますと、新太郎殿は乱暴で、血も涙もない者であるによって、後継ぎにはせぬと申されるのでしょうか」

「あいの乱暴も、度が過ぎてのう」

「そうでしょうか。なるほど、外見は乱暴で、家臣をいつくしむところがないように見受けられますが、播摩、それが新太郎殿の真の性質とは考えませぬ。数年前、南蛮人が鉄砲を持って参ったことがありましたな。その節、操作を誤って若い家臣が怪我をしましたが、その場に走り寄っただけでなく、じぶんの袖を引きちぎって手当てをしたのは、新太郎殿でございました。血も涙もない、ただの荒くれ男とは、大違いでございます」

この指摘は義鑑の胸を衝いた。

あいつは乱暴なだけではない。家来に対する愛情も持っている。そうも考えてみたが、幼い塩市丸にたいする妻との約束を思うと、むかしの想い出など、すぐに打ち消してしまった。

「むやみと乱暴な大将は、家臣の信を失う。あるいは戦さには強いかもしれぬが、国の治めに力をそそがぬ者は、やがて国を滅す。それにひきかえて、塩市丸だ。いまはまだ幼いが、賢い子だ。おとなしい子だ。おぬしたちの指導と協力があれば、きっとすぐれた武将になるにちがわん」

なにごとにも直情で、一本気な小佐井大和守は、

「新太郎殿はもう二十一歳。しかるに塩市丸殿はまだ十歳そこそこです。齢からいうても、塩市丸殿では、これが成長するのは待ち遠しい。やはり順序は守っていただきたいものです」

津久見美作守も大きくうなずいた。

「大和守の申すとおりです」

「蔵人佐も同様に考えます」

入田丹後守は組んでいた腕をほどいて、

「お屋形のお考えの通りでございます。年齢とか順序とかいうよりは、お子たちの性質を考慮することこそ、大友家のたいせつな道。永代の栄華を誇る九州探題家の採るべき道でありましょう。ここは断固としてお屋形のお考えのとおりに、なさるべきでしょう」

「それはいかん。そんなことをしては、お家がつぶれてしまう」

と、あわてて手を振ったのは年長の斉藤播摩守である。

それにつれて、家老たちはくちぐちに丹後守に反対し、義鑑に反省を求めて、詰めよった。

義鑑の面上に青筋が走りはじめると、大声でどなりつけた。

「よしッ。もう頼まんッ」

畳を蹴って立ち上ると、あらあらしく部屋を出ていった。

部屋を出ると、すぐ、

「丹後」

と呼ぶ義鑑のこえがした。

入田丹後守は、ほかの家老たちに目礼をすると、ゆっくりと立ち上って出ていった。

「お屋形におべんちゃらを使う丹後はけしからんが、お屋形もお屋形じゃ。いったい、こんにち隆盛を極めて、西海の雄と呼ばれる大友家をなんと心得とるじゃろう」と嘆かわしそうに歯ぎしりするのは、小佐井大和守である「――思うてもみよ、去る十三年八月、朽網下野が謀叛の折り、敵の先陣を打ち砕いて、勝ち戦さにしたのは、たれのせいじゃ。あのとき、危うかったお屋形の前に立ちふさがって一命を守り、敗戦をくつがえして、一挙に勝ち戦さに転じたのは、ことごとく、われらの力ではなかったのか」

日頃、無口な田口蔵人佐も、大きく肩をゆすっていう。

「およそ合戦となれば、主もなく臣もない。すべての力、鎗一と筋の功名によるものでござる。それをお屋形は自分ひとりの手柄と感違いしておらっしゃる。この大友館とて、お屋形ひとりの力で保たれておるものではない。われらが頑張っておるからこそでござる。口はばったい言い草じゃが、主はいかがにてもあれ、われらはこの館を守り通してみせるぞ、というのが、われらの覚悟でござるよ」

戦国時代というものは、主人も家来もいのちを的にして刀をふるい、槍をひらめかした。あの城を取ったのもおれたちだし、いま、安泰にしておられるのもおれたちの武力のせいだぞ。そういう思想があった。平たくいえば、あるじと部将とは兄弟のようであった。まだ封建的なきびしい階級制に入っていなかった。したがって下剋上の風潮が、そこから芽生えた。

その日は津久見美作守と田口蔵人佐は夜の宿直《とのい》だったので、館に残り、斉藤と小佐井の二人の家老は、ともに屋敷に帰った。

それから半刻（約一時間）ばかり経った頃、まず斉藤播摩守の家に、お屋形からといって使者があった。もう一度、重役たちと相談をしたいによって、急いで集ってもらいたい、ということであった。たぶん新太郎廃嫡の一件、思い直されたのであろう、とよろこんで播摩守は館に急いだ。

二月の闇に梅の花が香っていた。

大手門まで来ると、まだ夜更けというのではないが、すでに扉はとざされていた。

「播摩じゃ」

と呼んで扉を叩くと、内側から番士の声で、

「横の小門から、おはいり下さい」

何気なく小門の扉を押しあけると、「やッ」と気合いの声がして、薄月を浴びて刃光が閃いた。こえもあげず、前かがみに門内にむかって、ドサリと播摩守のからだが倒れこんだ。

一と足おくれで大手門に着いた小佐井大和守は、日頃にない異様な気配を感じて、その場を去ろうとした。とたんに小門が開いて、十人ばかりが走り出てきた。

ほとんどが顔見知りの武士ばかりである。てんでに刀や鎗の抜き身をひっさげている。

「どうしたのじゃ。なにをするるッ」

「仰せでござる」

一人が殺気立った大声で叫ぶと、それが合図であったかのように、いっせいに斬りかかっていった。

空に薄月がかかる早春の夜だというのに、大友館の門外は無気味な死闘が展開していた。

小佐井大和守は十数度の合戦に参加した歴戦の勇士である。それほどの恐怖の色もなく、鎗ぶすまの中に躍りこんでいった。そして十分くらい後には、乱刃の中に打ち伏してしまった。

城門の決闘はかなり手早くおこなわれたのだが、うわさはやがて館の内にも知れた。

「殿ッ」

と宿直の部屋に駆けこんできたのは津久見美作守の家来である。

「ただいま、斉藤播摩様と小佐井大和様のお二人、お館の大手で斬り殺されました」

「相手はたれじゃ」

「は。それが、いずれも味方の城兵で、お屋形様の仰せちゅうことでございます」

「蔵人佐殿、猶余はならぬ。ぐずぐずしては、われらも殺される。今は詮方ないが、お屋形を斬ろう。主を斬るは逆臣じゃが、逆臣となるのも、お家のためじゃ。さあ、急ごう」

美作守が先きに立って、女房部屋にとびこむと、女のうちかけを取って頭からかぶった。

田口蔵人佐と、美作守の家来の深江九郎助も、女衣裳をひっかぶると、美作守のあとを追った。

三人は女装のまま奥庭を横切ると、すでに城門の騒ぎを聞き伝えてざわめいている廊下から、義鑑たちの寝所である二階にかけ上った。

部屋の隅でふるえている千代能を、

「狐めッ」

と田口蔵人佐が斬り、ついで塩市丸も斬殺した。

そのとき階下で武士たちが騒ぎだした。深江九郎助が馳けおりていった。しばしでも防ぎ遮ろうとしたのである。

その間に津久見美作守はとなりの部屋に飛びこむ。すでに義鑑は抜刀した。部屋の中に仁王立ちになっている。

その足もとに美作は身を投げ出すと、

「お屋形、お目ざめ下され。お目ざめ下され」

と絶叫した。

それにはこたえず、義鑑は、

「恩知らずの、不忠者めッ」

とどなって刀を振りかぶった。

美作守は刀を揮って、下から斬り上げると、肥満したからだが、大声をあげて尻もちをついた。

「おゆるしくだされッ」

拝むようにして振り下ろす美作守の第二刀が、肩を斬った。

そのとき階下から、多勢が馳け上ってきた。すでに階下の深江九郎助は斬り倒されていた。

美作守が三たび刀を揮るおうとした刹那である。背後から襲った刀が美作守の首を刎ねた。部屋一面の血の海の中に、ドスンと音を立てて、首が落ちた。

「解れッ。わかってくれッ。大友家のためなんだッ」

遠くの部屋で田口蔵人佐が絶叫するのがきこえて、はげしく刃を打ち合う音がしばらくつづいたが、やがてシーンとなった。

その血臭のただよう静寂の底から、変にくぐもったような声がした。

「逆臣は、ことごとく討ち果したぞッ」

入田丹後守の声であった。

同時に、三騎が館の大手門を走り出た。先頭の一騎は瀬古馬之介、かつて海賊ピントの鉄砲で、負傷した若武者である。

府内から別府浜脇まで、一時間くらいか。大友館の惨劇の報告を受けて、新太郎は茫然となった。

かねては父も信頼していた家老たちを、父の命令で殺してしまい、家老たちも館のあるじを殺そうとした。

だれが敵で、だれが味方か。そんなこともわからなかった。

ただ、二報、三報と騎馬の報告を受けるにつれて、しだいにすこしづつ様子がわかってきた。まず義母と義弟を殺していることで、事情の大よそに察しがついた。父を斬ろうとしたのは本意ではなく、出来たら入田丹後守をこそ倒したかったのであろう。

「入田丹後は、どうしておる。丹後をすぐに連れて来い」

と血相かえて地団駄ふむ新太郎に、五度目の報告では、

「入田様のすがたは、お館には見えませぬ」であり、次いで、

「今朝、手勢百五十騎を率いて、すでに御領内に向われた様子であります」

この「二階崩れ」といわれる事件が起ったのは天文十九年（一五五〇）二月十日の夜のことで、この報告があったときは、すでに朝になっていた。

入田丹後守親誠の領地は直入郡入田郷（現在の竹田市）で、本拠を津賀牟礼《つがむれ》城といった。牟礼はこれからも、ときどきあらわれることばだが、古朝鮮語のムレに通じ「山」の意味だそうである。

事件を知って、この日手勢をひきいて第一番に別府の別館にかけつけたのは佐伯城の入道惟教《これのり》であった。

佐伯惟教は新太郎の無事を知ると、安心した。別府には惟教の隊が到着する以前に、すでに府内の館から異変の急報があって、はげしく緊張していた。

新太郎は斉藤播摩守から別府の別館行きをすすめられたときから、府内になにかの事変が起るのではあるまいか、という予感はあったが、まさか父の義鑑が殺されようとは想像もしなかった。

しかも自分が信頼していた美作守や蔵人佐が、父の寝室に侵入したとあっては、いまは、それが味方か敵かの判断さえ、つきかねる思いであった。

しかし佐伯惟教につづいて、戸次伯耆守《べっき》鑑連《あきつら》と斉藤兵部少輔鎮実の二人が相い前後してかけつけて、おぼろげながら事情を知ることができた。塩市丸を家督にしようとした継母と父との考えに、入田丹後守が加担したことが騒動の原因であることがわかってきた。

戸次鑑連は、のちに大友軍の中心武将として気を吐く立花道雪である。このとき、若くして気力抜群、忠誠の志あつい人物として、家中の信頼をあつめていた。

その鑑連がいうのである。

「この別館は鑑連が一手をとって固めますゆえ、ご安心あれ。心配なのは府内でござる。反逆の与党の蠢動がないともかぎらぬ。佐伯、斉藤のご両所は、急ぎ府内に赴いて、町の騒ぎを静めていただきたい」

「頼むぞ」

という新太郎のことばに、二つの隊はすぐに府内に向った。

府内の町は大騒ぎになっていた。反乱軍が館に侵入してお屋形を殺害した。すぐにも叛将に指揮された大部隊が、府内に攻め入って、お館の軍と反乱軍との大合戦が起るであろう、という恐ろしい流言葉語がとび交って、市中は混乱していた。

荷車を曳いて家財道具を運ぶ者、老母を背負い、子の手をとって逃げまどう者、親の姿を見失って、泣きわめく幼い児たち。あたかも府内が、いまにも攻撃されるかのような状態であった。

その混乱の中を騎馬武者が大声をあげて叫ぶ。

「静まれ、静まれッ。お屋形さまに異状はないぞ。お館に攻め入った賊は、ことごとく討ち取ってしまったわ。これ以上、賊の来襲はない。みんな家にもどれッ。もう心配ないぞッ」

「閉じた店は、ただちに戸を開けいッ。いつまでも戸を開けぬ家は、打ち壊してしまうゆえ、左様心得い。静まれ。静まれッ」

鎮撫の騎馬武者は辻々に立ち止って叫びながら、町を馳け抜けていった。

日頃の静けさを破られた西国一の繁華な大都に向って、南から北からと、ものものしく武装した軍勢が入ってきた。急を知って馳けつけた大友麾下の城主たちのひきいる軍勢である。

鎮撫の騎馬武者が市中を馳けまわって呼ばわった「お屋形さまに異状はないぞ」ということばは、半ばは嘘ではなかった。

十日の深夜、突然の襲撃をうけて、血の海の中に倒れた義鑑は、このとき、まだ呼吸を止めてはいなかった。一時はこんこんと眠っているようにみえたが、朝になると起き上った。家督の問題がこの騒動をひき起したことに気がつくと、深い反省の底から筆をとった。

のちの世に義鑑の「条々」と伝えられる置き文（遺言状）である。

一、国衆、加判衆、一致して、新太郎をたすけてもらいたい事。
一、当家と防長大内家とは無二の仲たるべき事。
一、加判衆は六人制として、同紋衆から三人、他姓衆から三人出す事。
その他の項目を入れて十一箇条からなる遺言状であった。

この中で加判衆というのは、最高重役の家老のことである。

家臣団の中で優位を誇ったのが「同紋衆」で、大友本家と同じ「杏葉《ぎようよう》の紋」の使用を許されている家で「御紋衆」とも呼ばれた。これには大友一族（庶家）のほか、そのむかし大友氏と一緒に豊後へやってきた「下り衆」も含まれていた。

これに対して「他紋衆」とか「他姓衆」とかいうのは、大友一族とは紋を異にする家柄で、大友氏が豊後に下ってくる以前から土着している「国衆」「国侍」を称した。

さらに、このほか大友氏が九州で勢力を張るにつれて、他国の者でその家臣となった「他国衆」または「新参衆」と呼ばれる組があり、これらの「他紋衆」が百五十家以上もあった。したがって、同じ家臣団の中でも党派が生まれ、しばしば勢力争いが起った。

そのことを憂えて義鑑の置き文が書かれたのだが、同時に、この遺言状によって、新太郎の地位は決定した。

義鑑は書き終えると、ふたたび、こんこんと眠り、翌十二日に没した。ときに四十九歳。

新太邸は府内の館にもどると、すぐに入田丹後守親誠の追討を戸次鑑連に命じた。

入田丹後の居城は豊後国でも肥後に近い津賀牟礼城である。

戸次部隊は新太郎の命を受けると、ただちに津賀牟礼城に向って進発した。戸次鑑連の先祖は大友氏の枝族で、すなわち同紋衆の一派である。先頭にひるがえる旗には、大友本家と同じ杏葉の紋どころが打ってある。

騎馬の将、戸次鑑連は若くして、すでに思慮ふかい将として知られ、部下もまた主の命を重んじて、ことごとく勇猛の兵ばかりであった。

戸次鑑連の隊はやがて津賀牟礼城に迫った。しかし目ざす入田親誠は早くも城を出て、肥後に向った後であった。

肥後と豊後とは山一重である。その肥後の国、阿蘇宮の大宮司家、阿蘇惟豊は入田親誠の妻の父親にあたる。肥後に向ったとすれば、当然に阿蘇惟豊を頼るにちがいないと思われた。

大宮司家は肥後随一の勢力である菊池家とは軍事同盟をむすんでいる。阿蘇惟豊が、その女婿を真に保護する決心なら、かならずや菊池家の援助を求めるであろう。

近年、菊池義武はしきりに豊後をうかがっていた。隙があれば、一気に襲い入る気配さえ示している。

阿蘇家と菊池家とのつながりは古い。数百年にわたる関係である。タケイワタツノミコトが阿蘇盆地を開拓して以来、火の国は神の統べる地方となった。その神をまつるのが大宮司家である。

その阿蘇谷全域にわたって、祭祀料を徴収する役目を負っているのが、専門の武家である菊池家である。

宮を守るために、大宮司家も小数の兵力をたくわえてはいるが、菊池家とは比較にならない。武時や武光などが活躍した南北朝時代ほどはないにしても、菊池家の勢力は大きく、依然として肥後の太守であった。

阿蘇家を通じて、その菊池家へ遁入すればしまいか、と危惧されたのだが、入田親誠は阿蘇惟豊の館で数日を過した。

「親誠殿よ、もうこれ以上動かれぬがよいぞ。すでに戸次鑑連殿の軍勢が、すぐ近くまで進んでおるということじゃ」

「はい、私も覚悟をしております。しかし大殿の命のままに、新太郎殿を教導しようとして、かえって若殿の憎しみを買い、追討の兵まで差し向けられたのは、いかにも無念です」

「剛直の心は、世に容れられぬものだな。同情しますぞ」

「もはや、逃げかくれは致しませぬ。いさぎよく割腹するのみです」

「あっぱれの心ぞ、聟《むこ》殿」

惟豊はゆっくりと念仏をとなえた。

大宮司家の一室に切腹の場がととのえられた。

介錯人は弟の右衛門大夫と決められたが、

「兄者を斬るなど、とてもできぬ」

と声をあげて号泣したために、郎党の甲斐ノ弥次郎が代った。

親誠が腹を切ると、同時に弥次郎は大声で念仏を唱えて、ただ一刀で首を落した。

そのあとで、弥次郎は、ゆっくりと片肌を脱ぐと、腹と首筋を切って自害した。

入田丹後守の首は戸次鑑連に渡された。その首級を護って、戸次部隊は府内に引き揚げていった。

明暗

府内は初夏であった。

瓜生島《うりゆう》と久光島《ひさみつ》の浮かぶ豊後の海は、いちめんに霧が立ちこめて、館の二階から望むと薄絹を透しているような感じであった。

すでに亡き父の法要も盛大に営んだし、その数日後には、第二十一代をつぐ家督継承式もすまして、いまは新太郎ではなく、義鎮《よししげ》と名乗っている。二十一歳。痩せこけていた頬はいくらか肉が付いてきたが、変らず、精悍な面もある青年である。

海から運ばれてくる風が吹き抜ける部屋で鉄砲の銃身を磨いていると、静かに板襖が開いた。顔を上げると若い女が盛装して、手をついていた。数日前までは妻であった富子である。

義鎮は顔を向けて、富子を見たが、かれの表情にはいささかの動きもなかった。

富子は丹後国の領主一色《いっしき》左京太夫義幸の姫君として、大友館にやってきた。もちろん、父義鑑の意向によるものであった。義鎮にとっては苦痛にみちた数年間であった。それは若き御簾中様も同様だったであろう。

冷たい都風な女性と、わがまま一杯の青年では、相い寄るなにものもなかった。

義鎮が離別を決意したのは、父の死と同時であった。父の死によって大友家のあるじとなった義鎮は、父にまつわるものすべてから逃がれたかった。父の意志に反してお屋形となった義鎮である。父の思い出から早くのがれたかった。

そのことを富子にいったとき、冷たい顔は返辞もせずに、じっと良人の顔を見つめただけであった。そしてそれが承諾であった。

富子は襖の外に手をついて義鎮を見た。その顔にはこれまでに見せたこともない微笑が浮かんでいるようであった。離別をよろこんでいるようであった。

義鎮が眼を鉄砲に戻すと、富子は黙って襖を閉めて去っていった。以後、生涯ふたたび会うことのない女だが、義鎮にはなんの感情も起こらなかった。

「よろしゅうございますか」

襖の外に声がした。重臣の吉岡長増である。

「おお、おるぞ」

部屋に入ってくるなり、

「肥後の菊池義武殿が謀反です。ただいま、肥後三船の甲斐宗運殿から飛馬が届きました」

「ほう、叔父上が、いよいよ、か」

義鎮はそういって立ち上った。

かねてから、うわさのあった人物である。

「すぐ重臣協議をひきますから、御出座下《おいでまし》さい」

長増がせかせかと出ていったあと、義鎮は北側の窓ぎわに立った。

神宮寺浦に大小の船が泊っていて、中に一隻だけ大型の船が見える。ああ、あれが富子が乗ってゆく船だな、と思うと、瞬間、すうっと胸に熱いものが湧いた。

館の高殿は風が吹き抜けて、快い。義鎮は愛蔵の鉄砲をひっさげたまま、高殿を下りていった。

御船《みふね》城の使者、白石大吉郎は広間に坐っていた。三十歳くらいの逞しい武者である。始終笑顔を崩さずに主人宗運のことばを伝えた。

肥後の菊池家は第二十二代の能運が早世したのち、実子がなかったので、叔父の子の政隆を取り立てて、二十三代として跡目を継がせた。しかし弱年のために国人も嫁の子もこれに従わず、別に大宮司家の嫡子である惟長をもらって、これを菊池武経と名乗らせた。

その結果、政隆と武経の両菊池家はしばしば争うことになったが、阿蘇大宮司家のうしろには大友家がついているために、政隆はついに勝つことができなかったばかりか、菊池の城を追われたあげく、久米原という草深い村で自害して果てた。

しかし一方、武経もまた菊池家累代の家人の心服を得ることができずに、阿蘇大宮司家にもどってしまった。その虚を狙ったのが義鎮の父、大友義鑑である。

武時、武光などという豪勇の武将を祖先に持つ名族菊池家という領主を失った肥後は、隈部《くまべ》、赤星、城、合志《ごうし》、鹿子木《かのこぎ》など、二十四人の武将が割拠する乱国になろうとしていた。

大友義鑑はこの情勢を望むと、大軍を送って、たちまちに肥後の小豪族群の蠢動を封じてしまった。そしてじぶんの弟、十郎義国を送りこんで菊池家を継がしめた。菊池左兵衛義武がそれである。

これによって大友義鑑は肥後の実質上の支配者となり、さきの豊後、筑後の両守護に加えて、さらに肥後国守護職に任命された。

しかし地方の小豪族とはいえ、戦国の武将で権謀術策にたけていない者はない。肥後の武将たちは、こんどは、菊池義武を盛り立てることによって、陰に大友の羈絆《きはん》から脱しようと策した。

周防の大内義隆と豊後の大友義鑑との仲違いによって、筑前から筑後にかけて戦乱が起ると、菊池義武を煽動して大内軍との提携に成功した。

菊池義武を中心とする肥後勢は、ときに国境を越えて豊後国を侵した。大友義鑑は大内軍と肥後勢との両面作戦に悩まされることになった。

そうして、この年、天文十九年二月、とつぜんに「二階崩れ」の変が起った。菊池義武討伐の問題は、義鑑の跡をついだ若き義鎮にひきつがれたというべきである。

「お屋形様、時機到来、と宗運どのは申されまする」

そういうと大吉郎は腹巻きの中から宗運の書状を取り出して、義鎮に渡した。

甲斐宗運は今でこそ御船城のあるじだが、もともとは阿蘇大宮司家の家人であった。したがって大友義鑑とは肝胆相照らす仲であり、いわば肥後国における大友家の触角の一本であった。

甲斐宗運は、この二月、義鎮が大友家第二十一代の座につくと、阿蘇大宮司家の名代として、祝意の肥後駒を曳いてやってきたほどの間がらであった。

義武どのは菊池家の名におごっているが、すでに人心は離反して、今はまったく孤立の状態である。かれを討ったとて、唯一の味方である合志伊勢守のほかは、もはや、たれも協援する者はいないであろう。軍を催されるとあれば、不肖宗運、よろこんでお導き仕ろう。

甲斐宗運の書状は簡潔で、真情にあふれていた。

「八月に入れば、押し出そう。待ちに待っていた、と宗運殿に伝えてくれ」

そういって使者をねぎらった。

その八月、隈本（熊本）城の森はひぐらしが鳴きしきっていた。

大友義鎮はみずから采配をとって、その隈本城を包囲した。

佐伯惟教、志賀親安、おなじく鑑隆、朽網《くたみ》鑑康などを軍大将とし、大分、国東《くにさき》、速見《はやみ》、玖珠《くす》などの豊後兵に、阿蘇、津江、五条、高森などの肥後勢を合わせて二万三千の大軍である。もちろん甲斐宗運も参陣している。

しかし隈本城からは討って出る気配もなく、包囲した翌日には、降伏の使者が第一陣の佐伯惟教の軍営にやってきた。

「いかが致しましょうか」

と連絡にやってきた惟教に、

「義武殿の首級さえ獲れば、ほかに望むものはない」

と義鎮はこたえると、ただちに陣を解いて、合志郡に向った。

隈本城の前面に備えるのは甲斐宗運の軍勢だけである。二万余の大軍は一日のうちに陣払いをして、合志表に向って進発した。いかにも若い武将の指揮らしい神速の行動である。

隈本城を去った大友軍は、その翌日には合志郡の竹迫《たかば》城を蟻のはい出る隙間もないくらいに取り囲んだ。

しかし城主、合志伊勢守親為は豪胆無双の勇将であり、城兵もまた猛勇であった。

「九州記」に、

「――竹迫城へ押し寄せて、十重二十重に取り巻き、ただ一時にとぞ攻めたりける。されども城中一命を塵芥に比して防戦しければ、一日の中、二十三度の鎗合せあり。寄せ手も新ら手を入れ替え入れ替え攻めしかば、既に一の丸、二の丸を攻め破る。敵味方、手負い、死人、九百余人に及べり」

大友勢は一気に攻略すべく、攻めに攻めた。

これに対して合志の兵も城門をひらいて突撃し、その日の合戦は、二十三度にも及んだ。惨状、面を掩《おお》わしめる戦闘であった。

矢うなりが絶えず、刀鎗が打ち合わされて火を発する中に、やがて阿蘇盆地に日暮れがやってきた。

この合志合戦で佐伯惟教の部隊に属する高畑三河という武者は一日に十三度の功名手柄を立てた。疲れを知らぬ豪勇という評判が高かった。

それで、そのことについてのちにある者が三河にたずねた。

「わずかに鎗刀一両度迫まり合いても、大きに疲れ、息切れて、ついには小児にも負くべきほどなるに、一日十三度の功名は、たとえ志に飽くまで剛なりとも、力も息も続きぬること、いぶかしけれ」

すると三河は打ち笑って答えたという。

「別の仔細もなき事なり。われ戦場に打ち臨みて、勿論のこととはいいながら、死生存亡の間において少しの思案を費したることとなし。さるがゆえに、人は騒しぐても、われは静かなり。おおかたは鎗を合わせ、大刀を打ち交じえざる以前に、力を出し気を張るならん。われ敵に合うとき、わが首を敵に取らするか、敵の首をわれ取るか、この二つのうち天命にありと思いて、初めはゆるきに似たれども、打ち合うとき一決して一鎗の中に勝負分かるゆえに、疲るることなく候なり。いらざるところにて気を苦しめざるゆえ、幾度ことに合いても、胸中安閑なり」

これは「常山紀談」にある挿話である。

菊池義武の首級が隈本城から送られて来たのは、その日の暮れ近く、遙かな阿蘇山の噴煙が夕闇に消え去ろうとするころであった。

義鎮は合志城外の広場の中央に据えられた床几《しようぎ》に腰をおろしていた。

すぐ左側に甲斐宗運が並び、その左右には大友軍の武将が従っている。

大将首は首をのせた脚付きの首台を、左右から抱えるのが戦陣礼である。二人の武兵は義鎮の前、一間ばかりの所へ首台をおくと、うやうやしく辞儀をして引き下がった。

義鎮は佩《は》いている大刀の柄に手をかけて、少し抜いた形をとった。これも首実験の軍陣礼である。

「自ら腹を召された。潔よいご最期でござった」

と、そばから報告する甲斐宗運に、

「ご苦労」

と礼を述べ、立ち上がると、鞭をふるって、いきなり目の前の首を打ち据えた。

二度、三度と、夕暮れの風の中で鞭が鳴った。

「これは」

甲斐宗運は思わず叫んだ。

いかに憎むべき敵とはいえ、将たる者の首級に対して非礼な仕打ちであると、非難する宗運の鋭い眼に向かっていった。

「これは義鎮の叔父上、わが父義鑑の実の弟の首級ではない。義鑑殿を何年にもわたって苦しめた魔物の首じゃわ」

夕闇の中で泣き叫ぶ若い獣のような声であった。

じじつ、義武は義鑑の存命中、しばしば刺戟的な行動に出て、亡父の神経をなやましている。

そのうるさい蝿をはらうようなことは、弟を思う父にはできなかっただろうが、自分ならできる。

たとえ叔父とはいえ、国を危うくする者は、心を冷めたくして、たたきつぶしておかねばならない。

これは国主の責任だ。

これは出陣についての義鎮の決意であった。

このたびの二階崩れの事件にしても、裏にあって陰険な計りごとをめぐらしたのは、義武ではなかったのか。すくなくとも入田親誠の背後には、不吉な笑いを洩らしている義武の姿が、はっきりと見える。そのことは親誠の自決後、阿蘇惟豊からの報告でも感ぜられたものである。

入田親誠は阿蘇大富司家を頼ってのがれたとき、さらに隈本城の菊池義武に援けを求めようとした。しかし阿蘇惟豊の説諭をうけて、ついに大宮司家の一室で割腹して果てた。

このとき入田親誠が菊池家を頼ろうとしたのは、たんなる窮余の策ではない、むしろ親誠の義武とのかねてからの約束によるものであった。すでにして、菊池義武には反大友の意志があり、大友家の重臣である親誠と気脈を通じていたのである。

「わしが義鑑殿を討つときには、ぜひ力となっていただきたい」

という義武にたいして、

「お屋形の御簾中は、すでにわが手中にある。これに向って策をほどこせば、お屋形を斃《たお》すことは苦もない。ご安心あれ」

親誠はこたえている。

二人はかねてから固くむすばれていたのだ。しかし両人が事を起す前に、情勢は急転回をとげたのである。そして親誠は隈本城に遁入することもできずに、自決に追いこまれてしまった。

かくして入田親誠も、菊池義武も、小さな野心家はともに滅んだ。

合志親為が降服したのは、菊池義武の首級が送られてきた数日後である。豊後の大軍を相手に存分に戦い、すでに武門の面目も立ったからには、もはや降参しても悔いはない、というのが親為の軍使の口上であったが、当時は、叔父の首級を鞭打つほどの義鎮の無慚な性格に、さしもの猛将も恐れをなしたのであろうと噂された。

その合志城攻撃の終った日、義鎮はふしぎな行列が夏草の原を過ぎてゆくのを見た。十騎ばかりの武者に前後を守られて、女輿がひっそりと彼方の原を渡っていた。

「あれは何者ぞ。調べてこい」

義鎮の声に応じて、陣営を飛び出していったのは近習の瀬古右馬之介であった。

待つほどもなく、夏草を踏みしだいて右馬之介がもどってきた。

「菊池義武殿の御簾中の由にござりました」

「なにッ」と叫びかけて、義鎮は絶句した。

胸の中に燃え上るものを、おさえつけようとして、わずかに呟いた。

「義武殿の、といえば、加世《かよ》殿だな」

なにかに曳かれるような、ふわっとした足どりであるき寄ると、ふわっと馬にまたがった。

しかし、ふわっとした、頼りなげな足どりは、それまでで、ピシリと馬の鞭が鳴ると、あとはほとんど無我夢中であった。女輿行列は前方に歩みを停めている。右馬之介が命じたものであろう。その行列を目ざして疾駆した。

近づいて、

「新太郎でござる」

というと、輿の戸が開いて、美しい女の顔があらわれた。

細い三日月形の眉の下に、切れ長の黒い瞳がある。首を打った菊池義武の後室で、加世と呼ばれるひとである。

義武は女房運がわるく、生涯に三人の正室と五人の側室があり、そのうち、正室二人は世を去って、加世が嫁入ったのは、四年前であった。ときに加世は十六歳、義武は四十歳になっていた。

加世は輿を下りて、夏草の中に立った。小柄な女性で、向かいあうと、義鎮の肩よりすこし高いくらいしかない。可憐な少女のような風情である。

「これから、いずくへ」

「はい」と小さいこえでこたえる。「――一応、父のもと、栂牟礼城《とがむれ》に参ろうと思っています」

栂牟礼城は海に面した佐伯の村にある。加世は、すなわち、栂牟礼城主、佐伯惟教の末娘であった。

義鎮は加世に会うのが、はじめてではない。二度ばかり父の惟教に連れられて、府内の館に来たことがある。そのときの好もしい印象は、ながく義鎮の胸に刻みこまれている。物静かで、怜悧な少女であった。しかも義鎮には、比類なく美しい少女に思われた。

父の命じるままに一色家の富子を娶ったのだが、少年の頃の義鎮は、結婚の相手は佐伯の加世と、ひとり、ひそかに心に決めていた。

それが許らずも、叔父、菊池義武の妻となり、血こそつながってはいないものの、加世は義鎮の叔母である。しかも加世の良人を、いま、隈本城に攻殺したのだ。

しかし、いまの義鎮にはそのような感傷はなかった。無言のまま、いきなりに加世の細いからだを抱き上げると、馬にまたがった。

そのまま、まっしぐらに味方の陣営に向って馳け去った。

義鑑が夢を見て、うわごとをいうほど待ちこがれていた鋳物師の玄斉が、種子島からもどってきたのは、夏のおわりの頃であった。

玄斉は義鎮に帰来の挨拶とともに、種子島での鉄砲製作の様子を話した。

「かの島には八坂金兵衛と申す鉄砲作りの名人がおりました。島に寄港したポルトガル船の南蛮人どもから教えられたと申す由で、それはなかなかの苦心の末に習いおぼえたものでございました。これには金兵衛殿のひとり娘の若狭と申す者を、色好みの南蛮人に与えなければならなんだという悲しい話もございまして、それはそれは大変な苦労をなされた由にございます」

種子島の金兵衛の苦心譚から、製作工程までくわしい報告を、義鎮は興味深く聞き入った。

「ながい旅でご苦労だった。それで、おぬし、鉄砲作りを腕に叩きこんだというのか。鉄砲が作れるようになったか」

「はい。充分とは申されませんが、これ以上は、これからの研究で仕上げてゆきたいと存じております」

「なにしろ、急ぐ。すぐに取りかかってもらいたいものじゃ」

義鎮は眼をぎらつかせて玄斉をせき立てた。

府内の町に、やがて兵器工場が建設された。玄斉を中心にして、しだいに作業が進んでいった。このときから数年後には南蛮船の渡来が多くなり、その助言によって、製造は一層さかんになった。

この頃、義鎮を悩しているのは、周防の国の問題である。周防の太守、大内義隆の重臣である陶隆房《すえ》から密書があって、義鎮の実弟、晴英《はるふさ》を大内家の後嗣に申し受けたいといってきたことであった。

大内家のあとつぎにしたいといっても、当主の大内義隆はまだ健在である。その巨大な財力と軍事力によって、これまでしばしば大友家はなやまされている。現在では和睦しているかたちだが、いつまた攻撃を受けるかしれない。大友家にとっては強敵である。

その義隆は武将でありながら、たいへんな文化性を身につけていて、なにごとにつけても京好みであった。本拠の山口の町を京都の色に染め上げるのを理想としていた。

応仁の乱によって京都は乱れ、皇居も荒れ果てているために、山口に新都を造営して、天子も移って来られてはいかがだろうか、と義隆から建議したために、多くの公家衆が下向した、という記録さえある。家臣たちも、和歌、連歌の類から儒学についても熱心に学んで、この時代、山口の文化は最高潮に達していた。

町は洛中に似せて一条から九条まであり、言葉まで京都弁を使った。文化大名、大内義隆は、もはや戦国の大名ではなかった。その虚を陶隆房は衝こうというのである。そのために大友家と攻守同盟を結ぼうというのであった。

義鎮は大内義隆と交わりをむすんでいる。ときに戦うこともあったが、個人的には尊敬の念を抱いている。京都の文化を山口に移植しようとする美しい思想には、共鳴するものがあった。のちに京都から高僧を招いたり、舞妓を連れてきたりした義鎮にとって、たしかに大内義隆は、武将というよりは、一箇の教養人として羨しい存在であった。

陶隆房はこの巨大な富と、高い理想を持つ領主に叛逆しようというのである。しかもその戦いの、戦後処理として、弟の晴英を迎えたい、というのである。

義鎮は若いながら、すでに戦国の大名である。晴英を送ることは、陶の叛逆に同意することであり、大内氏の滅亡に手を貸すことほかならぬ。しかも当然に毛利元就と対決することになるであろう。

果して陶隆房は毛利元就と戦って勝つことができるか、どうか。この両者の激闘に巻きこまれて、大友として、どのような利益があるというのか。

義鎮はまだ陶隆房からの密書を弟には見せていない。密書を文筥に納めたまま、義鎮は数日間を考え悩み、その間、ほとんど加世の部屋に入りびたっていた。

加世には丹後国から輿入れしてきた、さきの妻富子とは、まるきり違った美しさがあった。それは容貌だけのことではない。幼いときから知っていたという気易さもあったが、合志の城攻めの野原で会った、その日から、加世は義鎮の中に溶けこんだ。

その夜、加世を抱いた義鎮がいった。

「おれは、むかしから、そなたが好きだった」

「加世も、新太郎殿を忘れたことがありませんでした」

「しかし、そなたには義武殿がおった」

「加世はわるい女でした。義武殿に心をひらいたことはありませんでした」

そういって義鎮の胸に顔を埋めた。

「義鎮は、もう、そなたを離さぬ」

「でも――」

「なにが、でも、だ。おれが、こんなに思っているのに、そなた、おれがきらいか」

びっくりしたように顔を離して、義鎮をじっと見つめた眼に、うすく涙がにじんでいた。そして低い声で呟くようにいった。

「うれしい。ながい、暗い隈本城のくらしでした。こんな日が、加世に来ようなど、思いもしませんでした」

それは義鎮にとっても思いがけないことであった。

そうして楽しい夜夜を重ねていった。

「加世、支度をせい。遠乗りに出かけよう」

といったのは陶隆房からの密書に考えあぐねた日のことであった。

やがて義鎮を先頭に、加世を混じえた数騎が大友館の城門を出ていった。

秋の陽が和やかに府内の街を照らしていた。

道を東南にとって疾駆する。一行のすがたを遠くから望むと、ひとびとは、

「や、お屋形の遠乗りぞ」

と路傍に避けて、道をあける。

すぐに街は切れて、田圃があらわれ、森林に入る。樹林の中から湧くひぐらしの声で、思い悩んでいた気持が、ゆっくりと溶けていくようである。

「加世、すこしゆるりとするか」

先頭の義鎮はそういって、歩調をゆるめた。

そのあたりから路は狭くなり、登り坂になった。加世は隈本城に入る前は、よく乗馬でひとりあるきをした。栂牟礼の城兵たちは「おてんば弁天」とうわさした。弁天さまのように美しい、いたずら姫という意味であった。しかし何年ぶりかの乗馬は、思ったよりも疲れたようである。

うす暗い森の路を登ってゆくと、しばらくして長い石段の前についた。路の左右に石灯籠がならんでいる。

「下乗」の木札が立っている。そこで馬をおりると、

「加世」

と呼んで手をのばした。

「あ。よろしゅうございます」

思わず身をすくめると、

「遠慮するな」

と近づいて、奪い取るように腕をつかんだ。

三人の若い近習たちは、石段の下で下馬して主人を待っていた。

「ゆっくり登れ。高い階段だから、疲れるぞ」

義鎮から握られた腕のあたりが、しだいに熱くなり、全身が燃えるようであった。

登りつめて、楼門をくぐると、正面が豊後国の一の宮、柞原《ゆすはら》八幡宮である。天長四年（八二七）比叡山延暦寺の金亀和尚が宇佐八幡宮に一千日の参籠をして、霊感を仰ぎ、その神話によって創建されたという由緒がある。大友家の崇敬あつい宮である。

あたりは森閑として、人の姿はない。樹の間から吹いてくる山の風が寒いほどである。しきりに梟が鳴いている。

神鈴を振り嶋らして礼拝すると、義鎮はうしろから拝している加世を抱いた。

「あ、御神前で」

と、あらがうからだに、力をこめると、

「ご神前だからこその誓いよ」

はげしい息を吐いていった。

それから、もう加世は動かず、死に絶えたような時間が過ぎた。

遠くから馬のいななきがきこえた。

「さ、行こうか」

といって、義鎮は立ち上った。

朱塗りの社殿の左右に板張りの廻廊が連らなっている。左手の脇門から神官が現われて廻廊に上ると、びっくりしたように立ち佇った。

「これは。お屋形様には、いつござられましたか。存じませんでした。ご参拝、かたじけなく存じます」

と腰をかがめて挨拶する。

それに向って、

「久しぶりに詣らせてもらった」

と挨拶を返すと、朱色の楼門をくぐって石段をおりていった。

やがて背後から笛太鼓の奏楽がひびいてきた。神官の勤行の楽である。楽の音は山間の樹樹に反響して、いかにも神寂びた感じである。

森ではしきりに遅鳴きのうぐいすが鳴いていた。二羽か三羽ではない。遠く近く、十羽以上もいるようである。

やがて路の右手に、ひろい湖水のような池があらわれる。まっ青に初秋の天を映して、青い水面に、小さな波が立っている。その池に三尺もあろうかと思われる巨大な鯉が、何尾もゆうゆうと動いていた。

神楽の音と鳥の声のほか、まったく音のない世界に泳いでいる鯉は、無気味なほど静まり返っている。しいんとした池で、この柞原八幡の放生池である。

子供が池に石を投げこんでいた。ひゅっと石が飛ぶと、そのたびに池の中の鯉が、水面をたたいて三、四尺も跳ね上る。百発百中の正確さであった。

義鎮は馬をとめた。

「これッ。殺生するな。放生池ぞ」

と声をかけると、

「存じておる」

という返辞は、意外にも、落ちついたおとなの声で、振り向いたのは、頭だけが異様に大きな男であった。

おそらく両手でゴシゴシ掻き上げただけであろう。ほこりだらけの蓬髪の先きを屑糸で結んでいる。四尺そこそこの小男で、二十歳のようにも、四十歳のようにも見えた。

「池の魚、死んではおらぬ」

いわれたとおりである。白い腹を見せているのは一尾もいない。跳ね上った鯉は水に落ちると、またゆっくりと泳いで、水草の中にかくれた。

「うむ、おもしろい」

とうなずく義鎮に向って、

「お屋形も、やってごろうじろ」

「あ、こやつ、知っているな」

「存じておりますとも。大友館のあるじ、豊後の太守、大友義鎮様でござるよ」

男は腰の脇差しを抜くと、抜き身を、ひゅっと空に投げ上げた。短刀は陽のひかりをうけて、キラキラ光りながら落ちてくる。その刃を素手でひょいと受けた。それを二度三度とくりかえすが、薄い傷ひとつうけない。

ふしぎな男である。

「何者ぞ」

義鎮はにらみつけた。

脇差しを鞘におさめると、

「石宗《せきそう》とおぼえていただこう」

泰然としている。不敵な男である。

「おたずねするまでもないが、お屋形、防州から手紙が参りましたな」

ニヤリとしていった。

たれにも見せず、たれも知るはずのない陶隆房からの密書のことを、いっている様子であった。不気味な男である。生かしておけぬ、と思った。

すると、とっさにその殺気を感づいたらしく、男は跳ね上って後退した。

「待て、これはお屋形の敵ではない。早やまるな」

「どこの廻し者ぞ」

「廻し者ではない。ひとりで、やって来た。おなじ仕えるなら、九国一の大将のもとに、と思って、やって来た。それがしは、戦気を見ることに長じておる。戦気とは、城攻め、囲城の節などに、天に立つ煙、霧、雲のごときものをいう。城を攻めるとき、城の上に立つ気がある。これが火の気もなく、灰のごときものであるならば、その城はかならず亡ぶ。それがしは、その気を見ることに長けておる。いかがで、ござりましょう」

「うむ。おもしろい。その千里眼を館に連れてまいれ」

このときまで、山深く潜んでいたために、義鎮だけでなく、世人は石宗を知らなかったが、これは古書にもその名を留めているほどの道学兼備の人物であった。

ある年、豊後の傾《かたむき》山の修業を終えて、吉野山に入峯の節、蔵王権現の御宝前で法の奇特を祈っていると、虚空から脇差しが降りてきて、石宗の前に落ちた。

そのとき石宗は「かかる奇特なれば、祈るまでもなし」といって、谷に向って投げると、たちまちに谷底から風が吹き起ると見るまに、かの脇差しを虚空に吹き上げて、雲の中に隠してしまった。

三嘆した石宗が、さらに祈ると、ややあって、その脇差しは静かに、もとの神前に舞い降ってきた。

すなわち、石宗は三拝してその刀を抱いて山を去ったという。

それだけではない。あるときは虚空を翔ける鴉を呼び寄せ、あるときは竹にとまっている雀をそのままに、枝折りしたことあったといわれている。神変不可思議の人というべきであった。

山から下る義鎮主従は騎馬である。その馬に合わせて、苦もなく石宗は山を歩いた。平ら道まで来ると、義鎮は馬に鞭をくれた。しかし石宗は遅れなかった。

蟹のように、ひょいひょいと横飛びに、騎馬のうしろをおくれずに走りつづけた。

遠乗りから帰った日の夜、加世は発熱した。

顔をうす紅に染めて、全身、冷汗にまみれながら苦しんだ。義鎮は手拭を濡らして、火のように熱い額にあてた。手拭はすぐに乾いた。

「わたくしが致しましょう」

と侍女が代ろうというのを、

「よい。おれがする」

と侍女を次ぎの間に下らさせて、自分で手拭を幾度もかえた。

「苦しいか」

というと、

「お屋形からしていただくのは勿体ないけど、加世はうれしい」

と、むりに微笑して、瞼に涙をにじませた。

「元気を出せ。おまえは義鎮の宝だ。加世を死なせるわけにはいかん。早く快くなってくれ」

励ましながら、もしかしたら、このまま死ぬるのではあるまいか、と恐怖のうちに暗い夜を過ごした。明け方から、心配していた熱はすこしづつ引いていった。

鶏鳴がはじまるころから、加世はかるい寝息を立てながら眠った。

「おれが山に誘ったのが、いけなかった。しかし、もう大丈夫だ」

と呟いたが、加世には聞こえなかったらしく、寝息だけが伝わってきた。

すっかり明け放って、義鎮は自分の部屋にもどった。眼がさめたのは午過ぎであった。布団をはねて加世の部屋にゆくと、おどろいたことには、もう起きて、髪を梳らしていた。

「どうしたことだ。起きてもよいのか」

鏡の中の顔が少女のようにわらった。平生から白い顔が、熱のひいたあとの一層の白さに浮き出ていた。

「よかった。よかった。心配したぞ」

こどものようによろこぶ義鎮の率直さが加世の胸を打った。

部将たちの前では剛直であり、ときには残忍でもあり、わがまま一杯に見える義鎮の一面には、純真とも思われる、こんな一面がある。その発見が加世にはうれしかった。

部屋にもどると、近習の瀬古右馬之介がやって来た。

「昨日の石宗殿がお待ち申しております」

「よし。すぐ行く」

書見部屋にゆくと、見違えるほど身ぎれいになった石宗がいた。衣服が武士風になり、総髪を束めて、うしろで結んでいた。皮膚の黒さと、四尺そこその背丈けだけは変りようがない。

「加世様、ご病気と承り、薬草を持参いたしました。熱病には、これを煎じて飲めば、たちまち全快いたします。これは山の民の秘薬で、じつによく効きます。ぜひ差し上げてください」

義鎮が薬草を受け取ると、

「ところで、弟君のことですが、山口へやられますか」

「おぬし、正直に申せ。その話、どこの、だれから探り出した」

「包まず申しますれば、山口です。当地へ参る前、一と月ばかり山口に滞在していました。その折り、縁あって、陶隆房殿の屋敷にも出向きまして、いろいろのことを知りました。なにしろ大内義隆殿は、出自も風変りの家系で、ご承知のように地方の大名としては珍しい京好みのお方です」

周防の太守大内家の始祖は朝鮮の人と伝えられている。

推古天皇の十七年（六〇九）周防国都濃《つの》郡鷲頭庄の青柳浦（いまの下松《くだまつ》市）に巨星が出現して、松の木に降りかかり、七昼夜の間、こうこうと光り輝いていた。

浦人たちは、その奇観におどろいていると、神託があって、やがて異国の太子が日本に渡来しようとされているので、その加護のために北辰（北極星）が降臨したのだ、というお告げである。そこで、国人たちはこの地を下松浦と改めて、妙見尊星大菩薩をまつる社を建てた。

果して、二年後の推古帝の十九年に、百済国聖明王の第三皇子琳聖太子が来朝して、周防国多々良浜に着岸した。のちに琳聖太子はわが朝の聖徳太子に謁して、大内県《あがた》を知行所として与えられ、以後、大内氏は連綿として絶えることがなかった。その大内県というのは、吉敷郡大内村（山口市大内）だというのである。

その大内氏も、応永年代を前後する二十六代の盛見《もりはる》、二十七代持世や、「一代の猛将、千古の王孫」と讃えられた二十八代の教弘などという文武両道の勇将も輩しているが、末代に至るにつれて、ようやく文治政策に馴れ、義隆の時代に至って、その爛熟期を迎えたというべきであった。

しかし爛熟に次ぐものは崩壊である。山間の盆地山口の町を「小京都」と称されるまでに美々しく飾り立てた義隆の文治政策に対して、当然に反対派が現れた。それが武断派ともいうべき陶の党である。

陶隆房はほとんど公然と義隆の文化性を批判して、挙兵をさえほのめかすことがあった。優柔不断ともいうべき義隆は隆房の不穏な言動を黙殺するばかりか、児小姓《こごしょう》相手の男色にふける日夜であった。

「隆房の密書のとおり、たぶん挙兵はおこなわれるでしょう。そして義隆殿に代って隆房は政権をにぎるでしょう。だが隆房がいかに武勇に優れていようとも、旧家臣の隆房の名では、国人の心服は望めぬ。やはり大内家の嫡流の名が欲しい。そこで目をつけたのが、大友家の御次男、晴英殿。晴英殿が大内家に入れば、大友家とも結ばれる。一挙両得です」

と説明する石宗は、ただの風来坊ではなかった。

「しかし」と石宗はことばをついで「――晴英殿は、いかに大内氏を名乗ろうとも、真の嫡流ではない。これまた国人の心服を得ることはむつかしい。となれば、隆房はこれを殺し、隆房が堂堂と表面にあらわれるにちがいない。いや、それよりも、もっと恐しいのは周防の隣国の安芸国に、息を殺して時節を待っている毛利元就殿です。元就殿は、主殺し退治を名目にして、隆房殿を征伐し、つづいて晴英殿を討つでしょう。この順序、道理に狂いはない。かならず石宗の申すとおりになる。悲惨な結末が、はっきりと見える密書のおもむきに、お屋形はご賛同なさるお考えでしょうか。昨日も放生池のそばで申し上げましたが、改めて石宗の予見をお伝えに上ったしだいです」

義鎮は腕を組んで、じっと石宗のはなしを聞いていた。

「おぬし、よく鼻の利く男じゃのう」

といって石宗の顔をにらみつけた。

一理も二理もある話に、心中深くうなずいた。その通りだと思った。しかし晴英は、どう判断するだろうか。もし晴英が拒否すれば、それでよい。しかし晴英が乗り気になったら、どうすればよいか。たぶん、温順な弟のことだ。この話に乗ることはないだろう。そう思ったが、密書のことを晴英には打ち開けなかった。日頃、果断な義鎮としては、この逡巡はめずらしいことであった。

そうして義鎮が決断しかねているとき、思いがけもなく、晴英の方から、この問題を切り出された。しばらくの後、晴英も陶隆房からの密書を受けたのである。晴英はその手紙を義鎮に見せて、いった。

「兄者。晴英を山口にやって下さい。武家として生まれたからには、大名の二男坊として、生涯を冷や飯食いで終るよりも、いつか敗れることがあるかもしれぬが、一国一城のあるじとなって、縦横に活躍することこそ、戦国の男子の本懐だと思います。陶隆房殿は大内家の勇将だと聞いております。この大将と共に柔弱な義隆殿を倒して、防長二州を握ることができれば、兄者の豊後と相い携えて、西国に覇を唱えることもできるのです。ぜひ、山口へやってください」

若い晴英は、意外なほど熱心であった。

顔を紅潮させて、義鎮に迫った。もう防長の太守になったかのような意気ごみであった。

「おまえの考えはわかった。しかし義鎮には、まだ陶隆房の胸中が、はっきりと摑めておらぬ。しばらく考えてみたい。それにしても、おまえが山口へ向うというのは、隆房が義隆殿を征伐した暁のことだ。それまでは防州の経過を見ていた方がよい。急ぐことはないぞ」

兄ひとり弟ひとりの兄弟である。その弟を、むざと危地へ追いやることは、できない。義鎮はあくまでも慎重であった。

南蛮宗事始

天文二十年（一五五一）九月十九日。

その朝、府内の町はとつぜんの砲声に震え上った。

殷殷たる砲声は神宮寺浦の海から起り、轟然として六十三発に及んだ。町民は家の外にとび出して海の方を望んだが、どういう意味の砲声であるか、わけがわからずに、不安気に右往左往するだけであった。

やがて、どこからともなく、うわさが伝わってきた。

「港の沖の南蛮船が石火矢《いしびや》を射っておるぞ」

「戦さか」

「いや、空砲じゃ」

「南蛮船というもんは、変ったことをするのう」

「なんでも、大そう偉い人が、きょう、お館へ向われるんじゃそうで、そのお祝いのために、船に積んである大石火矢を鳴らしたんじゃそうな」

「偉い人ち、どんげな人な」

「知らん。お館ん衆が、そういいよったそうや」

海から起り、町の背後の山山をゆるがした砲声がやがてやむと、大友館のあたりが、にわかにあわただしくなった。騎馬の兵が一団となって浜辺の方に向ったり、門前にも槍を持った武装兵がならびはじめた。

騎馬の布令兵が町の辻辻でさけぶ。

「本日、南蛮の法師が通行いたすによって、無礼のこと無きよう、注意せい」

その一時間後である。勇壮な南蛮音楽が浜の方から起ると、金色の指揮棒を振りながら船長のドアルテ・ダ・ガマが先頭に立ち、つぎにラッパや笛、太鼓などを奏して音楽隊がつづき、そのうしろには、金モールの肩章と羽飾りのある帽子とできらびやかに装った五人の高級船員。その一人は白絹で包んだ聖書を捧げ、一人は黒ビロードの靴をかざし、いま一人は紅絹で包んだ聖母像を抱いている。

そのあとから静かな微笑をうかべて進むのがフランシスコ・ザビエルであった。その服装は、黒ラシャの法衣の上に金色の刺繍をほどこした純白の袈裟をまとい、きれいな緑いろの頸布をつけていた。神父の両脇からは二人の高級船員が、高く涼傘をかかげて陽光をさえぎっている。華やかな行列である。

これはガマ船長の演出による行列だったが、スペインの貴族の家に生まれ、パリ大学で哲学を修めたザビエルとしては不本意であった。しかし二度も日本に来たことがあるというガマ船長が「未開の人種に初めて接するときには、威儀を正すことが必要である」と強調する意見に従ったものである。

この異様な行列を見物するために沿道には人垣ができた。その中を楽隊はたかだかと珍らしい音楽を奏しながら進んだ。

大友館の門前では、道の両側に百人の槍隊が整列して一行を迎えた。

一行が門前に達した頃、ふたたびポルトガル船から祝砲がとどろいた。このたびは十六発であった。

このとき、はじめて豊後国を訪れた聖師ザビエルは、およそ五十日余の滞在ののちに日本を去り、ふたたびは来日することがなかった。

ドン・フランシスコ・ド・ヤッス・イー・ザビエル司祭が、日本におけるカトリックの布教を決意したのは、天文十六年（一五四七）に南方の海港、マラッカでアンジローという日本人に会ったときである。

カトリック教は、当時、一般には南蛮宗、教会堂は南蛮寺と称された。

アンジローというのは薩摩の武士で、ささいなことで人を斬り、追われて、南蛮船でマラッカに逃げていたのを、紹介するひとがあってザビエルに会い、その武士の話に興味を持ったために、日本行きを決心したということである。

一行はフランシスコ・ザビエルを中心として、コスメ・デ・トルレス師、ジョアン・フェルナンデス修道士、パウロ・サンタ・フェ（アンジロー）、その弟のジョアン、パウロの召使いのアントニオ、アマドノルとマノテルという二人の下僕からなる八人連れであった。

かれらは一五四九年（天文十八年）六月二十四日にマラッカを出帆して、さまざまの辛苦、困難のすえ、同年八月十五日、聖母被昇天の祝日に薩摩国の首都、鹿児島の港につくことができた。そこでアンジローの家族に迎えられて、薩摩の領主にも会うことができたのだが、このパウロ・アンジローはのちに倭冠の一味に加わって、海戦で死んだと伝えられている。

ザビエル神父は、鹿児島から、ポルトガル船の多く寄航する平戸に赴き、山口や堺を経て、ミカド（天皇）に会うために京都に行ったが、応仁の乱によって都は荒廃しきっていた。

失望したザビエル神父は一度平戸にかえり、こんどは精巧な時計、三つの砲身を持つ鉄砲、緞子《どんす》、美しい結晶ガラス、鏡、遠眼鏡など十三種にわたるみやげものを持参して、ふたたび山口に向った。珍奇な贈物を捧呈された領主大内義隆は大いによろこんで布教を許可した。

のちにロレンソという霊名をうけた盲目の琵琶法師が入信したのも、このときである。琵琶歌を朗吟していただけに、語り口も流調だし、南蛮宗にとって重要な説教師となり、日本における最初のイエズス会修道士たるの名誉を得た。

大友義鎮が、近くシナに向うポルトガル船も寄航していることだし、ぜひ尊師に会って、未知の南蛮宗についてお教えを願いたいし、かつは領内の布教についても助力申しあげたいので、いそぎ府内においでいただきたい、という手紙を山口滞在中のザビエル神父に出したのは、このときである。

ザビエル神父が大友館に誘われたのは、聡明の噂高い若き豊後王の手紙によるものであった。

ポルトガル船の船長ドアルテ・ダ・ガマの先導によって、はなばなしく大友館に入ると、奥の部屋で待っていた義鎮は、みずから席に案内して、そこで主客ともに慇懃な挨拶をかわした。

次いでテーブルに食膳が配られると、義鎮はザビエル神父の皿に、手づから料理を一つ一つ盛りつけた。こんなことをするなど、かつてないことである。

若い国主として、おそらくは傲慢な態度を見せるだろうと思っていた船長ガマは、予想もしていなかったことだったので、仰天した。嬉しさのあまり、義鎮の席に歩み寄ると、かれの手を握って奇声をあげた。

食事の後は、ザビエル神父の法話である。かなり日本語に通じているガマの通訳で進められた法話は、義鎮や並居る重臣たちにとって、手きびしいものであった。法話はもちろん南蛮宗の精神を説いたものだったが、個人の私生活についても多く語られた。

その中でもっとも批判されたのは、男女の問題で、一夫多妻はきびしく責められた。これはこの時代の権力者にとっては、意外な思いであった。

第二は、のちに衆道《しゅどう》とも称された男色の禁についてである。これも当時の武士には多分に黙認されていたものだけに、一同、大いに恐れ入ったことであろう。この行為に耽ける者は、馬や犬と同様のけがらわしい畜生である、と極論した。

第三は嬰児殺しの禁である。これは極貧社会にほとんど日常的におこなわれるもので、生活苦から来るものであるとはいえ、罪の最大なるものだ、と戒めた。

やがて時刻が来てザビエル神父は、ドアルテ・ダ・ガマの一隊とともに大友館を辞去した。

その別れのとき、義鎮とザビエルとは、ほとんど相い擁さんばかりの親愛の情を見せた。このときザビエルは四十六歳であり、義鎮は二十二歳だった。父からうとんじられて育った義鎮は、ザビエルに真の父性を感じたかもしれないし、ザビエルはまた義鎮にわが子のような愛情を感じたのかもしれなかった。

この日の印象は義鎮の胸に深く刻まれた。それは数十年後に入信したときに、乞うて、霊名をフランシスコと命名してもらったことからでも解るというものである。

夕暮れ近い府内の町に、ふたたびにぎやかな楽隊の音が起る。一行の前後を大友館の騎馬隊に守られた南蛮行列は、見物の群集の間を浜の方に引き揚げていった。

義鎮は一行を送り出すと、館内の高殿に上った。しだいに遠ざかってゆく行列を眺めながら、これで、よし、と、ひとりうなずいていた。鉄砲と火薬をたくさん積みこんだポルトガル船を多数、来航させてもらうことを、この日ザビエルに頼みこんだのである。南蛮船の寄港は、宗教宣布政策の手段として、南蛮宗の神父の手中にあることを義鎮は知っていたのだ。

義鎮に仕えて、すぐに軍配者（参謀）に任じられた石宗が、旅から帰ってきた。天文二十年（一五五一）十月はじめの日である。

「いったい、どこに行っとったのじゃ」

といぶかしげにたずねる義鎮に向って、

「まことに久しくごぶさたいたしましたが、じつは芸州から防州の方を巡っておりました。あちらはもう大変な騒ぎで、予想どおり、大内の殿は陶隆房のために、ついに攻め滅ぼされてしまいました」

「おお、義隆殿が最期をとげられたというのか」

「はい。長門の深川（在、山口県長門市湯本温泉）の大寧寺と申す寺で、御曹子の義尊殿ともども自害をされました」

乱戦の中でそれを確認して帰ってきたというのである。大内家滅亡が豊後に伝えられた第一報であった。

陶隆房の軍勢が山口に攻め入ったのは八月二十七日であった。その日も大内義隆は来客があって、それをもてなすために、京都から下っていた観世の小太夫による猿楽が催されていた。そのために義隆の居館である築山館は多忙をきわめていた。そこにあわただしく反乱軍来襲の急報があったのである。

館ではにわかに防戦の軍議がひらかれたが、事態はあまりにも急迫していて、どうすることもできず、一同はにわかに築山館を退去して、長州まで後退することになった。そのとき太守義隆のそばには、日頃の男色の相手である清ノ四郎と安富源内という二人の美少年がいたが、ともに混乱の中を逃亡してしまった。

しかし四郎の方はある民家の床下に潜んでいるところを捕われてしまった。その報告をうけた陶隆房はよろこんで、大声で命じた。

「その色男、錆びたる槍をもって、突き殺せ」

源内の方は逃亡に成功したらしく、ついに行方不明となった。しかし義隆はこの美童をことに寵愛していたので、逃走の途中でも、

「源内が追ってくるにちがいないから、あまり急ぐな」

といって、しばしば馬をとどめたが、ついに来ないとわかると、

「さては討たれたのであろう。あれほど離れまいと二人で固く誓い合っておったのに、はてさて、かわいそうなことをしたものよ」

と涙を拭いながら落ちていったという。

いったんは仙崎の港から、船で九州へ逃げようとしたが、荒天のために沖へ出ることができなかったので、ついに自害の覚悟を決めて、そこから遠くない深川の大寧寺に入った。

最後まで義隆を護って落ちていったのは冷泉隆豊という忠臣ひとりだが、義隆の自害を見とどけると、客殿に火を放った。そして義隆の遺骸を焼く猛火の中に、身を躍らして飛び入った。

「あの日、山口に攻め入った反乱軍が火を付けたために、善美をこらしていたさしもの築山館も、たちまちに焼け落ちてしまいました。その火は飛んで、随所に火の手が上がると、山口の町はむざんにも猛焔に包まれて、大きな寺が燃え、宮が焼けて、それは地獄絵のような、あさましいありさまでした」

石宗の報告をききながら、義鎮も暗然とした思いであった。

「そうか。あの山口が焼け失せたというのか。あれは西の京といわれたほどで、この府内も及ばぬ

美しい町だった」

「陶隆房殿の作戦は、かく、ひとまずは思いどおりに成功しました。芸州の毛利元就は、隆房殿の予想のとおりに、背後から睨んでいる尼子晴久を警戒して、動く気配を見せません」

「それで、弟の晴英をどうするか、ということになるな」

「仰せのとおりです。いつまでも毛利が動かなければ、心配ないのですが」

「しかし晴英は、防州行きのこと、心を固めている」

そういって座を立った。

義鎮の心に陰翳をおとしているのは、肥後に赴いて菊池家を継いだ父の弟義武のことだ。隙を見ては兄義鑑の国を狙らおうとして、ついに攻殺された。他国の国主のあとを継いだために、兄の国と事を構えることになりはせぬか。そのおそれはないか。豊後国主としての義鎮の悩みであった。

しかし、うまくゆけば、弟が行くことによって、両国は手をつないでゆくことができる。二国が一体となれば、もはや西国におそれるものはない。陶隆房はそういって誘っているのである。それにたいして、なによりも晴英が熱心に望んでいる。義鎮は承知せざるを得なかった。

石宗が山口の旅から帰ってから五日ばかり経って、在府中のフランシスコ・ザビエルが、ややあわて気味に一通の書状を持って、義鎮のもとにやって来た。

それは山口の町で布教中のジョアン・フェルナンデスからザビエルに宛てたものである。

「――九月二十八日になって、とつぜん戦さが始まりました。数名の殿が大内家の領国を奪おうとし、謀反の陰謀によって国主大内殿を殺害したことで勃発したものでした。八日間というもの、この市は火と刃にさいなまれました。ある者は復讐するために、またある者は掠奪《りようだつ》するために人を殺戮しました。そして私たちが持っている僅かばかりの財産を奪うために、私たちを殺そうとして探しています」

この書簡を読んで義鎮は慰めていった。

「尊師よ。心配することはありません。この戦さは、すぐに止みます。わが大友家には三万の軍勢があります。これが尊師をお護りするでしょう」

ザビエルが義鎮に会っている席に、晴英が入ってきた。

「ザビエル様が御入来の由、おききしましたので参上仕りました」

「おお、晴英殿、山口が反乱軍のために焼け失せてしまいました」

「存じています。しかしご心配なさいますな。やがて晴英も山口へ向います。その上は、かならず南蛮宗の保護を固くいたします。ご安心ください」

このことばは、ザビエルとともに、義鎮をひどく喜ばせた。

「そうか、南蛮宗を保護してくれるか。ありがたいぞ晴英、おぬしが山口へ行けば、山口の南蛮宗布教にとっては、大きな力になる。行くこと許すぞ。ザビエル様が蒔いた種を美しく育ててくれ」

兄弟の会話の意味は異邦人には理解できなかったが、二人が笑顔になると、ザビエルもつられたように声をあげて笑った。

ザビエルは日本に渡来して以来、鹿児島、平戸、山口、京都、堺、府内と同行の者も呆れるほど熱心な布教の旅をつづけたが、成果は必ずしも芳ばしくなかった。ひとつには言語の関係もあった。デウスを日本語では「大日」と訳して、話した。この間違いはのちには訂正されて、ただ「デウス」とだけ呼ぶことにした。

山口布教中は盲目の日本人琵琶法師ロレンソが通訳の役目をした。かれは抜群の記憶力を持ち、理解力もあったので、教理を研究して、日本における最初のイエズス会修道士となった。

豊後では薩摩出身のベルナルドが通訳した。これは薩摩人のパウロ・アンジローとともに、ザビエルを日本に案内してきた男である。

南蛮宗が神父たちが期待したほどには発展しないのは、支配階級を握り得ないことにも一因があった。異様な南蛮人の片語のことばで説く教えに、まず、すがりついたのは、下層の「救いを求める人びと」であった。

町も村も荒れ放題に荒れていた。町は戦さの火で焼かれ、戦さのために人は殺された。田畑は踏み荒らされ、耕す者もなかった。貧困と飢餓と病気のために多くの民は「助けてください」と天に向って手をのばし、救いを求めた。

そのとき、あらわれたのが南蛮宗であった。踏みにじられ、虐げられた民は、とにかくすがりついた。しかし権力者や富裕者は、まだ寄りついていない。これらの上層階級が教えを求めたとき、南蛮宗も大きく育つのだ。それがやがて日本を去ってインドに向うフランシスコ・ザビエルの心残りの問題であった。

一五五一年（天文二〇）十一月、秋の陽が美しく輝く日、ドアルテ・ダ・ガマのポルトガル船は、南蛮宗日本開教の偉人フランシスコ・ザビエルを乗せて、豊後の日出《ひじ》の港を出帆した。

周防から晴英を迎える使者が到着したのは天文二十一年二月の末である。

陶安房守隆満、杉勘解由隆相、飯田石見守興秀、伊加賀民部少輔房勝などが招迎使として、かずかずの珍物を山盛りした三宝が届けられた。

もともと義鎮と晴英の母、つまり義鑑の妻は、横死した大内義隆の姉である。義隆に実子がないために、幼い晴英を大内の養子として養っていたことがある。ところが義隆の方に義尊という子がうまれたために、晴英は豊後にもどされた。

晴英と大内家とはこんな関係である。このたびがはじめての話ではない。

しかし大内義隆を斃しはしたが、陶隆房には大内の名を冒すつもりは全くなかった。

「隆房殿こそ大内家を継ぐお人よ」とか、

「大内家打倒の殊勲第一は隆房殿でござるよ。あの仁がつがれることは、たれも異存はござるまい」

などという声はないでもないが、一方では主殺しの極悪人という、きびしい評判もあることは、たしかであった。そのために隆房は用心した。けっして表に立とうとしなかった。晴英を表面の太守とおし立てて、その背後で、実力を揮うつもりであった。

大内家の重臣たちの迎えにたいして、大友家も重臣を選び、一隊を供奉させた。すなわち、橋爪美濃守鎮共、おなじく五郎長利、吉弘右衛門大夫鎮之らに五百人の兵をつけて送った。

いよいよ発つとき、大友館の門前で、晴英は兄に向って、

「兄者。行って参ります。もし、晴英に危急のことが起ったときには、救援をおたのみします。兄上だけがたよりの晴英です」

「心得ておる。笑って行くがよい」

肩をたたくと、晴英は安心して馬にまたがった。

日出まで行って、それから船に乗りかえるのである。

府内の町は住民総出の見送りであった。その群集の間を悠悠と騎馬の晴英は遠ざかっていった。

防州の多々良浜に着いたのは翌三月一日であった。

この地は大内家の遠祖、琳聖太子が上陸したと伝えられた海辺である。その佳例を貴んで、一両日の逗留ののち、山口の町に入ったのは三月三日であった。

山口の町は西の京と謳われた昔日の華やかな面影はなく、焼け跡にわずかに咲く梅の香もわびしかった。ただ荒れ果てていた。全都炎上のときから、まだ半歳しか経っていない。

迎えに来た陶隆房は、しかし昂然として眉をあげていった。

「ご覧じろ。築山館には、もう再興の鎚の音がひびいております。あれはお屋形をお迎え申した築山館の活気溢れるよろこびの歌でござるよ」

そういって肩をゆすって大笑した。

大内義隆を亡ぼした陶隆房は、大内家の人となった大友晴英の偏諱を受けて晴賢《はるかた》と改名し、やがて

頭を丸めると全薑《ぜんきょう》とも称した。

晴英は大内家の当主らしく大内義長と改名した。

義隆滅亡後の数年間は、防長二州はまさに陶晴賢の天下であった。義隆時代の法令はつぎつぎに書き改められて、新らたに新領主大内義長の名によって発布された。しかし実質は、当然に陶晴賢による法令であった。

フランシスコ・ザビエルが義鎮の請いを入れて豊後に去った後も、山口では南蛮宗が布教された。ザビエルがあとに残したフェルナンデス修道士や盲琵琶法師ロレンソたちの熱心な伝道活動によって、半年の間に五百人の信徒ができた。その後の一五五五年（弘治元年）には二千人の奉教人を得たということである。

大内義隆もかれの男色を批判されたために、一時は機嫌を損じはしたが、南蛮宗のために天守堂建設の土地を与えている。

さらに大内義長は山口入りの直後に、同じく天守堂建設について裁許状を与えて、協力している。

その書状には、つぎのように認められた。

周防国吉敷郡山口県大道寺ノ事
西域ヨリ来朝ノ僧、仏法紹隆ノタメ、彼ノ寺家ヲ創建スベキノ由、請イ望ムノ旨ニ任セ、裁許セシムルトコロノ状、件ノ如シ。

天文二十一年八月二十八日　周防介　御判

このころ、南蛮宗は仏教の一派としか考えられていなかった。しかしやがて、南蛮宗の「デウス」は「大ウソ」であると攻撃される時代が来ると、山口の信者はしだいに減っていった。

その数年間は、陶晴賢と大内義長と、焼けただれた防長の首都山口の復興に尽力していたようである。その努力で、灰燼の中からしだいに新らしい町が芽ぶきはじめた。

一方、芸州の毛利元就が、作戦計画の図面を書いたり、消したりして、秘策を練っていたのは、あたかもその時期であった。

その頃、山口の町に仕事熱心で評判のよい按摩がいた。じつに揉み上手で、したがって得意先も上層階級に多く、陶の館にもしばしば出入りした。

一日、十内というその按摩が、晴賢の肩を揉みながら、眠むそうな声ではなした。

「同輩が申しておりましたが、隣国の芸州では、このごろ、毛利のお屋形と、陣屋の大将たちとの間が思わしくない様子で、いつも、ごたごたと言い合いばかりしておるそうでございますよ」

気持よくウトウトしていた晴賢は眼をカッと開けた。

「毛利の家中が騒いでおるとな」

「はい。いえ」と十内按摩はあわてて、手を休めた。

「ただ、わたしは、仲間からの又聞きで」

「それで、いったい、なにを言い合っているというのじゃ」

「どうも、治療の最中に、つまらんことを申し出して、まことに相いすみませぬ」

「よい。元就殿と重臣どもの論議というは、どんなことじゃ。きかせてくれ」

と晴賢はことばを柔らげた。

「はい。なんでも、毛利のお館、吉田のすぐ前の厳島《いつくしま》に、お城を築かれると申されるのに対して、老臣達が大反対を唱えましたために、毛利の家中、大騒ぎになりました由、朋輩から聞き及びました。毛利元就様もすぐれた大将と聞いておりましたが、厳島に築城されるなど、案外の愚かしさでございますなあ」

晴賢はすぐに物聞《ものきき》（間諜）に命じて、毛利の館のある安芸の吉田のあたりを探らせると、十内按摩のはなしのとおりであった。あんな小島に築城したところで、一打ちに攻め落されるにちがいない、味方にとって、なんの利もない城を築くなど、愚かさの極みであるよ、と非難する部将が多い様子である。

しかし元就は周囲からの非難を排して、ついに厳島の裏側、弥山《みせん》の岳につづく要害の地に小城を築いた。籠もるは毛利家の宿将、己斐豊後守、同じく五郎兵衛、新里掃部助の三人を大将として三百余人である。このとき陶晴賢の下に集る兵は三万人と称された。

あんな小島に城を構えて、いったい、なにを企んでいるのか。かねてから元就の智謀の深さを知っているだけに、陶晴賢は不審の念をいだき、少なからず不安であった。

そんなとき、物聞から諜報があった。厳島の城は毛利の前進基地である。やがて元就はこの城を足がかりにして、周防の山口に攻め入り、大内義長と陶晴賢を討ち取って、大内義隆の仇を報じる計画だ。したがって、規様は小さいが、ずいぶん堅固に作られている。そういう報告がたびたびもたらされた。つぎには、あんな小島に築城したのは無謀だったと、元就が後悔してきたらしい。という情報が伝えられてきた。そもそもが、同勢三万といわれる大内・陶の軍勢に向って、わずか四千の毛利勢が勝てるはずがないではないか、というは当然の判断であった。

しかし智勇兼備の元就には、嫡男の毛利隆元、次男の吉川元春、三男の小早川隆景という名だたる勇将があり、そのほか熊谷信直、天野隆重、阿曾沼広秀、宍戸隆家、福原貞俊、志道広好などの世に聞こえた部将も多い、という評判も高かった。

しかしついに陶晴賢は出陣した。いかに元就智勇にすぐれているとはいえ、わが三万に対して四千では、まさに鎧袖一触《がいしゅういっしょく》の合戦だと決意したのである。

陶晴賢が大軍を催して厳島に渡海したと知ると、毛利元就は膝をたたいて喜んだ。

「勝った。この合戦、もう勝ったも同然ぞ」

と味方の兵を激励すると、天文二十四年（一五五五）九月下旬、全軍、吉田の郡山城を発し、その二十七日には厳島対岸の二十日市の村に本陣を置いた。

「主殺し陶晴賢討伐」という大義名分は効を奏して、その挙兵前後から毛利勢に投じる武将が多かった。ことに四国伊予の能島《のしま》党、久留島党、村上党、因島《いんのしま》党などの海賊衆を握る水軍の大将河野四郎通信のごときは、陶晴賢の方からと、毛利元就からの両方から誘われたが、この「主殺し大逆の討伐」という題目によって、ためらわず毛利軍に助勢することになった。水軍を持たない毛利軍にとって、四国水軍の参戦は大きな力となった。

九月二十九日の深夜、渡海。

その日、軍議の席上で、元就は武装して、諸将に命令した。

「わしの、この軍装を見よ。一つ巻きの締めだすきはわが軍の合い印じゃ。腰には焼き米袋、米袋、餅袋と三つの袋を結いつけておる。かくのごとく三日分の兵糧を持って、命を限りに戦えば、勝たぬというはずがない。ただし三日というのは用心のためのことばで、合戦はただ半日が勝負じゃ。合いことばは、敵は月、よし、だが、わが軍は、誰ぞ、勝つ、に決める。今夜の舟にはすべて篝《かがり》を禁ずる。元就の本舟のみに提灯《ちょうちん》を掲げるゆえ、それを目じるしに、各舟を発進させせよ」

その夜、毛利軍の将兵が乗船を終えたころ、夕方から吹いていた風が、とつぜんに荒らくなり、雨さえ交じえて暴風雨となった。九月の嵐である。

「これでは、とても舟は出せぬ。沖に出れば、舟もろとも、わしらは海の藻屑となるだけじゃ。これは悪風ぞ。ただごとではない」

と大声でわめく四国水軍の舟夫を、元就は叱りつけた。

「これしきの風雨を恐れて、河野党、村上党などといわれようか。この嵐は順風ぞ。敵はこの嵐に、よもや来襲はあるまいと油断しておるに違わん。その不意を衝いて戦い、勝つ。これ以外に小数の毛利勢が勝つ道はない。たのむぞ。さあ、ゆけっ。天の助けの嵐をついて、往けやッ」

数百艘の兵舟は、怒濤を吹き上げる嵐の海を、闇の厳島をめざして、いっせいに突き進んだ。

闇の中に閃々と稲妻がひかり、雷鳴が天と海を圧してとどろいた。舟はゆれに揺れ、将兵は雨に打たれて、生死の間を彷徨する心地であった。先頭をゆく元就の舟、まず、目ざす厳島包の浦につく。つづいて隆元、元春の隊が着岸し終わると、全軍舟、二十日市の浜へ漕ぎもどってしまった。背水決死の覚悟であった。

風雨は毛利軍に幸いした。数百艘の櫓音は猛烈な風と雨と逆巻く波のひびきに消されて、厳島の陶軍にはきこえなかったのだ。

毛利軍は包ケ浦に上陸すると、すぐに背後の山上に登った。夜はまだ明けず、雨はやや小降りになったが、山の路はぬかるみ、深い闇の中に、森のざわめく音だけが高かった。

そのとき、丘の上に先着した元就の声がした。

「あれを見よ」

この丘より高い前方の闇の中に、ポツンとわずかに火影とおぼしい一点のあかりが、風にゆれていた。

「あれは、塔の岡の敵本陣では」

と次男の吉川元春が勇み立った。

「お先きに」と兄の元就に挨拶すると、手兵に号令をかけた。「ここを死に場所と思うて、功名を立てよ。いざ、進もうぞ」

もは馬の通り路ではない。吉川部隊にどっと鬨の声があがると、塔の岡との間の谷に向って、全員、まっしぐらに馳け下っていった。

不意を衝かれた陶軍は狼狽して、とっさに防戦の陣立てをしたが、闇の中のことではあり、味方の兵は谷底にいっぱいに詰っていて、薙刀をふるおうにも、刀をかざそうにも、いかにも難渋であった。そこに一千の敵が斬りこんでいったのである。

まさに乱闘である。闇の中に「たれぞッ」「勝つ」と合いことばが交わされ、物の具の音がひびき、刀鎗を打ち合う音と絶叫が渦巻いた。

次いで、元就の本隊だけを残して、第一隊の長男隆元の部隊が塔の岡の敵本営に突っこんでいった。そのころ、ようやく夜が明けはじめて、陶軍の本営旗が雨霧の中に見えてきた。

陶軍は全軍三万と号してはいるが、狭い島のあちこちに分散して駐屯していた。軍兵は丘の上から谷底にかけて、ほとんど島一杯に溜っているし、しかも平清盛が一門一族を引き連れて参拝した美しい海上楼閣の社殿に兵火の及ぶのは避けなければならなかった。

その中でも三浦越中守・弘中三河守・大和伊豆守など陶軍部隊は猛烈に防戦し、ときに毛利軍を押し返すこともあったが、いかにしても、狭い場所に三万の軍勢を詰めこんだのでは、ほとんど身動きもかなわない状態であった。そこを小数の兵力をもって毛利軍が襲いかかった。さらに、さきに築城した厳島城からは元就の三男、小早川隆景の部隊が突入していった。

しだいに陶軍は追い立てられて、海にのがれる兵もあったが、たまたま味方の舟を見つけて海上に出た兵は、能島、久留島、村上、因島などの四国水軍に攻め立てられた。

陸上にも海上にも戦旗が乱れ、風と雨の中で舟を求めて群れ騒ぐ軍兵たちの姿があわれであった。

「陰徳太平記」巻第二十七にある。

「――陶入道（晴賢）をも打ち捨てて、まず船を敵に取られざるうちに取乗れやという程こそあれ。皆われさきにと小舟に大勢乗りけるほどに、幾等ともなく乗り沈め、溺死する者もあり、先きに乗りたる者は、後より来る者を乗せじと、鎗薙刀にて船に取りつきたる腕を払いければ、敵には逢わずして味方に切られて死するもあり」

という無残な戦況であった。

陶晴賢も三千ばかりの旗本勢が五百余に減り、さらに逃散兵が続出して、身辺がにわかに寂しくなったのを知ると、部将のひとりに手をとられて、浜に向った。しかしそこには、すでに一艘の舟もなかった。

智は元就に劣っていたとはいえ、晴賢は勇者であった。もはや自刃しか道はないとさとると、どうにかして向う岸までのがれて、再挙を計るべきだ、と勧める部将たちのことばを退けて、

「人間には、運不運というものがある。わしは運の神に見捨てられた。武者というものは、散りぎわこそ、たいせつなものよ。ただ、わしの首を元就ずれに見せてくれるな。それだけは頼んでおく」

というと、左腹に刀を突き立てた。

そのまま右の方へ切り裂き、つぎに上腹から下の方へ切ると、臓腑があふれ出て、苦しみだした。

そのとき近臣の伊香賀民部少輔が、溢れる涙の中で、

「見事でござります」

というと、大太刀を振りおろした。

その首を晴賢の小袖に包むと、叮寧《ていねい》に捧げて、山に向い、青海苔（地名）の谷の大きな岩の下に押しこんだ。そこからまた谷を下って浜辺にゆき、そこで従っていた近臣五人、ことごとく自決して果てた。

「戦さに勝ったちゅうても、敵の大将首をあげにゃ、なんにもならん」

「左様。草の根分けても、捜し出そう」

などといいながら四五人の毛利兵が通りかかったのは、一時間ばかりの後である。

「おッ。みんな死んどる中に、首のない骸がひとつある」

「もしや、こん中に」

兵たちは谷に入ったり、浜に出たり、必死になって探しだした。そうしてついに大岩の下の首を見つけた。

谷川の水で洗うと、若い頃は大内義隆の寵童だったという顔は、死んでも、なお匂うような美しさであった。

このとき晴賢は三十五歳。元就は五十九歳であった。

元就が厳島にオトリの小城を築いたのも、陶の大軍をおびきよせる謀略であった。そのために按摩を使ったり、そのほかさまざまな術策を弄して、陶晴賢を厳島に誘いこんだ。毛利元就というのは、おそるべき謀略の天才であった。

厳島合戦がおこなわれた十月一日の夕頃から夜にかけて、周防山口の町は大騒ぎになった。雨と浪のためにびしょ濡れになった敗戦の軍兵たちが、あとからあとからと引き揚げてきたのである。

敗残兵たちは、飢えと寒さのために、家の軒下や路傍に倒れ伏し、中には道路の上に一団となって焚き火をする隊もあった。それらを蹴散らして騎馬の武者が通っていった。陶軍はすでに全く秩序を失ってしまった。

敗報は早く、午過《ひるす》ぎには山口の大内館にとどいていた。館中、色を失った。陶晴賢の軍三万というのも、もとより大内家の軍勢を合せた上の数である。その大軍が、小数の毛利軍に敗れるなど、夢にも思わなかったことである。

館の中は、いまにも毛利勢が襲ってくるのではあるまいかと、恐怖で縮み上った。大内家三十二代の義長を中心として、緊急軍議がひらかれた。意外な敗戦であるだけに、さまざまな意見が出たが、結論は一つしかなかった。

「この上は豊後表に急使を出し、義長公の御兄君に当られる大友のお屋形におすがり申すよりほかはござるまい。せめて一万の軍勢でもお加勢賜われば、この頽勢《たいせい》を挽回することができよう。大友殿も、よもや弟を見殺しになさることは致すまい」

この意見以上の名案は出なかった。

しかし、と義長は思案する。自分が大内家を継ぎたいと申し出たとき、容易に許さず、しぶりきっていた兄の義鎮だ。肉親の人情だけで、国の運命を決するかもしれぬ出兵を、果して兄が承認するであろうか。義鎮は人情を解さない人ではない。しかし個人の感情と国の運命とを、いっしょくたにする武将でもない。それは弟の自分がよく知っている。

そのように考えはしたが、温和な性質の義長は重臣たちの強硬論に抵抗できなかった。

「寸刻を争うときでござる。急ぎ豊後へ急使をご派遣下されし」

というのに対して、

「よろしかろう」

と承諾をすると、ただちに一隊が南下していった。

援兵を乞う大内義長の密書を受けると、豊後府内の大友館では、評定がおこなわれた。

「あれほどの大軍を擁した陶晴賢殿を、寡兵をもって一日のうちに討ち滅ぼした毛利元就の智謀は驚嘆のほかござらん。いまや、毛利勢の意気、天をつく勢いであることは、察するにあまりありです。斯様な勝気に満ちた敵に向って、わずか一万か二万の兵を送ったところで、勝ち目がござろうか」

「それよりも、考えたいことは、お屋形の弟君、晴英殿のお命のことではあるまいか。このまま、おめおめと毛利の手にかかるのは、いかにも残念じゃ。お屋形の気持にもなってみよ」

というのは同紋衆の田原近江守であった。

義鎮の胸は重かった。その重い胸を衝くように近江守が、さらにいった。

「弟君晴英殿は、いよいよ館を離れるときに、お屋形に申された。自分に危急のことが起ったときには、救援をたのむと。それに対してお屋形は、心得ておる、と返事をなされた。いま、その救援を待っておられるのではないか。われらは約を違えるわけにはまいるまい。のう、軍配殿」

それまで評定所の隅の柱に背をもたせて、居ぎたなく両足を前に投げ出す格好ですわっていた軍配者石宗は、のそりと立ち上って、部屋の障子を開けた。

「おお、案じていたとおりじゃ。方々、北の空を見られい。まっ赤に灼けた焔が立っておるでござろう。やがて焼ける。大内殿の山も海も、みんな焼けただれるにちがいない。あれ、あの焔じゃ」

「見えんなあ、そんなものは見えんぞ」

鎮共が不審そうな声を出すと、小手をかざして空を眺めていた重臣たちも、口ぐちに、

「見えん」「見えんのう」

「北にも西にも、焔なんか見えんぞ」

「あれが、あの巨大な焔が見えんとは」と叫ぶと、石宗は腰をおろした。「そうか。方かたには見えず、わしにだけ見えるちゅうのか。ありがたや、吉野山の山霊のお加護ぞ」

そういって、膝を正した。

「あの灼けた空の色は乱禍と申す。われらがいかに助勢しても、勝利を得る見込みなし、とあの色が教えておる。お屋形は、どのようにお考えか知れぬが、わしは出兵に反対じゃな。晴英殿のためよ

りも、大友家を考えたい。しかも、そんなに急に毛利は攻め入りはせん。しかし、わが大友家は、いつかは毛利元就殿と一戦を交えねばならんときが来る。きっと来る。そのときまで、あの恐るべき詐謀家と戦うために、力を貯えておかねばならん、と石宗は思う」

充分に義鎮の肚の底を読んでいた。

ついに援軍は送られなかった。

毛利元就も防州を睨みながら、追討の軍を起さなかった。

数年の間は、毛利は大内とも大友とも争わず、安芸国の平定統一の業に専念した。西条四日市に近い槌山の城に拠る平賀新四郎隆保を討ち、反逆の家臣井上党を征伐。神領の村田入道、杉生彦太郎などの魁首を斬る。二十日市の折敷畑合戦に宮川甲斐守、甲田丹後守などの一揆勢を掃討。備後国保木の城主野間刑部大輔隆実、蓮華山城の杉森隆信、鞍掛山城の杉隆泰を誅伐し、津和野の吉見忠頼と和睦するなど、着着と山口攻めの計略を進めていた。

弘治三年（一五五七）二月二十七日、毛利元就、その嫡子隆元とともに、本陣の岩国永興寺を発し山口へ向う。二年前の厳島合戦では四千しかなかったのが、いまやその勢、一万にふくれ上っていた。

弘治三年二月、岩国を発した毛利軍、防州須々万《すすま》城を攻める。

須々万城は山口の前面に立ちはだかる要害の城である。大内家の驍将山崎伊豆守が七千余の兵をもって守備していた。一方は山が連らなり、三方は深田である。この城は昨年も毛利軍は一部隊をもって攻撃したが、将兵はその深田にはまり込んで難渋しているところを、城兵の逆襲をうけて、さんざんに敗北した。

「何度、来襲しても同じことじゃ。また深田に追いこむまでよ」

と城兵は豪語していたが、このたびの攻撃は意表をついた。

「あれは魔法か。人間わざではないぞ」

と城兵は呆れた。

攻撃軍は深田の上をすいすいと歩き、あっと思うまに城の板塀にとりつくと、引きはがして躍り入ってきたのである。

寄せ手は、てんでに竹で編んだ畳一枚ほどの簀《さく》を深田の上に投げこむと、その上に薦《こも》やわらのむしろを投げかけた。昨年の失敗に懲りて考案した戦術であった。一万の毛利勢は、どっと鬨の声をあげると、その簀の上を走り、城の塀にとりついた。

城兵も門をひらいて迎撃した。中でも毛利勢の桂兵部丞は敵と引き組んで、上になり下になりして闘ったが、兵部丞から押しつけられた敵は、死力をふるって喉に食いつこうとして、誤って鼻に嚙みついた。おどろいた兵部丞は、その敵の首を掻いて立ち上ったが、なおもくらいついて離れなかったので、味方の兵は、

「やれ、一身二頭とは珍しい見ものじゃ」

とはやし立てた。

城将山崎伊豆守の一族は落城と知ると、甲《つめ》の丸に集って、妻子をことごとく刺し殺した後、一団となって門外に躍り出た。死にもの狂いに闘って、ことごとく討ち死をとげる。この日、毛利勢の得た首級、三千余。

三月四日、毛利元就は軍を進めて、本陣を防府に置き、隆景と一手となった。このときは、すでに大内義長はすべての軍勢を失って、従うのは大内家先代からの重臣、内藤隆世の手の者だけになってしまっていた。

「これでは、いかなる手だてもできませぬ。ただ、もう一度だけ、豊後の義鎮公に援軍をお願いしてみてはいかがでしょう」

隆世の進言によって、豊後に使者を送ったが、義鎮からは、なんと返事もなかった。その使者がはたして豊後まで行きついたか、どうかもわからなかった。

いよいよ危機が迫ったときである。

「たれか、震旦《しんたん》（いまの中国）まで行ってくれる者はいないであろうか」

迫っている死を前にして、異様なことばであった。

「それは、どういうことでございますか」

と不審な顔を向ける内藤隆世にいった。

「かく成ったからには、自害はもとより覚悟の上だ。死は厭わぬ。ただ、かつて、この世に大内義長ありき、と永久に伝える石ぶみ（石碑）を残しておきたい。それには、かねて仏法発祥の地ときいている震旦の径山寺《きんざんじ》にお頼みしたいのだ。幸いに、この館には、大内家重代の重宝、瓢箪の茶入れ、江沢藻髪《つくもがみ》と名付ける肩衝《かたつき》（茶入）、初桜という吉光の刀などがある。これを兄の義鎮へ参らせて、代りに黄金三千両ばかりを頂戴し、それを径山寺に渡して、わが名をしるした石ぶみを建ててもらえば、末代までも名を留めることができるであろう。たれか、豊後に渡り、さらに唐にまで向う者はおらぬか。のう、隆世殿」

あまりにとっぴな着想である。

しかもこの敵の重囲《じゅうい》の中をどうして脱出するというのか。困難であり、危険でもあった。さすがに返辞をする者はなかった。みな、面を伏せていた。そのとき、義長のすぐそばにいる若い杉刑部が顔を上げた。

「お屋形のためです。この刑部が参りましょう」

「おお、そなたが行ってくれるか」

と義長は喜んだが、みんなはけげんな顔を見合せた。

刑部は防長二州でならぶ者がないといわれる美男である。それだけに義長の寵愛深く、夜々の伽に手放したことがなかった。それは毎夜、義長に手枕をさせるために、左腕がしびれて、自由を失ってしまったというほどの寵愛ぶりであった。

そんな衆道一途の美童だけに、もとより武芸のたしなみもなく、しかも日頃から大内家第一の臆病者というわさの高い刑部だっただけに、

「本気か」

と呆れたのは内藤隆世である。

「はい。行かせていただきます」

「大丈夫か」

「はい、内藤様」

婉然《えんぜん》と微笑をうかべて、からだをくねらせた。

こやつ、逃げる気だな、と気がついていたが、隆世はそれ以上は問いつめなかった。本心はみんな逃がしてやりたかったのである。

しかし名だたる大内家の珍器名宝を積んで周防灘に出ていった刑部の舟は、干珠《かんじゅ》島、満珠《まんじゅ》島のうかぶ沖の岩に打ちあたって沈んでしまった。

このとき、毛利軍の来襲が目前に迫っていることは、たれにもはっきりと感じられていた。義長は隆世に伴なわれて山口を去ると、騎馬で長門の長府に向った。そして大内家は三十二代をもってこの地で断絶した。

内藤隆世は長府の勝山城で自刃し、大内義長は長福院という寺で切腹した。介錯には十七歳の近習、杉重光が、大内家重代の千鳥という銘のある太刀を揮った。ときに弘治三年（一五五七）四月三日。長福院というのは、現在の名刹、功山寺である。

渦

義鎮は夢を見ることが多かった。

二十歳のころは山狩や鷹狩に疲れて、夜は床に入ると、すぐに熟睡したものだが、大内家瓦解の頃は、よく夢の中に大内義長が現われた。

「兄者人《あにじやひと》は、あなただけが、大内家に赴く晴英の頼みの綱です、と申し上げたことを忘れたのですか」

と、いう義長は、夢の中では、いつまでも義鎮の弟の晴英であった。

つよく責めるでもなく、少年の面影を残している顔には、微笑さえ浮かんでいた。それが義鎮には辛らかった。

「待て。おれは本当はおぬしが可愛い。助けてやりたい。だが、毛利と正面切って戦うには、いまの豊後にはそれだけの力がない。しかし、十年、待ってくれ。十年の後には、きっとおぬしの仇を取ってみせる。わかるか。わかってくれ」

というと、

「そんな弱気では、どうですかね」

そういって、スタスタと向うに行ってしまう。

「待て、待て。本気だぞ。義鎮の本音だぞ」

追っかけておらぶのだが、義長の姿はなく、その声はガランとした空洞の闇の中にひびくだけであった。

眼をさますと、冷や汗をかいている。

「可哀そうな晴英」

とつぶやくと、布団をはねて飛び起きる。そしてきまって暗い部屋の中で大声にどなるのである。

「毛利を討つ。討つ。きっと討つ」

このことは、軍配者の石宗のほか、同紋衆の数人しか知っていないことだが、大内義長を長府の長福院に追いつめると、毛利元就はすぐに義鎮に使者を派した。

「ただいま、義長殿を攻め囲んでいる。これを殺してもよし、またご希望ならば豊後にまでお送り申してもよい」

という口上であった。なんとなく元就一流の謀略めいた口上である。

使者を受けて思い悩んでいる弟思いの義鎮に説いたのは石宗である。

「お屋形のご心中は、よく解ります。しかしいまは毛利の申し出を受けて、一時、手を握って下さい」

「うむ」と義鎮はうなずいた。

義鎮もそのことを考えていたのだ。すぐに返書がしたためられた。「義長はもとより主殺しの陶晴賢からかつがれた者で、大友家とは無縁である。ただ、この機会に、領地、分国のことを確約しておきたい。すなわち、海峡から南側の豊前国と筑前国とは、これまで大内家の勢力が入っていたが、今後ははっきりと大友家に帰属するものとしたい。海峡から北、周防国と長門国は毛利家の有として、われらは、いっさい手を出さぬ」

この返事を毛利の使者に持たせて帰らせた。

元就から折り返して、分国地域協定に承知するという返書があった。同時に大内義長自尽の様子が知らされた。それを受けると、

「義長公ご自決のこと、ご愁傷に存じ上げます」

と石宗は義鎮に挨拶した。

「さて、あの毛利タヌキめ、この約束、五年とは守れまい」

そういって笑った。

「それにしても、お屋形、このごろ、加世様のご機嫌、いかがでございますか」

義鎮の顔が曇った。

「あんまり、ようない」

義鎮が、義長の夢に次いで見るのは、そのことであった。

夢の中の加世は、いつまでも若く、美しく、快活であった。鷹狩に連れてゆくと、馬を走らせて、猟犬と競走したり、晴れた日には洗濯物を抱いて、近くの川に出かけたりした。侍女が、お加世様、

お子はいつできるのですか、とぶしつけにたずねると、通りがかった義鎮に川水をすくって、ひっかけて、キャッキャッと子供のようにわらった。どの加世も健康で、愉快であった。

夢からさめると、義鎮は深い吐息をついた。すると離れた部屋で、けたたましく咳き入る声がした。しいんとした夜の底に、咳はながくつづいた。起き上って廊下に出る。そっと離れ部屋の戸を開けると、うす暗い中で俯伏せになった加世が、肩で呼吸をしていた。

「苦しいだろうが、がまんせいよ」

そういいながら義鎮は背中をゆっくりとさすった。

肩の動きが、すこし軽くなった。

「すみませぬ」

低く、かすれた声である。

「心配するな。わしが治してやる。石宗も、あれこれと薬草を探してくれておる」

ゆっくりとからだを起すと、とつぜんに義鎮にしがみついた。

「死にとうないッ」

語気ははげしいが、力のない声である。

それから義鎮の胸に顔を埋めて、低い声で泣きだした。

「加世は、もうだめです。でも、こんなに好きな方と別れるなんて、いや、死にとうない」

泣きじゃくりながらいう声は、すでに人の世のものではなかった。

背を撫でながら義鎮は暗然としていた。病床について一年以上になる。会ったと思ったら、それは瞬間のよろこびだけで、もう別れなければならない。

なんども吐いたために、すっかり血の臭いのこもった部屋の中で、夢のなかの笑い声をしきりに思い起していた。


まだ一番鶏も鳴かず、夜明けには遠い頃であった。大友の館内にある一棟で、石宗はふと眼をさました。ひっそりと家に近づく足音を耳にしたのである。かるく雨戸の開く音がした。

「木全《ぼくぜん》じゃな」

うすい布団の上に坐った石宗が声をかけた。

「そうじゃ」

と入ってきたのは、短い脇差しをさしただけの、野伏《のぶせり》を思わせる筒袖をきた若者である。

「熱病の薬草、手に入れたか」

「いいや」

「ばかたれッ。加世様のいのちが、あぶないというのに、なにをしとるッ」

荒らげた声に向って、木全と呼ばれた若者は、あわてて手を振って、

「それどころじゃない」

「ばかたれがッ。加世様のいのちより、もっと大事なことがあるちゅうのんか」

「ある。それで、夜通し飛びつづけて、もどってきた」

「なんじゃ。どんなことじゃ」

「筑前の秋月が兵を集めだした」

「なにッ。秋月文種がッ。秋月が起てば、当然に筑紫惟門も叛く。そうか。毛利タヌキの手が廻ったのじゃの。ご苦労じゃったの」

「それから、これが薬草」

「おお。採ってきとったのか。ばかたれが。早ういわんか」

薬草を受け取ると、

「まず休め。おれは、すぐお届けしてくる」

と出ていった。

不寝《ねず》の宿直《とのい》が連絡すると、義鎮は眠れなかった様子で、眼を赤くして出てきた。部下の乱波《らっぱ》からの報告を伝えると、

「そうか、もうタヌキめ、約束を破ったというのか。おもしろい。去年、豊前に出陣して以来、しばらく休んでいたので、骨の節ぶしが痛うてならん」

そういうと、両腕をのばして、ぐるぐると廻した。

義鎮の顔に赤味がさしてきた。戦さというと、ふしぎに元気になる。どんなときでも、全身に活気が溢ふれてくる。戦場のはたらきを思うと、たのしくてたまらないのだ。

そんな表情の義鎮の顔は、いかにも頼もしい感じである。石宗はそんな義鎮が好きであった。

「加世様は」

「うむ、よくない」

「これをのませて上げて下さい」

薬草を置いて部屋を出ながら、あまり永いいのちではないなと思った。

一番鶏が鳴きだしたのは、そのころからであった。


弘治三年（一五五七）の夏、筑後から豊後にぬける雑草原の中の道を、西から東へ向って三人連れの修験者があるいていた。

このあたり、田や畑などはない。ただぼうぼうと夏草が生い茂っているだけである。

主僧らしいのが、

「急ごう。日の暮れぬうちに、水分峠《みずわけ》を越したい」

連れの男は黙ってうなずくと、すこしばかり急ぎ足になった。

いくらか陽が西に廻ったとはいえ、陽ざかりは暑い。道の右手の山からうすい煙が流れていて、あたりは臭気に包まれている。

「山の神が道ゆく旅人を眠らせてしまうというのは、このあたりのことじゃろう」

先頭の大男の修験者がいうが、ほかの連れは唖《おし》のように黙っている。

硫黄の臭気である。このあたりの路傍に「ねむり岩」というのがある。旅に疲れたひとがその岩に腰をおろすと、やがて眠む気に誘われる。ついに眠ってしまうと、それを見とどけた山神が現われて、生き血を吸うてしまうというのである。

いまでも、たまにその岩のそばに、カラカラに乾からびた人間の骸が散らばっているのを、見かけることがあるという。

三人連れは、いずれも顔をしかめて、その恐ろしい硫黄のけむりの中を急ぎ足で抜け出ようとした。そのときである。先頭の主僧が、とつぜんに、うわーッ、とさけんで、仰向けにぶっ倒れた。けむりの中から、黒い塊が飛び出したかと思うと、大男の主僧が倒れたのだ。

「怪物か。あの山の神という」

「うん。たしかに見た。黒いかたまりから、やられたのじゃな」

二人はこもごも倒れている大男の手当をすると、すぐに息を吹き返えした。

「あやっ、どこに行ったッ」

と主僧らしいのが、顔を青くして怒鳴るが、ただ黒いかたまりとしか見えなかった人間は、すでに半里も彼方を走っていた。

「あいつ、人間じゃない。たしかに魔物じゃ」

呆れ顔に一人がいうと、倒れていた男が大喝した。

「ばかこけ。あいつが、豊後の石宗よ。このおれを、こんな目にあわせきるのは、石宗以外にはおらん。

これで、あいつの手のうちはわかった。こんど会うたときには、たたき殺してくれる」

いまいましげにいうと、舌打ちをして、東の方へ向った。

そのとき、石宗はニヤニヤ笑いながら竹藪の中をあるいていた。左手にひろい川があらわれた。ごうごうと水音をひびかせて、急流である。

石宗は川のふちに立って、ちょっと考えている風だったが、いきなり短い道中着を脱ぐと、頭上に丸めて結いつけて、水の中に入った。

巧みな水練である。しばらく泳ぎながら川下にくだっていると、水の上を蛇が渡っているのを見つけた。蛇は岸から岸へ渡ろうとして、川の中の石宗を見つけたものらしく、しだいにこちらに近づいてきた。

「うわーッ」と、石宗は叫び声を上げた。

すると、土手の上から石が飛んできた。石はみごとに蛇の頭を打ち砕いた。

土手の上に笑い声が起った。

「木全か」

「木全か、じゃないよ。相い変らず、蛇はきらいか」

「きらいどころか。恐ろしゅうて、かなわん」

石宗は水から上がりながら、

「人間なら、敵が何百人おろうとも、恐れはせんが、相手が蛇では、かなわん。こどものとき、巻きつかれたことがあっての、それ以来じゃ。あんまり暑いので、ちょっと泳いでみたのじゃが、罰が当ったよ」

「早う、着れ。見つかったら、どうする。さっきも、毛利のゲソ（密偵）に会うたぞ」

「あの三人連れか」

濡れたからだを拭きもせずに着物をつけると、二人はすぐに、また森の中に分け入った。

「なぜ、追うて来たのじゃ」

「親方に、もしものことがあったら、困るのはわしらじゃけの」

「心配するな」

二人はけもののように音も立てずに森の中を走った。しだいにあたりが暗くなった。森の中は暗く、しきりに虫が鳴いている。

やがて夜が来る。森の外に出ると、空は一面の星である。その星あかりの中を、二人とも、まるで昼の道を往くように走りつづけた。すでに秋月（地名）の山である。

秋月文種の本城は筑前国夜須郡にそびえる古処《こしょ》山の頂上にあった。前面はややひらけているが、背後はそそり立つ絶壁に囲まれた要害の山城である。

二人はその断崖の上に立った。

「こいつは凄いぞ。下にチラチラ見えるのは城の灯じゃろうが、あれまで路があるのか」

「黙って探せ。搦手《からめて》があれば、かならず搦手路があるものだ。小さな路じゃが、あるにきまっとる」

二人は分れて、星空の下の薮の中をかき分けながら、一と刻（二時間）あまりも動きまわった。

「ここじゃな。ここしかない。この路を馳せ下るのじゃ」

すぐ眼下に古処山城が眠っていた。ふーッと太い息を吐いて、石宗は星空の下の城をいつまでも睨んでいた。

石宗から報告をうけると、義鎮はすぐに軍議を催した。義鎮はいう。

「芸州の古ダヌキめ。大内家没落のみぎり、防長二州は毛利の有、筑前、豊前はわが大友の領と固く約束したにかかわらず、まだ数カ月も経たぬというに、早くも約を破った。このたびの秋月文種と筑紫惟門の反乱は、毛利の策動によるものたるは明らかである。この両人を討つことは、毛利の破約に対するみせしめである。いま、これを退治せねば、かならず毛利は図に乗って、もっと大きな策略を企てるであろう。この二人を潰すために、大軍をもって攻め寄せる。この義鎮も出陣するぞ」

決意を示すと、すぐに陣容を定めた。

全軍を指揮するは総大将義鎮。そのほか、佐伯惟教、戸次《べつき》伯耆守鑑連《あきつら》、高橋三河守鑑種、臼杵《うすき》越中守鑑速《あきはや》、田北大和守鑑重、朽網《くたみ》三河守鑑康、志賀安房守親守、おなじく武蔵守鑑隆、吉岡、小原、一万田など、その勢二万余。砂塵を捲いて、まず秋月の古処山城に迫った。

いよいよ府内を出発するという前夜、義鎮は加世の部屋を見舞った。痩せ細った加世は寝床を払って、涼しげに義鎮を迎えた。おどろいたことに、南蛮の化粧料で濃く化粧していたせいであろう、まるで病人とは思われない美しさであった。

「おお、きょうは麗しい。まばゆいほどだ。よほど気分がよいと見える。さあ、来い」

と腕をのばして抱くと、さすがぷんと熱の臭いがしたが、うっとりと眼をつむって、

「うれしい」

と小さくいった。

「そなたが気がかりだが、くれぐれにも養生をたのむぞ。丈夫になってくれ」

「ご心配なさらず、存分にお働きくださいまし。加世は、いつでも、お屋形のそばにおります。あの柞原八幡宮《ゆすはら》まで遠乗りしたのは、いつでしたかしら。あの日のことは忘れませぬ。ほんとうに楽しい思い出です」

そういって、ほほえみをうかべた。

その顔にそっと唇をあてて、

「明日は朝が早い。そなたも早く寝て、明日はわしの武運を祈ってくれ」

そういってお屋形部屋にもどった。

翌朝、侍女たちに手伝わせて甲冑を着けていると、あわただしく加世付きの侍女が走りこんできた。色を失っている。

「加世様が。あの、加世様が……」

部屋にかけこむと、加世は左乳下を懐剣で刺して、果てていた。妾に心を残さず、思い存分の合戦をお祈り申します。加世はお先きに行ってお待ち申しております、と美しい文字で、置き文が認めて

あった。

「加世ッ……加世……」

叫びながら屍を抱く義鎮の両眼から、なみだが溢れおちた。

もはや余命なしとさとって、出陣の義鎮に心を残させないために、みずからいのちを絶った。加世というのは、そんな心のやさしい、そして、いさぎよい女であった。

それにしても淡い、はかない愛の始終だったな、と抱きながら思った。すでに生色を失った頬にはけしく唇をあて、それからしずかに加世を横たえた。

「万寿寺に知らせるがよい」

万寿寺は大友家の菩提寺である。

加世の葬いも気がかりだったが、同時に、秋月討伐の軍も起さねばならなかった。葬いの方は心の利いた家臣たちに任せて、軍団の編成にかかった。

戸次伯耆守鑑連、臼杵越中守鑑速、高橋三河守鑑種、佐伯、田北、朽網、志賀、吉弘、吉岡、田村、小原の諸将の率いる隊二万余をもって攻撃軍とし、義鎮も総大将として出陣することに決定した。加世の死は一層に義鎮を奮い立たせたというべきである。

葬いをすませて、七月五日、部隊は各城将の指揮のもとに秋月へ向った。団団たる夏の太陽の下を馬も人も汗をたらして進軍した。先鋒隊が秋月の村に迫ったのは七月六日である。その夜は、敵城のある古処山を睨むようにして、数百のかがり火が燃えさかった。

山上の城にこもる秋月文種も勇猛のうわさ高い武将である。城の高楼から、夜空を焦がすかがり火を望みながら、

「これあ美事じゃ。まさに天地ことごとく星に輝いているようじゃ」

と感嘆した。

その夜はよく晴れて、山深い秋月の空は、満天の星であった。その星あかりの下の森を分けて、人影が動いていた。およそ八十人ばかりの一隊が、武具の音も立てず、ひそやかな行動である。

森が切れると、やや広い場所に出た。思いのほかに近くに、本丸と思われる三層の櫓が彼方にそびえている。

「伏せいッ」

低い声で鋭く隊将が命令した。

「鑑種殿。ここが搦め手の口じゃ」

という声は、まぎれもなく石宗である。

高橋鑑種はおのれの本隊は部下の将に指揮させて、ひそかに搦め手から攻め入る奇襲隊をひきいているのだ。

「この坂を馳け下りさえすれば、搦め手の棚につく。そこを蹴破れば、本丸じゃ。よいかの」

鑑種がうなずくと、石宗はしずかに森の闇に消えていった。

あたりいちめん、くつわ虫が鳴きしきっている。

「虫がやかましいのう」

「虫はよいが、この蚊には閉口じゃ」

「おう、かゆうてたまらん」

などと森かげの闇の中で声がする。

「黙れ。声を立てるなッ」

若い鑑種が舌打ちして、低声で叱りつける。

眼下のかがり火のあたりを城の哨兵らしいのが巡っている。こちらに近づいたり、向うに行って見えなくなったりする。その巡回の兵は十人ばかりもいる様子であった。部兵の低声が先方まで聞こえるはずはないと思うが、油断はならない。

とつぜんに、山の下で、どっと鬨の声があがった。攻め太鼓が鳴っている。午前五時。

喊声《かんせい》がしだいに近くなってくる。大友勢が山の城をめがけて登っているのだ。それに向って、ひゅっ、ひゅっ、と絃の音がひびきだした。しばらくすると、城内からも太鼓の音がはじまった。同時に、城内に鬨の声があがり、どどッ、と坂を馳け下る地ひびきが起った。城兵が門をひらいて大友勢に斬り入ったのだ。「今だ」と鑑種は地を蹴って跳ね起きた。「――行くぞッ」

先頭に立って、城の背後の急坂を馳け下った。

急襲隊の半分はタイマツをかかげている。木戸を打ち破ると、本丸を走りまわって、タイマツを投げた。板やワラの屋根は、見る見るうちに火を噴き出した。館の中から大勢の兵に混って、女やこども走り出てきた。

正面の坂を下った城兵たちは、すでに城内に押し返された。大友勢が得意とする鉄砲の音が、しだいに烈しくひびいてきた。しかも城内の火災はひろがるばかりであった。しかし恐れひるむ兵ばかりではなかった。勇敢に大友勢に向う兵も多く、攻撃隊からも死傷者が続出した。その中で高橋鑑種は豪勇であった。大長刀《おおなぎなた》を揮って縦横に奮戦して、二十人以上も斃《たお》した。

炎は三階建ての大櫓に延焼した。すでに夜はまったく明けて、こうこうと陽が輝っている。その美しい空に向って、城を焼く火柱が立った。

その炎の中で城将秋月筑前守文種は割腹した。

文種には九歳を頭に三人の男の児があったが、いずれも家臣が護って周防に走り、毛利元就にすがった。のちに秋月長門守種実、高橋右近大夫元種、長野三郎左衛門種信となって、北部九州に威をふるう戦国の三人兄弟である。

大友勢は進んで、さらに筑紫惟門の拠る勝尾城（佐賀県鳥栖市）を攻略した。惟門もまた毛利の誘いに乗っていたのである。

合戦ののち、殊に大功ありとして、高橋三河守鑑種は筑前岩屋、宝満《ほうまん》の二つの城の城主となった。

秋月城攻略の前後、義鎮は戦さに忙殺された。

毛利元就のはげしい誘いの手におどる城を討伐するために、豊前から筑前にかけて、休む間もなく軍勢を繰り出した。

関門海峡をわたったところに位置する豊前は、いわば九州攻略のための橋頭堡《きょうとうほ》であったし、朝鮮や明国との貿易港である博多津を持つ筑前は、大内時代には金函であった。時代が大内から毛利に移ったとしても、その重要性に変りはない。

しかも筑・豊は大内の分国ともいうべき地方であったから、大内なきあと、ながく大内に親しんでいた城将たちは、しぜんに毛利の方に傾いていった。加えて、老獪な元就の硬軟こもごもの誘いは強引であった。

そんなとき、義鎮は石宗からの密報を得て、おどろいた。石宗はいう。

「タヌキの毛むくじゃらの手が、お屋形のお膝元にまで伸びている。と知ったときにはびっくり仰天しました」

「それはどういうことなのか。なにをいいに参ったのだ」

「はい。これにおどろかざるは人にあらず」

「なにを、とぼけたことをいう」

「同紋衆の一万田《いちまだ》弾正忠鑑相《あきすけ》殿、おなじく宗像民部少輔鑑久殿、それと服部右京亮殿、この三人の歴歴が揃うて謀反の計画中と聞いては、おどろかざるをえませぬ」

「石宗、それはまことか」

「はい。聞耳の木全の報告に狂いはありませぬ。あのやつ、知恵の代りに脚を使って、一人一人についてとことん調べ上げてくれました。もっとも、この噂、ひそひそとかなり以前から流れていましたのは、ご存じでしょう。そのひそひそが大声になっただけです」

「わかった。かれら、いま、どこにおるのじゃ」

「府内のそれぞれの屋敷です」

日頃は青白いほどの端正な顔がひきしまると、血色がよくなった。

「よし。すぐに討ち手を出す。府内の中とすれば、軍勢を催すわけにはまいらん。おぬしの隊だけでやれ。ただし、足らねばほかの手を借りてもよい」

「承知しました。何日頃にいたしましょうか」

「今夜だ。日を延ばすわけにはいかん」

「はい。では、ただちに」

と立ち上った石宗を呼びとめた。

「待て、思い出したぞ」

けげんそうな顔の石宗に、

「右京亮の内室のことを、いつぞや耳にしたことがある」

「わかりました」

と頭を下げて、ニヤリとわらった。


その夜は月も星もなかった。

暗い府内の町を、一隊二十人ばかりの武装兵が、三隊、ひそかに通っていった。

一万田鑑相は豪勇の武者として知られている。この屋敷に向った隊長は木全である。若いが、敏捷で強力な男である。

「お屋敷のご用です」

と呼んで門扉をたたくと、すぐに返事があった。

内側から扉が開くと、手勢の半数が木全を先頭に馳け入った。すでにタイマツがかかげられている。

そのまま部屋に入ると、鑑相が太刀をひっさげて突っ立っていた。

「何者だッ。何用ぞッ」

それにこたえず、木全は低い声で、

「仰せに候」

というと、いきなり鎗を突き出した。

鎗はみごとに鑑相の胸板を突き通した。半分だけ抜いた太刀を握ったまま、身の丈六尺の鑑相は仰向けに打ち倒れた。

宗像鑑久討ち取りに向った隊は、門に入ると、いきなりに家の中にタイマツを投げ飛ばした。おどろいて飛び出してくる家人の中に鑑久を見つけると、黒五郎と呼ばれる隊長が走り寄った。

「何奴ぞッ」

立ちどまったところを、

「仰せに候」

と叫んで、大きな太刀を横に一と振りすると、声のない首がドスンと地をひびかせて落ちた。

服部右京亮の屋敷に向ったのは石宗である。

門をたたいて家の中に入ると、すぐに右京亮が部屋から出てきた。

「すまぬが、庭までお出まし願いたい」

「何故だ。どうしたわけだ」

二人とも館では知りあいの仲である。ことばをかけ合うこともあるし、行き合えば挨拶も交わす。

そんな間柄だ。石宗は不憫な気がしたが、ぐずついて、内室でも出て来たら、一層まずくなると思うと、

「とにかく外へ」

と肩を押して、出た。

暗い庭に出たとたんに、

「仰せに候」

と叱咤して、真向から斬り下げた。

絶叫を残して、右京亮は倒れた。

その悲鳴は奥にまで聞こえたかもしれないが、部屋から出てくる女の姿はなかった。

ほとんど同時に、女輿が門を走り出ていた。

この夜、宗像鑑久の屋敷から出火した焔は、闇の町に火柱を立てて燃えひろがり、貴人や商人の家

屋三百軒が焼けた。とルイス・フロイスは「日本史」に記録している。

翌朝早く義鎮は修道士フェルナンデスの訪問を受けた。府内の町はまだ延焼中で、あちこちから焔が上がり、焼け跡からは白いけむりが湧いていた。

煙の中をくぐって大友館にかけつけたフェルナンデスは、火事の見舞と、謀反人誅伐の祝いを述べた。

「ガゴパードレに安心するように、お伝え願いたい。犯罪人は部下の兵が征伐したし、火災ももはや下火になっているので、間もなく消えるだろう。そして義鎮は、このように健在です」

「パードレに申し上げましょう。安心しました」

そういってフェルナンデスがかえってゆくと、義鎮は三階の高楼に登った。昨夜から何回となく登った高楼である。そこから府内の町を望んで、騒動の落着を待っていたのである。

三階の部屋に入りかけて、足をとめた。町を見下ろす窓側に妻の志緒利《しおり》が立っていた。

陰気なくらいに内気な女で、結婚して十年にはなるというのに、人前に出るのを嫌った。引っこみ思案の女であった。それが近年はすっかり変った。義鎮が仕事から離れて家にいるかぎり、ほとんど側をはなれないようになった。

それも、いつも側に付きっきりというのではない。しかし、常に、どこからか義鎮を見つめている。

義鎮にはそのように思われた。それは明らかに加世が現れて以来のことである。加世を館の中に入れたことは、まずかった、と義鎮は思っている。

義鎮にはそんなところがあった。周囲に気がねをしなかった。淡白で、率直であった。思いついたことは、すぐに実行した。

そのために家臣や家人たちから批判されることがあった。思慮が足りない。待った、が利かない。欲しいものには、すぐ手を出す。無邪気といえば無邪気だが、それが時には、思いやりのない、無遠慮な行為、として非難をうけることになるのである。

しかし本来は、時には感情に走ることがあるにしても、純であり、朴であった。その性質がのちに南蛮宗に惹かれることの素地を作るのかもしれなかった。だが義鎮はまだ若い。これからどのような変貌を見せるか、まだ多分に未知数の人であった。

窓側に立っている志緒利は、向うの方をむいたまま、いった。

「昨夜のお人、どうなさいました」

一瞬、義鎮には、なんのことかわからなかった。

「だれのことだ」

「昨夜、つれて行かれた女御です」

「わからんのう」

志緒利が「ホホホ……」と笑いだした。

あっ、あの服部右京亮の妻女のことか、と気がついたとき、志緒利の笑い声は遠ざかっていき、それはながく、いつまでもきこえた。

義鎮は妻の笑い声が耳から消えたのちも、まだ高楼の部屋につっ立っていた。遠くに大友家の菩提寺、万寿寺の大屋根が町の焼け跡から昇る白い煙の中にそびえている。

やがて雨が降りだした。大火の後は雨になることが多い。さして強い雨ではないが、城下の騒ぎをしずめるように、どっとふりだした。

いったい、あの妻の笑いはなんであろうか。わたしは、女を連れ出したことを知っていますよ、という意味であろうか。しかし服部右京助を誅殺したのは、一万田鑑相、宗像鑑久とともに反乱を企てたためで、なにもその妻女を奪うことが目的ではなかった。

それを志緒利は逆に、女を奪うために右京助を殺した、と誤解しているのではあるまいか。

妻の志緒利は国東《くにさき》の奈多八幡宮（杵築市）の大宮司、奈多鑑基のむすめで、考え深く、しとやかな女である。ただ兄に似て、どこか勝気なところがあった。兄というのは、大宮司家から国東の豪族田原氏に入嗣して、田原親賢入道紹忍と名乗る大友家の重臣である。

志緒利は引っこみ思案の女性と思われているほど、人前に出ることを厭った。いつも義鎮のうしろに隠れていて、しかも義鎮の身に気を配った。大友家の賢夫人と評判された。しかも義鎮ほどの男がこの妻にはカブトを脱いだ形で、まるで母親に対するように甘えっぱなしであった。幼いときに母親を失った義鎮にとって、志緒利は妻以上の母親と同様の存在であった。

あいつが笑おうと、泣こうと、知ったことか、と考える義鎮は、すでにして志緒利に甘えていた。階段を下ると、居間に入った。文庫から書状を出すと、それをふところにして、廊下に出た。

「馬ッ」

と呼ぶ。

馬兵が曳いてきたのにまたがると、外からかえってきた乗馬の石宗が、

「お出かけですか。お供します」

と馬首をならべた。

まだ雨はやまず、降りつづいていた。

「万寿寺だときいておったが」

「左様。万寿寺です」

やがて寺につくと、消火装束の寺僧たちがあわてて三門の脇に列をつくって迎えようとした。

「よい。お迎え無用ぞ」

そういって馬からおりると、石宗が先きに立って一室に案内した。

どさくさの騒ぎの中を、にわかに連れ出された女は、まだ夜着のままで、部屋の隅にすわっていた。

部屋の戸を開けたまま、義鎮は思わず低くさけんだ。

「や。これはッ」

女は夜着の襟を揃えながら艶やかに微笑して迎えた。

豊麗というのは、この女のような顔をいうのであろうか。眉も眼も口もとも、たっぷりとした感じである。しかもそのいずれもが艶を含んでいて、色が白く、見ているうちに思わず吸い寄せられるよ

うな惑いを感じさせられる。

寺に誘われたまま、しょんぼりと嘆き悲しんでいるだろうと想像していた思いを裏切られたが、義鎮はそれで、ほっとした。女の微笑につられて、義鎮も思わず微笑を返して、

「そなた、名は何と申したな」

「於万《おまん》と申します」

「おお、於万殿であったな」

「はい」

「そなた、右京助が、なんのために斬られたか、存じておろうの」

「いいえ、存じませぬ」

「そうか」といって義鎮はふところから一通の書状を出した。「これを見るがよい。防州の山口から来たものだ。右京助殿の名宛になって、元就の花押も書いてある」

元就が叛逆を誘った文書で、みごと義鎮を倒した暁には、筑前国のしかるべき城地を与えようとしたためてある。

「よく読んで納得してもらいたい。そなたには罪はないのだ」

於万は深く頭をさげた。

「よう解りました」

「おお、納得してくれたか」

と義鎮が手をのばして、その書状を受け取ろうとしたときである。ふかぶかと頭をさげていた於万のからだが、すこし動いたかと思うと、跳躍して義鎮に打っつかった。

「なにをするッ」

と叱咤して、飛びのきざまに腕を揮うと、於万の手から短刀が、ぽろりと落ちた。

於万は悪るびれもせずに、両手をついて、息をあえがせている義鎮を見上げた。

「これで、右京助殿の恨みを、晴らしました」

そういって、婉然と笑った。

美しい女だ。そして油断のならない女だ。

義鎮は右京助断罪の証拠となる元就の書状をふところに納めると、部屋を出た。

その後、義鎮はたびたび万寿寺を訪れた。そのたびに於万の部屋をのぞいた。

「どうしておる。退屈であろうの」

と慰めると、部屋を出ていった。

そんなことが十日ばかりくりかえされたのち、大友館の方に移された。志緒利は、亡くなった加世の存在を黙殺したように、於万が別棟とはいいながら、館内に入っても、そのことで義鎮を責めるようなことはなかった。

一万田や宗像、服部などという重臣たちに対して、いつのころ毛利元就の使者は接触したのだろうか。この疑問は、あるいは右京助の妻だった於万を締め上げれば、知ることができるかもしれぬ。

そうは思うのだが、いまの義鎮には、それができなかった。すでに別棟の於万の部屋に、義鎮は通いはじめていたし、衾の中では二人は無邪気に戯れ合った。感情が高潮すると、於万は義鎮の頸や腕に、ところかまわず噛みついた。するとそれに誘われたように、義鎮は於万をなぐりつけた。それはあたかも若いけものが戯れ暴れるようであった。朝になると、たがいに傷跡を見せて、わらいながら舐め合った。

義鎮としては、於万は初めての経験であった。それだけに興味もあり、楽しく、しだいに愛情も深くなった。

しかし妻の志堵利から離れてしまったというのでもない。妻との夜は、それはそれで楽しかった。志緒利の乳房は人並みはずれて大きかった。その乳房を吸っていると、志緒利はいきなり義鎮にかぶさって、胸を顔に押しつけてくることがあった。大きな乳房で口も鼻もふさがれて、呼吸ができなくなっても、志緒利はゆるしてくれない。

両手で力いっぱいに志緒利の首を押し上げて、

「こらえてくれ」

と悲鳴をあげると、

「性根が直りましたか」

と笑った。

そんなとき、声は笑っているが、眼はじっと義鎮を見つめて、いかにも真剣な表情に見えた。

志緒利には母性を感じさせるきびしさがあったし、於万との夜は果てしない耽溺があった。これまでの経験にない、こんな肉体を相手にして、いったい良人の右京助はどんな態応を示していたのであろうかと思って、

「夜の伽で、右京助殿はいかがであったな」

と冗談めかしてたずねると、笑って、

「忘れました」

「そうか。もう義鎮を刺さずとも、よいのか」

「はい。はじめてお屋形にお会いしたときに、刺しました」

「あれで終りか」

うなずくと、

「このような良い殿御は、大事にしてあげたいと思います」

相手のからだ全体が崩れてしまうような艶やかな声で笑った。

それにしても三人の重臣が謀叛を企てたことは、義鎮としては、まるで足もとから鳥がとび立ったようなおどろきであった。こんな町に近い居館は危険だと思った。のちの丹生《にう》島築城の意図はこのときに生じたものであった。


弘治三年（一五五七）から永禄四年（一五六一）にかけての義鎮は、ほとんど合戦に明けくれた。

年齢も二十八歳から三十二歳にかけてで、気力充実、勇気凛凛の時代であった。

弘治三年には、古処山城の秋月文種を攻殺し、勝屋城の筑紫惟門を長岡に追い払った。

永禄四年には、豊前の城主たちが毛利の誘いに乗って蠢動しているのを、一挙にたたき潰そうとして、大軍を催した。すなわち、戸次伯耆守鑑連、吉弘左近大夫鑑理《あきまさ》、斉藤兵部少輔鎮実らの大友家三老をはじめとして、田原近江守親賢、臼杵越中守鑑速、大友駿河守、武田志摩守、本庄新兵衛、今江土佐守、吉岡内蔵太夫、田北刑部丞、那須軍兵衛、天草弾正、伊藤式部少輔、竹田律六郎左衛門などの部隊を豊前征伐に向わせて、本陣を宇佐郡竜王城（宇佐市安心院《あじむ》）に置いた。

香春岳城《かわらだけ》（田川郡香春町）へ向ったのは戸次鑑連と田原親賢の両将の部隊である。

香春岳というのは一の岳、二の岳、三の岳から成り、現在はセメントの山として知られている。姿の美しい筑豊地方の名山である。ただ昔も今も野生のサルが群れをなして棲んでいるので、香春岳攻めでは敵味方とも野猿には悩まされたことであろう。

城は容易に落ちなかったが、背後の水の手を切られたために、城を守ること二十日で落城した。城将原田五郎義種は、最後の日、波多掃部介、麻生弾正、原田勘解由などに防ぎ矢を射させながら、館の中に一族二十三人が一列に座を組んで自刃した。

永禄四年七月、宇佐八幡宮を焼く。

竜王の本陣から、大友家に服従するようにという軍使を送ったが、大宮司公達は承服しないどころか、来るなら来い、と近郷の一揆をかたらって反抗の気勢をあげた。ここにも毛利の手が廻っていたのである。

この宮へ向った攻撃軍は、田原親賢、吉岡長増の両部隊であった。攻撃には放火がもっとも効果的である。大宮司の館に火をかけると、風が火勢を煽って、たちまちのうちに、本殿、末社、大宮司館など一宇も残さずに焼けてしまった。

永禄四年、夏八月、この年最大の合戦であった。

門司城争奪は、この年最大の合戦であった。

企救《きく》半島が関門海峡に突出している岬の尖端と、対岸の下関との間には、現在、関門橋が架っているし、海峡の下には関門トンネルが貫通している。トンネルは、あるいてゆくと、わずか十二分余で対岸に達することができる。

門司側トンネル入口の上は、盛り上った瘤のような岬の端で、航行船の見張所のような建物がある。そのあたりにこそ門司城はあったと思われている。

さして広い地域ではない。城もまた、周防灘と玄界灘とを左右に見る小さな山城であった。

永禄四年の門司城争奪の大友・毛利の合戦がはじまるまでは、門司城は一時期、大友の有に帰して義鎮麾下の怒留湯《ぬるゆ》主水正が守っていた。

元来門司城は、豊前国を領有した大内氏に帰属していたのだが、大内義長の滅亡にあたって、大友・毛利の談合で、毛利は豊前と筑前から手を引くことにきまって以来、大友家の有となったものである。

しかし弱肉強食の戦国である。毛利元就は豊前国放棄を約束した一片の神文など、たちまち反故にして、しきりに九州の地をうかがった。筑前、筑後、豊前の諸将を煽動して大友義鎮を挑発したのである。長門に最も近く、関門の咽喉を扼《やく》する門司城を、まず狙ったというのは当然であった。

小早川隆景を総師とする一万二千余の毛利軍は軍船を連らねて海峡を渡った。この毛利軍の動きは数日前には大友軍に察知されていた。海峡の際にそびえる山上の物見台からは、対岸の動きは手にとるようにわかった。

毛利軍の来襲切迫の報は、当時、豊前宇佐郡竜王に置かれていた大友義鎮の本陣に、あとからあとからと届けられた。

その報告を分析しながら軍配者石宗はいう。

「敵の大将隆景殿は四国河野党を握る水軍の将です。わが軍が迎え撃つに、水に入らず、陸上だけで戦えば、必ず負けることはありますまい」

大友勢は戸次鑑連、吉弘鑑理、斉藤鎮実の三老をはじめとして田原、臼杵、田北その他の部隊一万五千余をもって門司城へ向った。

これに対して毛利方は、青年ながら山陽道切っての勇将といわれる二十五歳の隆景の指揮する軍勢である。殺到する豊後勢を食い止めるべく、門司城の西方、柳ケ浦（現在の北九州市門司区大里）の一帯に布陣した。

豊後勢の先陣は戸次鑑連の部隊である。鑑連は手勢の中から強弓の武者百五十余を選んで敵にあたらせた。その矢にはすべて「豊州、源鑑連」と漆で朱書させてある。射手は強弓だし、矢竹もつよく、鏃は鋼鉄を打ち鍛えた独特のものであったので、楯も甲鎧もさんざんに射通した。戸次部隊が威名をあらわし、鑑連現わると噂が立つと、どの敵も尻ごみしたといわれるのは、この「記名の矢」のせいである。

戸次部隊の弓勢に悩まされていると、さらにつづく斉藤部隊から鉄砲が撃ち出された。

毛利軍は緒戦に破れた。一部は陸上を逃げまわって討たれ、一部は舟を得て海にのがれた。一度に多勢の軍兵が乗ったために、海峡の渦潮に捲きこまれて沈没する舟があった。舟に乗ろうとして、かえって味方から突き落される兵もあった。乗りおくれた兵は、

「待ってくれい」

とわめきながら海に入ると、たちまちに早鞆《はやとも》の急潮に流されてしまった。

柳ケ浦合戦で偉名を馳せた兵がある。鑑連の手の者で臼杵新介という兵である。

なかなかの才覚者だが、この日の戦いでは運わるく、名のありそうな武者首を一つも獲ることができなかった。残念に思っていると、にわかに浜辺が騒がしくなった。見ると、毛利兵が舟を争っている。乗ろうとする者、乗せまいとする者。どれが敵か、味方かわからない混乱である。

新介はそのさわぎに紛れて、海の中に歩み入った。のがれようとする舟の舳に取りつくと、

「助けてくれッ。乗せてくれッ」

とわめいた。

すると甲冑をつけた一人の武者が、手をさしのべて舟に乗せてやろうとした。すかさず新介はその

武者の腕をつかむと、ヤッとばかりに海に引き入れた。荒れる潮の中で、その首を掻き落したというのである。

臼杵新介の手柄は「武功帳」に書き留められたが、あとでその帳面を調べた戸次鑑連は、

「この奴、無用ッ」

と、どなりつけて、太筆で姓名を抹消した。

この日の鑑連部隊の殊勲者は、乱軍の中でカブト首を五つもあげた由布源五兵衛、二つの十時摂津、そのほか高野玄蕃、安東市之丞、豊饒弾正などであった。

しかし門司城争奪戦はこれで終ったのではない。

門司城奪取に失敗したという報告が周防山口の毛利元就の手に入ると、三白眼を光らせて嫡子の隆元に命じた。

「あせってはならぬ。あせることは大敗の基だが、さりとて、のんびりもまた敗ける基じゃ。あせらず、しかし間を置かず、討て」

それまで出雲の尼子党との戦闘に従っていた毛利隆元を首将として、小早川隆景、宍戸隆家、三村家親、楢崎弾正少弼、佐波常陸介、平賀太郎左衛門、香川左衛門尉、三吉式部大輔などの部将のひきいる一万八千の軍勢を海峡を越えて門司に送った。

すでに大友勢に属する怒留湯主水正は門司城を明けて遁がれ、和布刈《めかり》の岬は毛利勢が充満している。

この毛利勢の滞陣に対して、大友勢はふたたび門司城奪取の軍を起した。前の戦闘と同じく、戸次、

吉弘、斉藤の三老を中心として、田原親賢、臼杵越中守、武田志摩守、今江土佐守、鶴原掃部守、田北刑部少輔、天草弾正左衛門、伊東式部少輔、伊美弾正左衛門などの諸将のひきいる一万五千の精兵である。

まず小倉の城に着くと、そこを前線基地として、足立山、戸上山の麓いったいに陣を張って毛利勢に対した。ときに永禄四年（一五六一）九月。

大友、毛利の軍勢は睨み合ったまま滞陣すること、およそ一と月に及んだ。その十月九日の夜は雨が降っていた。その雨の夜闇にまぎれて、一人の兵がひそかに大友勢の田北刑部少輔の陣屋に忍び入った。

篝火《かがりび》は雨で消えていたが、昼間の陣旗で見当をつけていたらしい男が、田北部隊の陣営に近づくと、

「何者じゃ」

と槍をつきつけられた。

「刑部少輔殿の知るべの者じゃ。葛原兵庫助と申す。お会いしたい」

哨兵が連絡すると、すぐに連れて来いということである。

「おお、兵庫どん、よう来てくれた。あの約束、どうなったかと案じておったよ」

という刑部少輔と、葛原兵庫助とは遠縁ながら縁つづきの間柄であった。

「心配かけたようだが、おたがいの仲で、約束を破るような兵庫ではない」

「や、すまぬ。それで」

「うむ。この雨、まだ五日や十日はやみそうにない。雨の日には油断がある。明日の朝がよい。五時、鐘の音を合図に、ということにしたい。よいな」

「わかった。雨の中をすまぬ」

「雨だからこそ、こうして、ひそかな連絡もとれるのじゃ」

「ありがたい。さっそくに諸将に連絡する。帰りは用心して下され」

「心得ておる」

と夜の雨の中を毛利軍の陣営に帰っていったが、帰りつくと同時に捕えられた。

訊問もなにもなかった。陣地を脱け出したというだけで、無造作に斬られてしまった。

翌十日の朝、鏡の音はなかったが、五時になると、待ちきれずに、まず田北隊が先陣をきって動きだしだ。つづいて、連絡をうけた天草隊、伊美隊、竹田津隊などが突撃していった。

毛利軍もあわてて応戦した。ひと月にわたって対陣したまま睨み合っていた両軍は、雨の中に、突如として鬨の声をあげて激突した。

乱戦である。すでに鉄砲や弓矢ではなかった。劔と鎗と長刀が、はげしいひびきを発して打ち合わされ、悲鳴があがり、絶叫がひびいた。

雨は海風をうけて、横なぐりに荒れた。雨に荒れる合戦は死にもの狂いであった。血みどろの戦いであった。

大友義鎮も萌黄緞子《もえぎどんす》の兜の緒をしめて、はるかに毛利軍をにらんでいたし、毛利勢は五百艘の兵船を漕ぎ出していた。それに向って大友方は、嵐の中をいっせいに大砲を放った。時に元就は六十五歳、義鎮は三十二歳であった。

この戦闘は大友軍の退却で終った。毛利軍は勝ち鬨をあげて海峡をかえっていった。

大友勢は伊美弾正左衛門、竹田津六郎左衛門、宗像重正、一万田源介などの部将のほか、一千三百人の兵を失った。

多々良川まで

義鎮が豊後臼杵《うすき》の海にうかぶ丹生《にう》島に新しい城を築いたのは永禄五年（一五六二）の七月である。

現在では島の周囲は埋め立てられて、何気なく見れば、それは臼杵の町のまん中に盛り上った丘のような感じだが、今次大戦の前までは、まだ海の中の島であった。ただ西方と北方は陸に接し、その北方の側は狭い海水の川になっていて、それに小さな橋が架かっていた。

橋をわたると、城の石崖が連らなっていて、曲り角に畳櫓という二階造りの建物があった。その上の広場のあたりが本丸であった。

広場を通りぬけて東の端に立つと、遙かに豊後灘がひろがり、島影のない海は渺茫《びょうぼう》として涯もなく、晴れた日には四国の岬までも望まれるだろうと思われた。おそらく大友義鎮も、まずはこの台上に立てられた天主堂に詣り、やがてこの本丸の端から遠い海を望んだことであろう。

本丸御殿は、さすがに趣味に凝った義鎮の住居だけあって、豪華な建物であった。部屋の襖には、画人として知られた狩野永徳がのちに彩筆をふるっている。

そのころ臼杵には、京都から招いた大徳寺の怡雲《いうん》和尚が留錫《りゅうしゃく》していた。義鎮が深く帰依している禅憎である。

一日、怡雲のもとに参禅した義鎮が、

「和尚、志があるだけでは、真の解脱《げだつ》ではありますまい。頭を剃って下さい。入道したいと存じます」

「ほほう、お屋形が」

「はい。ぜひ、和尚の剃刀で」

「すると、南蛮宗の方は、どうなさるのかの」

「南蛮宗ですか、あれはあれで、どうもいたしませぬ」

「どうもせぬとな。アハハ……」

と笑って、怡雲和尚は剃刀をあてた。

入道の法号は、休庵宗麟。

宗麟にならって、ほとんど同時期に三十数人の重臣たちが入道した。戸次鑑連《べっきあきつら》入道道雪、吉岡長増入道宗歓、田原親賢入道紹忍《じょうにん》、志賀親益入道道択、おなじく親守入道道輝、おなじく鑑隆入道道雲、朽網《くたみ》鑑康入道宗歴その他である。

このころ宗麟の威望《いぼう》西国を圧し、豊前、豊後、筑前、筑後の守護職、ならびに九州探題となるが、やがて再び毛利の怒濤を浴びることとなるのである。

怡雲和尚によって得度入道した宗麟であるが、南蛮宗に対しても手あつい保護を怠らなかった。府内時代にはイエズス会によってさまざまな施設がつぎつぎに生まれた。

天文二十三年（一五五四）には教理学校、弘治元年（一五五五）には育児院、弘治二年には南蛮寺、永禄二年（一五五九）には病院、永禄四年には小学校、おなじく四年には修道士養成所、などという施設ができた。

さらに臼杵に移ってから建造されたものに、天正五年（一五七七）の小学校、おなじく八年の修道士養成所、十年の臼杵南蛮寺などがある。

これらはすべてイエズス会の発起になるものだが、宗麟はこれに惜しまず、現金や材木や土地を贈っている。

ことに臼杵教会堂のごときは、当時、日本において最も壮麗な会堂であると神父たちから賞賛されている。これには美しい泉の湧き出る臼杵第一の土地を寄贈し、その維持のためには秘蔵の茶器を売ったりした。

このほか宗麟の影響で、豊後国内の領主たちも競って寄付建設した。朽網の教会堂、井田および三重の教理学校、玖珠《くす》・由布《ゆふ》・高田の宣教師駐在所、野津《のつ》の教会堂、津久見《つくみ》の礼拝堂などである。

さらに最大の規模を誇るものに天正八年（一五八〇）に府内に建設されたコレジオ（神学校）がある。このコレジオでは哲学、神学、語学などを教授した。

南蛮宗にそそぐ宗麟の情熱はなみなみならぬものがあった。

思えばわれわれの家にも、神あり、仏あり、さまざまな土俗信仰もあって、それほど不自然でなく、不都合も感じない。このころの宗麟には、二つの異種な信仰が内在していても、まだ甚だしい矛盾は生じていなかったのかもしれない。

その朝も早く、宗麟は丹生島城内の礼拝堂にこもっていた。礼拝を終えて堂の外に出ると、石宗が待っていた。

「おお、石宗、早朝から、なにかあったのか」

石宗は立って、北の方を指した。

「いま、馬蹄がひびいています。お屋形には聞こえませぬか」

しずかな暁闇に、城の下の巌を打つ波の音がひびいているだけである。まだ豊後灘もまったく明けてはいない。

「聞こえん。馬蹄なんぞ、聞こえんぞ」

「そうですか。まだ五里ばかり向うですが、もうすぐ城下に入ります」

「いったい、なにごとだ」

「部下の木全《ぼくぜん》の早馬です。四、五日前から雲行きが怪しいので、筑前の方に忍ばせておりました。おそらく宝満《ほうまん》城の鑑種殿に、なにか変事が起ったものと思われます」

そのとおりであった。

筑前宝満城主、高橋三河守鑑種は、夜に入って、一人の修験者の訪れを受けた。

彦山にこもる修験の者という取次ぎの口上だったが、会ってみると、意外にもそれは防州の山口館からの密使であった。

「お手前は筑前国きっての豪勇の武者と、どの城でもそう申しております。ことに先年の秋月攻めでのお働きは見事と申すほかありませんでした。寄せ手を打ち倒し、薙ぎ倒して、それは眼を見張るばかり。まことに猛けだけしい武者ぶりでござった」

「それで、おぬし、なにを申しに参ったのだ」

「大友宗麟殿は、家柄といい、その智、その勇、申し分のない大将でござるが、ただ異国の邪宗に惑わされて、正邪の判断に狂いがある。たとえば、お手前の兄者人の一万田《いちまだ》弾正忠鑑相《あきすけ》殿でござる。罪もないのに、ただ謀反という噂だけで討ち果してしまった。このことなど、温情のある大将といえましょうか」

兄の横死は、いまでも鑑種の心に、しこりとなって淀んでいる。はっきりと毛利元就からの誘い状を見せられて、一応は納得しているが、むごいといえは、むごい仕打ちである。兄が誘いを応諾したという証拠は、なにもないのだ。

「それにひきかえて、元就殿は敵を攻めるにしても、まことに義理を尊んでおられる。あの大内義長公を長府の長福院に追いつめたときでも、大友家に連絡した上で、ご自害を勧めておる。お判りいただけるでござろう」

鑑種は黙然としていた。しかし肚の底では火が燃えさかっていた。鑑種にはおのれの武勇に対する自負と誇りがあった。もう少しの武力、たとえば元就の半分か、三分の一かの力が加われば、大友家と対抗してみせる、という自信があった。

筑前から筑後にかけての大友の部将は、最近ひどくぐらついている。櫛の歯が抜けるように、一城一城と叛乱がつづき、宗麟の幕下から脱している。このとき、名乗りを上げれば、近在の反大友派は、こぞってわが手を握りに来る、集って来るのではないか。

なおも黙っていると、

「ご決心がついたようでござるな」

「いまさらの決心ではない。すでに年来の鑑種の抱負だ」

「左様でござろう。きのう、きょうの決心であるはずがござらぬ。よく、わかり申す。ながい間の我慢でござったな」

使者は元就からの書状を渡すと、鑑種の自筆の神文を受け取って城を出た。

夜も更けているから、城内に一泊して、翌朝出発するがよいと勧めたが、人目を避けての道中は夜の方がよい、と断って、城門を出ていった。

宝満城の城門の前からは、かなりの急坂である。

その坂の道を下りかかると、城門を出るまでは一人だった修験者は、いつのまにか三人になっていた。

三人はものもいわず、坂の道を下って、大宰府街道に出たところで、背後に蹄の音を聞いた。三人がふりかえると、闇の中を疾駆してくるのは一騎で、もう目前に迫っていた。

「おッ。あぶない」

と叫んで避けるまもなかった。

一人は無造作に蹴倒されて、路傍に長く横たわった。

一人は馬上から振りおろされた樫の六角棒で、頭を割られて、打ち伏した。

行きすぎた騎馬は、すぐ引き返えしてきた。残りの一人が身構えると、黒い塊のように馬から跳ね下りた小男は、いきなり、短弓につがえた箭を放った。

箭は正確に修験者の咽喉をつらぬいていた。

小男は敏捷に三人のふところをさぐると、それぞれから何枚も紙片を取り出した。闇の中でも夜眼の利く男である。必要な紙片を選り出すと、腹に巻いてしばりつけた。

隠密者の木全が臼杵の城にかえりついたのは、もう朝であった。海が朝の陽を浴びて金いろにかがやいていた。その海には十日ほども前からシナのジャンク船が二艘、碇泊していた。これまで日出《ひじ》や府内の神宮寺浦にしか来航しなかった唐船や南蛮船が、ちかごろでは臼杵の海にも入るようになった。

宗麟が城の部屋に待っていると、石宗が入ってきた。

「お屋形。木全が、斯様なものを持って帰りました」

と見せたのは、三河守鑑種から毛利元就にあてた同意の神文である。

宗麟はそれを手にして、じっと見つめていた。しばらくして、いった。

「かようなはずがない。これは、なにかの間違いだ。でなければ三河守の思いちがいだ」

宗麟がそういうのも、もっともなことであった。

宝満城を宗麟から授かると、鑑種はすぐに城の造作補修にかかった。その竣功式がおこなわれたのは永禄二年（一五五九）四月だったが、宗麟はわざわざ豊後から出かけて参列した。

その上、戦功と築城を祝って、近在二千町歩の領地を加増してやった。この加増に当人の鑑種もよろこんだが、このような豪勇の部将を列臣に加えることは宗麟のよろこびでもあった。

そのような宗麟と鑑種との仲である。宗麟としては信じきっている部将である。その鑑種が信頼を裏切って、こともあろうに、年来の宿敵たる毛利元就の翼下に入るなどとは、到底、考えられることではなかった。

「これは間違いだ」

宗麟はその神文を、わしづかみにして怒鳴った。

「あいつが、わしを裏切るはずがないッ」

そもそも宗麟には沈着という性情が薄すかった。時には、そんな気持は無いのではあるまいか、と思われるほど激することがあった。

合戦にあたって、大軍をもって押し寄せるというのは、大友軍の戦術であった。反逆、謀反となれば、時を移さず、大軍をもって攻め立てるのが、これまでの宗麟のやり方であった。

それが、このたびだけは違っていた。妙に腰が重もかった。鑑種が叛くなど、考えられぬ。あの男にかぎって、そんなことがあるはずがない、などと宗麟は悩み、苦しみ、容易に軍勢の進発をゆるさなかった。

「お屋形。鑑種殿は、いよいよ城兵を集め初められましたぞ」

「兵粮が、どんどん運びこまれております」

石宗はしばしば情報を伝えて、

「このいくさ、負けることはありますまいが、時機を失すると、苦戦になります」

と宗麟を励ました。

なんというもどかしさだ、合点がゆかぬ、と石宗が首をひねるころ、宗麟は、

「情報を信じないわけではないが、じかに本人に会って、実否をたずねさせよう」

といって、側臣のひとり、吉良五兵衛を宝満城に派遣した。

あわただしい現地の動きにおどろいた五兵衛は、帰ってくるなり、宗麟に報告した。

「それがしが宝満に到着したのは一昨日でござったが、城門は百名余の武装兵が固め、城内には着到を届ける武者たちが、大声でわめき、五十人、百人と隊列をなした兵が、あとからあとからと詰めかけておりました。三河守殿には直接に会うことかないませなんだが、一の家老、一万田忠左衛門殿はそれがしの手を握って、もはや、このありさまじゃ、ゆるしてくれ、お屋形によろしくお伝えしてくれ、と落涙されました」

宗麟は暗然として、五兵衛の報告をきいた。

高橋鑑種の謀反は、しかしにわかに決心したものではない。

先年、鑑種の兄の一万田鑑相の叛意を知った宗麟は、先手を打って、宗像鑑久、服部右京助と共に

三人を討ち取ったことがある。鑑種はこのとき、すでに兄たちと反逆を申し合わせていた。毛利元就の誘いの手は、一万田鑑相を経て、この時、鑑種まで届いていたのだ。しかし兄を討たれたことで、鑑種はいまだ時にあらずとして、じっと時機を待った。その間、ひたすらに大友家の忠臣として戦功を立てていた。宗麟の信任あつい武将であった。

鑑種はただ武勇を誇るだけの武将ではない。綿密に計画を立てる智将である。

鑑種は数カ月前、元就にも知られずに、ひそかに周防に使いを出していた。

鑑種が密使を出して呼び寄せたのは、いまは山口に隠れ住んでいるが、以前は筑前秋月の古処山城にあった秋月種実である。

弘治三年（一五五七）の古処山城攻めで、城主の秋月文種は自刃し、その三人の子は家臣の手によって毛利家に預けられた。やがて成長して、いまはそれぞれ長門守種実を頭に、元種、種信と名乗っている。

「十年前、この鑑種は大友勢の一手となって、古処山城を攻め、おぬしたちの父上、秋月文種殿は武運拙なく自刃された。そのとき、おぬしたちは毛利元就殿を頼って長門や周防などに落ちてゆき、そこで育てられた。近く鑑種は亡き文種殿の遺志を継いで毛利家に従い、豊後館と対決する決心をしておる。鑑種起つ、ときいたら、おぬしたちは毛利の援軍を得て、この地に馳せつけてもらいたい。われらは、宝満、岩屋、古処山城の三城を拠点として、鎮西の天地をひっくりかえそうではないか」

そういって種実の肩をたたいた。

「やれ毛利だの、大友だの、と、あるじ持ちは、じつのところ、もう飽いた。志を伸べるまでは援助を願うのも仕方がないことだが、早く一本立ちして、遠慮気兼ねなく戦さをしたいものだなあ」

これが鑑種の本心であった。

手勢の者を愛して、戦さにも強く、限りない智謀の将と恐れられながら、戦国乱世の時代に頭角をあらわすことなく終ったのは、この烈しい闘争心のためであるかもしれなかった。

鑑種の挙兵について、合点がゆかぬ、と宗麟がしきりに首をひねったのもむりではなかった。それは兄一万田弾正忠鑑相の死に憤慨したものでもなく、もとより、秋月の三人兄弟に同情したためでもない。いわば、おのれ自身のために蹶起《けっき》したのである。

永禄十年(一五六七)ついに決心した宗麟は高橋鑑種討伐の軍を起した。

この攻戦軍には宗麟は参軍せずに、大友譜代の「三老」に采配を預けた。戸次伯耆入道道雪、臼杵越中守鑑速、吉弘左近大夫鑑理《あきまさ》の三老をはじめとして、二万の兵をもって、大宰府に近い岩屋、宝満の二城を攻撃した。

その夏七月、高橋鑑種も八千の兵を指揮して宝満城から打って出た。夏草も燃えるような炎天の下で、大友、高橋両軍の戦旗が入り乱れ、喊声《かんせい》が筑紫野に轟いた。

鑑種は六尺を越す巨漢である。馬を乗りまわして、大長刀《おおなぎなた》を揮った。古書に「身に寸疵なし」とある。大友勢を薙ぎ倒しながら、自身はいささかの傷も受けていない。豪勇無双である。

鑑種は、しかし気がつくと、味方の軍はしだいに大友勢に押されて、後退していっていた。

「返せッ。返せッ」

と顔をまっ赤にして怒鳴ったが及ばなかった。

城兵はしだいに後退して、ついに岩屋城に入った。すると、これを追って、臼杵鑑速の部隊もズルズルと城に入ってしまった。

両軍とも、ぶっつかり合い、組み打ちし、大混戦である。この接戦の中で城兵は一千余を失い、鑑種に劣らぬ勇将とうたわれていた城将、足達兵部少輔を討ち取られた。

戸次、吉弘の両部隊は鑑種のこもる宝満城を攻撃した。

このとき反乱軍には、かねてから防州の毛利元就から保護されていた筑紫広門が加わった。

弘治三年の合戦で、秋月文種とともに敗北した筑紫惟門は、勝尾城から肥前の唐津にのがれた。その港からさらに長門の赤間関に渡って、毛利の庇護を受けていたが、病を得て亡くなった。広門はその惟門の子である。

広門は筑前五ケ山（福岡県那珂川市）に拠って挙兵した。この城を包囲するのは斉藤鎮実の部隊である。

その年の九月、宗麟は彦山の山伏から諜報を得た。

近日中に毛利の大軍が渡海して来襲する準備を進めているというのである。

宗麟はすぐ、筑前にあって高橋鑑種や秋月種実と対陣している大友勢に向って、ただちに千年川（筑後川）の線まで後退するように命令した。

戸次部隊は赤司村（久留米市北野町）

臼杵部隊は八丁島（久留米市宮ノ陣）

吉弘部隊は吹上村（小郡市）

以上の線まで引き退がることになった。

すると、これを察知した秋月種実は、その混乱を強襲すべく、九月三日、一万二千の兵をもって茄子町に進出した。

これに対して戸次道雪も三千の本隊を吉光村へ移動させると、まだ陣営が整備しない秋月勢に向って、突如、騎馬隊を発進させた。

由布美作のひきいる騎馬先鋒隊三百騎は、地ひびきを起して秋月勢に殺到した。秋の陽を浴びて長鎗がきらめき、馬蹄にかけられて悲鳴があがり、騎馬隊を迎え撃つ弓の音、箭の走る音、一瞬にして、筑後川べりは生臭い血風に包まれた。

しかしこのような激戦の発火点となった毛利勢の来襲は虚報であると知れた。

この筑後川の合戦の最中に、石宗は二人の山伏を引っ捕えた。

戦場を望む小高い丘の松の木の下に二人はかがみこんで、騎馬隊の突入を見物していた。

「毛利が来るなぞ、よくもホラ吹いたもんじゃの」

「バカタレ。それでこげな面白いもんが見られるじゃないか」

松の木の上で戦況を視ていた石宗は、とび降りると、二人の山伏を殴りとばして、力いっぱい蹴とばした。

蹴とばされて、三、四間向こうにはね飛んだ山伏は両名ともに太眉で、容貌見るからに恐しげな巨漢である。すぐに態勢を立て直して、金剛杖を構えた。相手は小男である。何ほどのことがあろうかという構えである。

それを見ると、小男がいった。

「貴様ら、毛利の回し者じゃな」

「いや、彦山の修験よ」

「彦山の修験で、毛利の回し者じゃ。そうじゃろう」

「そうであったら、どうする」

石宗は一歩進み出て、

「貴様らの目は節穴か。俺がわからんか」

「うぬは何者じゃ」

いきなり大声でどなりつけた。

「石宗」

じっとにらみつけていた山伏は、突然に、

「うわあッ」

飛び上がって、逃げ出そうとした。

しかし逃げる余裕はなかった。三、四間の距離を一気に跳躍した石宗は、金剛杖を奪って、たちまち二人を打ち倒してしまった。

捕虜の山伏を連れて丘を下ると、戸次道雪の陣営に赴いた。

「不埒な奴でござる。充分に糺明《きゅうめい》してくだされ」

そういって二人を道雪に渡すと、やがて石宗は戦雲の中に姿を消した。

その日は夕方からしきりに雷鳴が起こった。ときどき遠雷が聞えたかと思うと、暗い天を鉄の棒でたたくような音が響いて、風がうなり始めた。

風は雨を呼んで、夜に入ると、筑後川べりの夏草を倒して、激しく降り出した。

戸次部隊では大篝火を数カ所に立てて、夜警の兵を巡回させた。昼間に来襲した秋月勢の猛烈な奮戦ぶりから想像しても、あの疲れきった兵たちの力では、とても夜襲など考えられなかった。しかし道雪というのは、ときには必要以上に用心深くなる部将であった。

「風や雨に油断するな。もし、道雪が夜襲をかけるとすれば、こんな荒れ夜ぞ」

そういって警戒させた。

秋月勢の夜襲があったのは、その夜更けである。

顔を護る「頰当《ほおあて》」をつけた敵が何人もいたので、はっきり見分けることはできなかったが、夜襲隊には大将の秋月種実も加っていたようである。殺到する敵勢の先頭近く、大身の槍をふるって、縦横に駈け回る猛将があった。

その敵将は、吉弘部隊の中を荒れ回って、綿貫勘解由、吉弘鎮方、吉弘親宗などの勇将を倒すと、まっしぐらに本陣の道雪をめがけて疾駆していった。

吉弘部隊の本陣は、さすがに緊張した。

瞬間、地響きをたてて駈けてきた頬当の武者は、道雪を目がけて、鋭く槍を突き出した。轟然と闇をとどろかして落雷があったのはそのときである。

大落雷の音響と、馬上から突き出された鎗の穂先が稲妻の中に光ったのとは、ほとんど同時であった。

その刹那、雨に打たれて突っ立っている戸次道雪は大太刀をふるったかと思うと、バタリと倒れた。あたりに警戒していた武者たちが、愕然として馳け寄ったときには、鎗の騎馬は蹄の音高く闇の中を遠く去っていた。

「殿ッ、殿ッ」

家来たちは道雪のからだをゆすって、大声で叫んだが、身動きもしない。

「水じゃ。水を持ってこいッ」

とさけぶ声に応じて、数人が馳け出した。

食いしばっている口をこじあけて、水を入れると、ゴクリと咽喉を鳴らした。

「やッ。生きとられるぞッ」

と大声を立てると、どッと歓声が起った。

しかしからだは自由を失ったらしく、動かすことはできない。からだを調べてみたが、どこにも鎗疵はない。ただ腰から股のあたりにかけて、大きな爪でひっ搔いたような疵が見つかった。握っている太刀にも、きっ先のあたりに黒ずんだ傷があった。

急いで後陣に運んで手当をしたが、鎗疵でなく、気を失ったことや、腰や股の疵を調べた従軍の医師は、これは雷による傷であろうと判断した。ことに太刀のきっさきの部分の傷は、雷を切ったときにできたもので、道雪は敵の鎗を払うとともに、天から落ちてきた雷公も切りはらったのだ、ということになった。

のちにこの太刀は「雷切り」と命名された。

落雷と同時に鎗をひっさげて戸次道雪に迫った騎馬武者を追い払ったのは、もちろんのこと、石宗である。戦場乱刃の中で神出鬼没の活躍ができるは、石宗以外にはない。

敵の騎馬武者のために、吉弘部隊が荒らされると、そのとき戸次部隊の前衛部付近にいた石宗は、つぎにはこちらに襲いかかるに違いない、と判断した。

戸次部隊を襲撃するとすれば、目標は一つ、道雪である。道雪を斃《たお》すことである。

乱戦の中を石宗は本営に向った。待つ間もなく、鎗をひっさげた騎馬があらわれた。馬上の武者は気合いをかけると、道雪をめがけて、大身の鎗を烈しくくり出した。

しかし石宗の鎗はそれより早やかった。早いというよりは、瞬間の差だったというべきかもしれない。石宗は振り上げていた鎗を、力いっぱいに打ちおろした。

馬は棒立ちになろうとした。だが馬上から手綱を操られた馬は、わずかに足掻いただけで、その刹那の落雷の音とともに駆け去った。騎馬武者の鎗が道雪を刺していないことを、石宗は見ていた。

雷鳴はしだいに遠くなり、やがて止んだ。

高橋鑑種の宝満城は、大友勢のために、文字通り、十重二十重に囲まれていた。すなわち、吉岡宗歓、斉藤鎮実、田北鑑重、志賀道輝の四部隊による二万余の軍勢によるものである。

包囲はすでに一年に近く、攻城軍には倦怠の色が濃くなっていた。

「相撲でも取ろうか」

「いやじゃ、おれは、こうして、ごろんと寝とった方がええ」

「腕相撲はどうじや」

「毎日やっとるじゃないか。飽いた」

「足相撲は、どうじゃ」

「やめてくれ、ばかばかしい」

「やッ、あれは、なんじゃ」

と立ち上ると、寝とった方がええといった兵が、一番にはね起きた。

「なんじゃ、どうしたッ」

「あれ見ろ」

と城壁の方を指すと、抜刀した数人の武士が、雑人《ぞうにん》らしい一人の男を追いまわしていた。

雑人はあちこちに逃げまわっているが、ついに一太刀浴びると、わあッと悲鳴をあげて、城壁の中に落ちこんでしまった。男は泳ぎが上手でないらしく、浮いたり沈んだり、水をバタバタ叩いて苦しんだ。

それまで見物していた十人ばかりの大友兵が堀のそばに駆け寄った。一人が綱を投げてやる。

「こっちに来い」

「これに摑まって、上がるんじゃぞッ」

騒いでいると、城壁の上から叫ぶ声が起った。

「そやつ、わるか奴じゃ、殺してくれッ」

「泥棒でござるぞ。打ち殺して下されッ」

堀ばたの兵たちは、城壁の声を無視して、濡れねずみの男を助け上げた。

「自体、どげしたとや」

水を吐いて、肩で呼吸をしながら、

「わるいのは、あいつらです。わしが拾うた銭を、盗んだのじゃろうと、責め立てて、あげくの果てに、わしを殺そうとしたとです」

ガタガタ顫《ふる》えている雑人を隊長のところに引き立てると、城内の様子をいろいろと訊ねた上で、

「よか、荷物運びば、させとけ」

ということになった。

使ってみると、のろまだが、命じたことは正確に果すし、言葉数が少いところがよろこばれて、いろいろの雑役を手伝わせることにした。
四、五日が経ったが、さして気になる存在でもなかったので、忘れていると、「や、あやつがおらんぞ」ということになった。いつも口をあんぐりとあけて阿呆を装っていた男は、後日に判ったことだが、これは山座真内という高橋勢でも聞こえた勇士であった。
かつては大友方の立花鑑載《あきとし》の持ち城であった筑前立花城は、城主鑑載が反乱を起したために戸次道雪によって攻殺された後は、豊後の三人の部将によって守られていた。宗麟麾下の津留原掃部助、臼杵進士兵衛、田北民部丞の三将である。

立花城が完全に大友方によって固められたという報告に、周防にある毛利元就は激怒した。

「立花城こそは豊前、筑前の要《かなめ》ぞ。立花城があってこそ、毛利勢は筑前に手をのばすことができる。しかも、あの城を失うことは、大内家以来の朝鮮や明国との貿易港であるたいせつな博多津を奪われることになるのじゃ。立花城を失ってはならぬ。断じて毛利の城にせねばならん」

すでに老体の元就は、最後の執念を燃やすかのように声をふるわせて部将たちを激励した。

「さらば行け。毛利の命運を賭ける戦さぞ」

と吉川元春と小早川隆景に、石見、長門、周防、安芸の四ケ国の兵四万を授けると、みずからも海峡を渡って豊前小倉の城に本営を置いた。

時に永禄十一年（一五六八）十一月。初冬の北九州の空は連日暗く曇り、ようやく宿敵同士の対決する日が近づいてきた。

毛利勢の動きは、刻々に豊後の丹生島城に伝えられた。

「古ダヌキめ。こんどこそ、息の根をとめてくれるぞ。ながい間、こそこそと宗麟を苦しめおったが、こんどは姿を現わすだろう。そのタヌキづらに鉄砲玉をくらわせてやる」

宗麟は武者ぶるいに似た闘志を感じると、側臣の瀬古右馬之介や工藤帯刀など十人ばかりを引き連れて、遠乗りに出かけた。

臼杵川に沿って北に向うと、やがて田園地帯の深田である。そのあたりの山腹には、古い時代に真名野長者の発願で彫造されたという磨崖の石仏が何十体もならんでいる。

道を左にとって田圃の中に入ると、三門の左右に石造の仁王が立っている。門をくぐると満月寺の伽藍が冬の空にそびえていた。本堂の左手に高さ十三尺ばかりの、これも石造の日吉塔が立っている。

すでに先触れがあったと見えて、山門の内外に寺僧が十人ばかり出迎えていた。

庫裡の座につくと、

「和尚、いよいよ筑前に出陣する。きょうは戦勝祈願のつもりで、参詣にまいった」

「はい。それはようこそ」

と挨拶を交していると、美しい女が茶碗を運んできた。二十一か二か、眉の厚い、細面の女である。

「ほう、これは、和尚の娘御かの」

「いえ。寺では女犯厳禁でございます。これは本日のお屋形をお迎えするために頼んだ村の娘でございます」

和尚の律気な返事に、

「そうか。宗麟も、もっと若かったらのう」

と笑って、茶碗をとった。

それから本堂に行ったのだが、ふたたび庫裡にもどってくると、石宗が待っていた。

「お屋形。立花城に行ってまいりましたが、すでに毛利勢の囲むところとなり、食糧の貯えもなく、落城寸前です。それで城将の田北殿の申されるには、討って出て、全員討ち死を遂げるか、それとも、お屋形のお許しがあれば、降伏開城するか、の、いずれかに決めていただきたいとのことでござるが」

一瞬の間に、宗麟はいった。

「開城させい。殺すことはならん」

すぐ、近く元就とは相いまみえる。

いまは一兵のいのちも大切なときであった。

「わかりました。すぐ立花城に伝えます」

「宗麟は五日以内に発つ」

和尚に挨拶して外に出て、馬にまたがると、あわてて瀬古右馬之介が走ってきた。庫裡の陰でさきほどの若い女らしい姿が見えたが、宗麟は知らぬ顔をしていた。

その夜の宗麟は於万の部屋で過した。

「いよいよ近く、タヌキ退治に出かける」

「毛利殿と合戦でございますか」

「うむ。さんざんにこの宗麟を苦しめたタヌキだ。こんどこそ仕留めてやる。元就が生きているかぎり、大友家に安泰はない。いつも油断せず、気を配っておらねばならん」

「お体もあまり丈夫でないお屋形様です。気をつけて下さいましな」

「心得ておる。そなたや姫のためにも」

「まあ、うれしい」

宗麟の胸に顔を伏せると、南蛮渡りの化粧料の香りが、戦場の殺戮を忘れさせて、恍惚となる。

於万との間に生まれた姫は、すでに十二歳になっていた。

「日頃、寒むがりのお屋形様です。綿入れをうんと着こんで、お出かけ下さいましな」

「綿入ればかり着ていては、戦さはできぬ」

と宗麟は笑いだした。

屈托のない女だ。於万と話していると、いつも心が暖くなる。いつまでも、気持も、からだも若若しい女であった。

翌朝は城の崖下に荒れる浪の音で、早く目覚めた。

午後には、もう筑前から戸次道雪をはじめとして、臼杵、吉弘、斉藤、吉岡の諸将が到着した。これに在国中の佐伯惟教、田原親賢、清田鎮忠などの諸将を合して、毛利勢に対する作戦会議が催された。会議は二日間にわたった。会戦の場所は、おそらく筑前の博多津に近い多々良川の河口付近になるだろうと推定された。

高橋鑑種の密書を髪の中にしのばせた山座真内は、宝満城をかこんでいる大友軍を欺くと、立花城近くに布陣している毛利軍の陣営に達することができた。

密書は吉川元春と小早川隆景に宛てたものであった。

書面によると、今や筑前一帯には大友勢がみちみちているが、他のことはすべて後まわしにして、正面の博多方面の敵と戦ってはいかがであろうか。もし毛利勢の旗が博多津のあたりにひるがえれば、わが方も宝満の敵に痛打を浴びせるでしょう。

と、いうような内容であった。両面作戦である。

「やってみるか」

と元春は勇み立ったが、隆景は渋った。

「わたしたちが防州を発つときに、父元就殿が申された。九州の地理については、大友軍は地元であるだけに、よく通じておる。それにひきかえて、われらは地理不案内だ。だから、万事、あまり深く侵入しない方がよい、という御注意でござった。高橋鑑種殿からの誘いだが、気が重いなあ」

といいながらも、博多津方面に一手の軍を向けたが、まだ大友勢の本部隊の到着前であったし、さしたる戦果もなかった。

毛利勢から囲まれていた立花城は、宗麟の許可があって、やがて降伏開城した。

このとき毛利方では、ながい篭城によって弱り果てている敵の城兵を、

「よくこそ、戦われた。さすがは大友の将兵ぞ」

といたわって、玉砕を覚悟していた全員のいのちを助けた上、毛利の武将、桂能登、浦兵部の両将が付き添って、筑後に在る大友軍の陣地まで送り届けてやった。

このとき大友宗麟は本営を筑後久留米在の高良山に置いていた。

高良神明を祀る高良山は、さして高い山ではないが、社殿のある中腹からでも雄大な眺望をほしいままにすることができる。

西は広潤な肥前平野で、指呼《しこ》の間に佐賀城を望むことができるし、南方には筑後平野がひろがっている。北は山麓の筑後川を距《へだ》てて、右手に古処《こしょ》、宝満、大根地《おおねち》の山山、左手には肥前の脊振連山が遠く近く起伏しているのを一眸《いちぼう》に収めることができる。戦線を統べる本営地としては絶好の地である。

宗麟は本営に部将たちを召集して陣割りをした。

「このたびの戦さは、わが軍と毛利との勢力分け目の合戦だ。毛利、これに勝てば、九州を呑んでしまうであろう。わが軍、これに勝てば、タヌキめ、再び九州を狙うことはあるまい。先日からの物見の報告では、主戦場は多々良川の両岸となると思われる」

このとき宗麟、四十歳。ひさびさに眼をかがやかして、いかにも楽しそうであった。

つづいて配陣が決定した。

先陣は戸次道雪、田原親宏、臼杵鑑速で七千二百余人。

第二陣、田原紹忍、志賀道輝、おなじく道雲に、豊前宇佐郡三十六人衆、六千八百余人。

第三陣、一万田鑑実に、宗像勢と肥前勢、六千百余人。

第四陣、吉弘鑑理、清田鑑忠、朽網宗歴に、筑後勢で、四千七百余。

第五陣、小原、古後、木付、大津留、奈多で五千六百余。

第六陣、竹田津、服部、柴田、田村に筑前勢で五千三百余。

第七陣、古荘、寒田に肥後勢で、三千二百余。

第八陣は旗本隊で、吉岡、大神、椎原に、日田、玖珠両郡の兵を合わせて二千余。

左備えは、小佐井、二千百余。

右の脇備え、斉藤、二千百余。

後備、戸次玄珊、利光鑑教、津久見勢で千五百余。

横鎗、戸次宗傑、田北紹鉄、森鎮実、相良義元に筑前勢で八千三百余人。合計五万五千九百余人であった。

陣割りが決まると、第一陣の臼杵鑑速が口をひらいた。

「敵は毛利の陣容が整うのを待って、戦いを挑んでくるものと思われる。船によって兵を運ぶのだから、相当に日がおくれるにちがいない。しかし兵の極意は先制攻撃じゃ。先んずれば、人を制すじゃ」

この意見には、諸将ことごとく賛同した。

両軍、多々良川をはさんでの対陣である。川の東岸に毛利勢、西岸に「算木《さんぎ》」の紋をつけた部隊旗を中心にして散開するのが大友勢であった。

大友勢は多々良川の西岸の地帯から、警固《けご》、出来町《できまち》。南は現在の朝倉街道から二日市付近までひろがっていた。

戦場と予想されているのは博多津の東方、多々良川の下流にひろがる砂浜である。

現在の鹿児島本線で博多駅から東へ向うと、博多、吉塚、箱崎、香椎である。多々良川は、その箱崎と香椎との間を東北の博多湾に向って流れ入っている。かなり河口のひろい川である。

いまは川の両岸まで家が建てこんでいて、もはや古戦場のおもかげなど、まったくうかがえないが、何百年も前は、もっと陸地に深く海が入りこんでいたのではないだろうか。すこし上流に、川の名にゆかりのある多田羅という集落がある。タタラは鍛冶に使うフイゴのことである。古い時代には、そのあたりに鍛冶場か、製鉄所かがあったのであろうか。

このあたりが大友、毛利の合戦場だが、その前にも戦場となった。延元元年（一三三六）足利尊氏が菊池勢と戦って勝利を得たのも多々良川合戦と称されている。

多々良川西側の大友勢に対して、東津の毛利勢は、先鋒の大将吉川元春が、熊谷伊豆守信直、己斐豊後守、香川左馬助などの手勢に、石見国の住人、益田越中守藤包、佐波常陸介、羽根弾正忠、富永三郎左衛門、岡本大蔵大輔などの諸将、出雲国の住人では、三沢三郎左衛門、三刀屋《みとや》弾正左衛門、宍道遠江守、米原平内兵衛など、伯耆国から南条豊後守、杉原播磨守、小鴨四郎次郎、その他吉川家の郎党を従えた。その勢、一万九千余である。

小早川隆景のひきいるは、平賀太郎左衛門、天野民部大輔、香川淡路守、小笠原弾正少弼、山内新左衛門、木梨治部少輔、小寺佐渡守、乃美安芸守、椋梨次郎左衛門、鵜飼新右衛門以下一万七千余。

吉田の旗本勢は、福原左近允、桂能登守、吉見政頼などが家の子郎党をひきいて、全軍六万四千余であった。

永禄十二年五月十八日は雨気を含んで曇ってはいたが、雨にはならないだろうと、大友勢の天文方は予測した。ただすこしばかり風があって、浜の潮騒の音が高かった。

大友勢第八陣は旗本隊だが、総指揮の大友宗麟は高良山にあって、戦況の報告を待っていた。傍にはべるのは軍配者石宗である。

しかし石宗と、高良山にじっとすわっているわけではない。一日に十五里の道を往復するといわれる駿足をもって、しばしば多々良の陣と高良山の間を走りまわっている。

石宗を混えた軍議では、先攻するのは戸次部隊、軍貝三声をもって敵陣に突撃する計画である。

朝八時。戸次部隊の軍貝がまだ鳴らないうちに、早くも毛利勢に鬨の声があった。

鬨の声というものは、味方の士気を鼓舞し、敵に向って軍力を誇示するとともに、敵を威圧するという効果を持っている。その鬨の声が三度まで起った。

ほとんど同時に、戸次部隊から軍貝が高らかに吹き鳴らされた。敵の鬨に応じて、敵撃滅の意気に燃えた鬨の声があがった。

この日、道雪は木製の輿に乗っていた。秋月攻めの夜、雷に打たれて腰に大怪我をしたために、歩行が困難になってしまった。部隊長が出陣できないとなると、その部隊は解散のほかはない。

それだけではない。戸次道雪といえば、敵も味方もなく、八方にその名をひびかせた大友勢随一の豪将である。道雪がいないとなると、大友勢の軍事力は半減するかもしれない。いったい、どうなることかと案じていると、三十日ぶりに宗麟の前に姿を現した。

「お屋形、心配ご無用。このとおり。やりますぞ。道雪のおらん戦さなんて、おもしろくも、クソもなかでしょうが」

そういうと巨体をゆすって大笑したものである。

戸次道雪は大友勢を代表する豪の者だが、ただ勇士であるというだけではない。つねに部下をいたわり、いつくしんだ仁慈の士でもあった。

平生から、こんな風なことをいっていた。

「武士に弱い者などおるはずがない。もし弱いといわれる者があれば、それはその者のせいではない。その大将が励ましてやらないからだ。他家で弱い武士、ほかの者におくれを取るといわれる武士があったら、わが家に仕えるがよい。みごとな男に仕立ててみせるわい。わが家来に四月朔日《わたぬき》左兵衛という者がおる。若いときはしばしばおくれを取っていたが、いつの頃よりか血臭いことに会って、しだいに馴れ、いまでは剛の者とされる四、五人の者の中でも、とりわけ評判の武士になっておるよ」

また、戦場で、たまたま手柄を立てなかった武士がしおれていると、

「いや、運不運というのは、たれにもあることじゃ。おぬしが弱い武士でないことは、この道雪が日頃からよく見ておる。そんなことでヤケになって、もし明日の戦さで抜け駆けでもして、討死なんかしてくれるなよ。それは不忠というものぞ。身を全うして、道雪のために尽してくれ。みんなが健在であるからこそ、わしも戦場にあって、敵にひるむ色を見せないですむのぞ」

と励まして、酒などくみかわす。

すると、その者も奮い立つものだが、もしその武士が、すこしでも手柄を立てたりすれば、

「やあ、道雪の眼に狂いはない」

と大いに賞めそやしてやる。

それに感激して、ますます武勇に励むことになる。

もし客の前などで粗相をする部下があると、

「や。これは失礼いたした。日頃の道雪の教えが拙いからだ。だが、戦場で火花を散らして鎗を使うときには、この者が一番駆けだから、ありがたいものだ」

などといって、鎗を使うまねをしたりする。

部下の心服は大友家中で第一と噂されている。

しかも剛直なことも家中随一である。

まだ宗麟が府内にいるころ、館に猿を飼っていた。

それが、登城してくる家士たちに、袴を裂いたり、噛みついたり、さまざまにいたずらをする。しかしお屋形のかわいがる猿だというので、たれも我慢していた。

あるとき、道雪が登城して宗麟の部屋に入ろうとすると、とつぜんに跳ね寄って、袴にかみついた。道雪は持っていた鉄扇で猿の顔を打ちすえると、力いっぱいに蹴飛した。

その上で宗麟に向って、

「お屋形も、正邪の別をはっきりして下されぃ。いたずらが過ぎると、臣の信を失うことになりますぞ」

恐れげもなく直諫した。

豪勇で、部下には仁、主には至誠をもって仕えた。

戸次道雪というのは、そんな武者であった。

鬨の声とともに毛利勢の先陣、吉見正頼の隊から二百人ばかりが進み出て、一斉に鉄砲を撃ちだした。

まず百人が撃つと、濛濛たる硝煙の中から、間をおかず、次の百人が銃撃した。

大友勢は戦場に並べた竹束の向うに隠れていたが、それでも数人が弾丸に斃れた。

そのとき戸次道雪の陣営から軍貝が鳴りだした。軍貝三声は進撃の合図である。一声づつ、三声が終ると、敵陣から進み出た吉川隊を狙って、鉄砲を撃った。

銃声がやむと、大友勢第一陣の田原隊から矢が放たれた。敵味方双方から銃声と矢うなりがつづく中で、早くも、第二陣の田原紹忍の長槍隊約千人が鎗を構えて進み出た。

鎗合戦までは、合戦の常道である。両軍たがいに鎗を交えて、隊長の命令のままに突き、退きして、混戦になることはない。この対峙を突き崩すのは突撃隊である。

軍鼓が鳴りだした。第二陣の志賀道輝の陣営があわただしく動きはじめた。約五百騎の軍馬がいなくと、喊声をあげて騎兵隊が鎗合戦を避けて、その背後の毛利勢に襲いかかったのである。

この日は、梅雨の季節だったが、雨はなく、ただ曇り空から、玄海の海風が吹きつけていた。北から吹く風は浜の砂を吹き上げて、その砂けむりと、馬蹄の起す土ぼこりとで、多々良川西岸の戦場は無慚な光景を呈した。

雑兵たちが血しぶきをあげて馬蹄にかけられ、鎗に突き刺した首を高々と上げて、勝名乗りを上げる者、その下には首のない死体が転がり、悲鳴と絶叫とが渦まく中で、多々良川に浸って血刃を洗う将もあれば、その将を狙って弓を引く兵もある。

それまで情勢を眺めていた戸次道雪の隊から軍鼓が鳴りだした。つづいて、どッと喊声があがる。その喊声のまん中に、道雪を乗せた手輿が、ゆらりとかつぎ上げられた。

「常山紀談」巻之八にある。

「道雪、若かりし時、雷に打たれ、足なえて歩行心に任せず、常に手輿に乗れり。武勇たくましき人にて、戦いに臨む時は、二尺七寸ありける刀と、種ケ島の鉄砲を左右に置き、三尺ばかりの棒に腕貫きをして手にひっさげて乗られ、長き刀さしたる若き士、百余人、手輿の左右に引き具し、戦さ始まれば、手輿をこの士に舁がせ、棒を取りて手輿をたたき、えいとう声を上げ『この輿を敵のまん中に舁き入れよ』とて拍子を取り、遅き時は輿の前後をたたかれけるに、先陣の味方の者ども『すわや例の　音頭よ』といいもあえず、われ先きにと競いかかり、いかなる堅陣をも切り崩さずということなし」

坊主頭を白絹の布で包んで、百余の壮士のかつぐ手輿に乗って樫の棒をひっさげた入道、これが戸次道雪の出陣姿であった。

道雪の隊が突撃したのは毛利の強豪、楢崎弾正忠の陣である。

備後の兵をすぐっている楢崎隊は弓勢がすぐれていて、さんざんに矢を放ってきた。戸次隊はその矢の雨の中に突っ込んでいった。

先鋒の隊が、その大弓隊を斬り散らすと、ついで、戦場いっぱいに響かせて、戸次音頭が躍り入っていった。

「エイトウ」

「エイトウ」

「エイトウ」

中央の手輿を守る百人隊を囲んで、およそ五百人ばかりが、一団となって毛利勢に乱入していったのである。

鎗隊はただ、ひたすらに突くばかりである。抜刀隊は、これまた、ただに刀をふるうだけである。

この戦闘では、道雪はひとりひとりの勝名乗を禁じた。首をかくひまがあれば、ひとりでも多く敵を倒せ、と命じていたのである。

ひっきりなしに軍鼓が鳴った。

それに調子を合わせるように、

「エイトウ」

「エイトウ」

「エイトウ」

と戸次音頭のかけごえが戦場を馳けめぐった。

楢崎弾正忠の隊はささえきれずに、およそ二町ばかり後退した。その向うに毛利元春の本陣が整然とひかえていた。まだ一兵も動いていない。

楢崎隊を追い散らした戸次隊は、その毛利の本陣まで迫ると見せて、急に後に転じた。怒濤のように敵を追うと、一転して、また怒濤のように本陣にかえっていったのである。

敵本営を襲うには、戸次軍だけでは手薄すぎる。この日は、敵に大友勢の武力のほどを知らせておけば、それでよい。決戦はやがての日まで待とう。というのが道雪の考えであった。

部分的には、両軍勢ともに勝敗があった。攻めたり攻められたりである。

ただ夕暮れ近くなって、大友軍に一種のいらだちに似た憤懣が漂っていることを、道雪は感じた。勝敗がはっきりしないための嘆きといってもよい。一種異様な気分である。

すぐに第一軍の部将である臼杵鑑速と田原親宏を招集すると、

「もう一戦しよう。このままでは将兵の士気にかかわる。すまぬが隊を整えて下され」

やがて前線の三陣営から開戦の軍貝が鳴り出した。

どっと鬨の声があがると、一線の戸次、臼杵、田原の三陣営が、いっせいに突進をはじめた。

その混線の中で、エイトウの喊声が上った。

「エイトウ」「エイトウ」「エイトウ」

猛烈な突撃である。

毛利勢は午前の合戦で、戸次隊の烈しい戦闘ぶりに半ば呆れていた。手輿に乗った入道に従う百余の壮士の猛烈な突撃は、まさに毛利勢の心胆を寒むからしめたというべきであった。

毛利勢とても、けっして弱兵ではない。それどころか、元就に率いられ、猛将のほまれ高いその三人の子息に指揮される軍勢は、ほとんど中国地方の一帯を席捲している。その強豪の毛利勢がおどろいたのである。

エイトウの声が遠くからきこえてくると、思わず浮き足になった。すさまじい戸次軍の闘志であった。

戦況が停滞すると、道雪は輿の上からおらんだ。

「輿を敵勢のまん中にかつぎ込め。逃げたい奴は、この道雪が死んでから、逃げいッ。逃げたければ、おれを殺せッ。道雪を殺せッ」

眼を剝き、板輿を樫の棒で乱打しながら、大声でわめいた。

すると、エイトウの声が一段と高くなった。逃げる者などなかった。

その勢いで毛利勢の中を馳けまわった。

敵に大きな打撃をあたえたが、道雪の周囲にも戦死者や負傷者が続出した。

それでも入道の手輿は退却しなかった。

毛利勢が乱れはじめると、大友勢はいっせいに総軍をあげて攻撃に移った。

多々良川の河口のあたりは、古くからの松林地帯である。毛利勢はその松林を楯にして、弓や鉄砲を放ったが及ばなかった。

夕暮れ、海風がうなりを上げて吹きすさぶ頃、十五段備えといわれる毛利勢は、備えを乱してしまった。

やがて本陣から引き鐘が鳴りはじめた。砂塵を捲いて吹き乱れる暮色の中に、いんいんと鐘が鳴り、毛利勢は立花城へ向って敗走していった。

五月十八日のこの日、大友方が討ち取った首級三百余。討たれた武者、百五十余人と記録された。

このとき以後、小さな衝突はあったが、六万二千余の毛利勢は立花城から小倉のあたりにかけて滞陣し、これに対して五万五千余の大友勢は立花城を睨みながら、博多津のあたりに充満していた。

この対陣はながく、五月から十一月まで、約六カ月にわたった。将兵も長陣に疲れたが、いちばん苦しんだのは、田畑を蹂みにじられた農民たちである。勝手方題に軍役に引っぱり出されるし、田畑は荒らされて収穫はなく、貧窮の底であえいだ。

そんなときに、筑後高良山の本営に姿をあらわしたのが石宗である。

石宗は、宗麟に会うと、

「ながい戦さでござりますのう」

「うむ、困っとるよ」

と嘆く宗麟に、

「妙案がござる。それで永い間、留守しました」

「それは、どういうことだ」

といって、咳をした。

これまで咳などしたことのない宗麟だったが、はじめての咳はかなり長くつづいた。

長陣は、それほど健康でない宗麟にはこたえたようである。

「はい。お屋形も、すこしやつれられたようですが、からだには気をつけてくだされ」

「心配ない。風邪をひいたのかもしれぬ。しかし芸州のタヌキめは、いかにしても、やっつけねばならぬ」

「それで、妙案を持って帰って参りました。このたびは出雲から伯耆、それに安芸、防州、長州と、海の向うの元就殿の勢力下にある国国をあるいてきましたが、それは、おもしろい形勢になっておると判断しました」

「聞こう」

「はい。出雲は、毛利勢によって尼子の党は斬り従えられたはずでしたが、元就殿、九州に向うや否や、尼子勝久殿が攻め入って、たちまちに雲州を押さえてしまいました。さらに伯耆では大山寺の僧兵どもが尼子に一味して騒いでいるし、美作国では、蘆田、市、牧などの徒が蜂起して、尼子に力を合わせ、近く枡形城を攻めるとの風評がさかんであります。かくのごとく元就殿はその出陣後、背後が大揺れに揺れております。それでもう一押しすれば、毛利勢は九州から退却せざるをえません。それには、いま豊後に潜んでおられる大内輝弘殿に奮起を願うことです。いかがでしょう」

「なに。太郎左衛門輝弘殿をどうしようというのだ」

「輝弘殿は、亡くなられた大内義隆殿とは従兄弟の仲です。ただ義隆殿と仲たがいされたために御当家に身をひそめられたのですが、かねてから、大内家の嫡流はこの輝弘だと、申されているではありませんか」

「義隆殿が大内家をつがれたのが不服のようであったの」

「さればです。いまこそ大内家再興の時機です。元就殿が九州で、大友勢から縛りつけられておる今こそ、大内家を再興するために輝弘殿は蹶起すべきではありますまいか。そのためには大友家から何千かの兵力を出してやっても、よろしいではありませんか」

「名案ぞ」と宗麟は膝を打った。「おぬしの悪智恵には呆れるわい。腹背に敵を受ければ、タヌキめも、退散せざるをえん」

「これが悪智恵でござりましょうか。軍略でござる。石宗をお信じなされ。石宗の判断に狂いはござらぬ」

「威張るな。それくらいのことは、たれも考える。ただ輝弘殿は気の毒じゃの」

「輝弘殿が気の毒どころか、よろこんで起ちます。ただ、この説得には本陣奉行の吉岡宗歓殿が適当でしょう」

石宗の判断に誤りはない。大内輝弘は大いによろこんで、勇み立った。

「ありがたいぞ、宗歓殿。して、宗麟殿も、この話、ご承知であろうな」

「ご承知どころか、城井小次郎、甲斐佐馬助、戸次内蔵大夫などの豊後衆に、殿が山口から連れて参られた旧家臣に付けて、六百名の軍兵をお分けしよう、これで山口に攻め入り、毛利の領分を思いきり切り取りなされ、と申しております。まさに大内家再興の秋でございますぞ」

「ご厚恩、忘れはせぬぞ」

と勇躍して大内輝弘は、永禄十二年十月、豊後杵築の浦を出帆した。その日のうちに周防吉敷郡秋穂浦に上陸した輝弘の軍勢は、時をおかず山口をめざして進軍した。

大内輝弘挙兵のうわさが、たちまちのうちに周防、長門の一帯にひろがると、旧大内家の家臣たちは、お家再興のときぞと湧き立った。

しかし集ってきたのは、何十人かの手勢を持ったのは意外に少なく、名もない郷士や、神官、阿闍《あじゃ》梨《り》などの類だったので、輝弘もいささかならず力を落したが、それでも、その勢八千人ほどになった。

一方では、尼子家の遺子勝久は、山中鹿之助に擁されて、大友家と攻守同盟を結んだ。この報をうけた大内輝弘は軍を進めて、周防の高嶺城を囲み、やがてこれを陥落させるなどの戦果をあげた。

これらの国元の情況は逐一元就に通報された。このころ元就は小倉城を引き揚げて、長門の長府に移っていた。

国もとからの悲報に、さすがの元就も愕然とした。

「大友勢を打ち破ったとて、本拠の防長を失っては、なんのための戦さぞ」と嘆くと、吉川元春、小早川隆景の二人の子に対して命令した。「ただちに撤退して、全軍、防州へ引き揚げよ」

両将が命令をうけたのは永禄十二年（一五六九）十一月十五日である。

この日は殊に寒気きびしく、玄海の荒ら風は筑前の浜に狂い、暗い天からはみぞれが降りだした。その荒天の下を毛利勢は撤退をはじめた。寒気と烈風の中に身も心も凍る退却である。前軍を小早川隆景が率いて進む。殿軍は吉川元春である。

立花城には毛利勢の中から浦宗勝、桂能登、坂田新五左衛門の三将を守将として、兵二百余で残っていたが、やがて大友軍に降って開城した。

吹きすさぶ寒風の底をよろめきながら退却する毛利勢を、大友軍は鉄砲を乱射して追撃した。中には踏み止って大友兵と戦う将もあったが、落命して、路傍にころがる兵が多かった。

筑前立花城下から豊前小倉津まで、十数里の間、死屍えんえんとつづき、この日、大友勢の討ち取った首級、三千四百九十一級と記録された。

山口にあった大内輝弘は、一時は防長二州を攻略するほどの勢いを見せたが、元就が小倉城から長府にもどってきたという噂が立つと、部兵たちは、五人、十人と逃げていって、やがては百人ほどに減ってしまった。

長府に陣を布いている元就は、立花からの退却戦で殿軍をつとめた吉川元春を招いた。

「このたびの合戦では、大勢の兵を討たせて、苦労かけたの。それにしても殿軍の任を、よく果たして、うれしく思うぞ。褒美をやりたい。一汗かくがよい。いま山口を逃げ出した大内輝弘殿を討ち果すことじゃ。この手柄は余人にはやらせぬ。おぬしに与える。どうじゃ、受けるか」

輝弘には、もはや戦力はない。赤児の手をねじるようなものであろう。しかし毛利勢の不在を狙って、後方を攪乱した、いわば大敵である。この大敵を討伐する名誉を与えてやろうというのである。

「元春、ありがたくお受けいたします」

百人の兵をひきいると、吉川元春はただちに追撃をはじめた。

いまは輝弘はただ一踏、逃げるしかなかった。

豊後から乗ってきた船を求めて、秋穂白松の浜まで急いだが、毛利勢が長州まで帰ってきたことを知った船は、ことごとく豊後へ漕ぎもどってしまって、一隻の船影も見ることができなかった。

三田尻、小郡、陶《すえ》、大道《だいどう》、岩淵、賀川とのがれるうちに、逃亡する兵が続出して、十人ばかりが残った。やがて甲斐左馬助や松木一佐のような豊後から従ってきた者も道の途中で自害した。さらに船を求めて富海《とのみ》の浦まで遁れたが、そこにも船は無かった。しかも毛利勢は四、五十人づつ二た手に分かれて追いせまってきた。

茶臼山という小高い丘の上まで追いつめられた輝弘は、自害を決意したが、自害した後に首を奪おうと思って、数十人の雑兵が周囲に群らがっているのを見ると、金の櫛を髪から拭いた。

「者ども、これは金の櫛ぞ。欲しくば、だれでも拾うがよい」

と遠くに投げ棄てた。

それを取ろうとして、わッと雑兵どもが金の櫛の方に走り去ったのを見て、

「小次郎、首打て」

と命じて、腹をかき斬った。主従わずかに二人である。

豊後以来の部将の城井小次郎は、すぐに首を打ち落すと、おのれも割腹して、輝弘の死骸を抱くようにして倒れ伏した。

吉川元春が二人の自害の場に馳けつけてきたのは、そのときであった。ころがっている輝弘の首に合掌して、うやうやしく拝むと、携えていた白布に包み入れた。寒風の吹き荒れる空を数十羽の鴉が群れさわいでいた。

「大内輝弘殿、武運拙なく、昨日、長門秋穂浦近くの茶臼山で討死いたされました」

石宗から報告をうけた宗麟は、大きくうなずいただけで、一言の返事もなかった。

まだ戦いは終ったわけではない。宝満城の高橋鑑種は大友の大軍の包囲に屈せず、いまだに降伏を

申し出ていない。

高良山の本営で宗麟は憮然たる思いであった。計略は効を奏して、みごとに毛利軍を退却させることができたが、そのために人の好い輝弘を殺してしまった。

後味のわるい勝利であった。

「お屋形。なにを考えてござるのか。六国二島の太守たる宗麟公に似つかわしゅうないようだ」

石宗はつづけていった。

「さて、このこと、いかが取りはからわれますか。宝満の鑑種殿が降服を申し込むやに聞いておりますが」

「ほう」

「もうすぐ使者が参るでしょう」

とはじめて顔を向けた。

石宗のいったとおりであった。

その日の夕方ちかく、高橋家の重臣、北原伊賀守というのが宗麟のもとにやってきた。

「毛利が逃げかえったので、後楯を無くしたからというのか。毛利が九州に居すわっておれば、いつまでも降伏せぬというつもりじゃったのか」

このときの宗麟は語気鋭く鑑種の行状をなじった。宗麟としては、腹の底から信頼していた部将である。築城祝いにはわざわざ豊後から出かけてきた上に、二千町歩の領地まで分けてやった。そんな信頼を裏切って、毛利に味方した。これは許されることではなかった。

「恩を仇でかえす男ぞ。許すことならぬ」

はげしく罵って、追いかえした。

すると、その翌日には同紋衆の一万田鑑実がやって来た。

「前非を悔いておる。許してやって下され。心を入れ換えれば、ずいぶん大友家のためになる武勇の将でござるよ。わしが証人になろう」

一族の者から、そんなにまで命乞いをされると、むげに反対はされなかった。

鑑種はこれまでの領地を没収して、豊前小倉城に移すことにした。新領地としては、生かさず殺さずの企救《きく》一郡だけである。

いつかは筑前守護職になるぞという狙いがあったかもしれない。しかし戦国時代といえども「豪勇の将」というだけでは国は取れなかった。

筑前出兵の大友軍は陸続としてそれぞれの国へ引き揚げていった。このとき以後、毛利の軍勢は、ふたたびは九州を侵すことはなかった。毛利元就は二年後の元亀二年（一五七一）に七十五歳で病死し、毛利軍は中国地方の平定のために忙殺されることになるのである。

有明の鷹

永禄十三年（一五七〇）の春は、大友宗麟にとって、心楽しく明け暮れた。

正月には十数日間にわたって、傘下の将星たちの新年賀の奉礼がつづいた。新年の大宴には、去年から丹生《にう》島城内に滞在している京都の舞人たちによる幸若舞がおこなわれたが、これにはみずからも数番を演じて、

「都では織田信長殿や明智光秀殿が巧者だそうだが、宗麟と比べては、いかがであろうかの」

と戯れにいったりした。

なにしろ二年以上にわたって抵抗した高橋鑑種の降伏を最後として、強敵の毛利の勢力を、九州から追い出してしまったのである。

毛利はふたたび九州侵入を企図しないことの誓いとして、宗麟の六女のマセンシヤ（切支丹霊名）を毛利秀包《ひでかね》の妻とすることを約した。そしてこのことは実行された。毛利と大友とは姻戚関係になった。マセンシヤは服部右京助の妻だった於万が生んだ子である。

秀包は元就の末子だが、小早川隆景の猶子となって小早川秀包と称した。隆景がのちの天正十五年

（一五七八）に筑前を領すると、秀包は筑後三郡を与えられて、久留米の城に住んだ。文禄の役には隆景と共に出陣して、碧蹄館《へきていかん》の戦いに殊功をたてた。しかし慶長五年の関ケ原の役では、西軍に属したために家康から所領を没収されて、翌六年三月、長州の下関で亡くなった。三十五歳であった。

毛利勢力は完全に駆逐できたし、もはや侵入の憂いもない。宗麟にはうれしい正月宴がつづいた。

そんな丹生島城の正月宴の席上で、

「お屋形の近習の瀬古右馬之介め、近ごろ、村の娘とねんごろになっとるという噂でござります」

という者があった。

「ほう。おもしろい。どこの女じゃ」

「なんでも、府内近くの豊饒《ぶにょう》の名主の娘とか聞いとりますが」

「名主でも百姓でもかまわん。若い者が娘に惚れるというのは当然の理じゃ。ほっとけ。ことに右馬之介は戦場では、これまでも何度か功を立てた。役に立つ男じゃ」

いい出した若い武士は赤面した。

庄屋といえども百姓である。武士が百姓の娘とねんごろになるのは、けしからん、と嚇怒《かくど》するであろうと期待していたのが、意外な宗麟の裁きに落胆したようであった。

「やあ、そんなつまらん話はやめとけ。それよりも、この春の雪溶けとともに、久しぶりに山狩りをするぞ。それぞれ仕度をおこたるな」

戦勝祝いでもあったが、戦勝によって士気が落ちこむのを防ぐ意味もあった。武将としては、士気の弛緩がいちばん恐しかった。弓の弦はいつもぴいんと張っておかねばならないのだ。


三月。豊後の雪が溶ける。

もともと豊後は温暖な国である。冬といっても深い積雪を見ることはない。冬の間、ときに風に煽られて白い牙を見せた豊後灘も、三月の陽があたると、しだいに波濤をおさめて、媚びるような柔らかな表情になる。

そんなやさしい海風が遠近の山山にあたると、木綿《ゆう》（由布）山も、鶴見岳も、山城のある高崎山も、若い木の芽の香を漂わしはじめる。そんな山あいでは、しきりに早鳴きのウグイスが鳴いた。
五、六人の部将にひきいられた五百人ばかりの兵が、浅緑の山の路を登っていった。途中、まず柞《ゆす》原《はら》八幡宮に参拝して、はるかな西方、木綿山で狩をすることになっていた。
一行とは別に山狩すがたの瀬古右馬之介は、騎馬で豊饒村に向っていた。あくまでも明るい春であった。過ぎてゆく村の道には、梅の花が満開であった。紅梅もあったが、このあたりではふしぎに白梅が多いようである。

途中で一人の若い農夫に会った。その男は腰をかがめて、ていねいに挨拶したかと思うと、さっとうしろを向いて、走り出した。敏捷な動作である。

豊饒村に入ってしばらくすると、ぐるりに堀をめぐらした門構えの家がある。遠くから望むと、小さな城か砦のような感じで、それが名主屋敷であった。

もう表門の外に、年輩の勇が数人の若者といっしょに待っていた。

右馬之介が馬からおりると、すぐ若者の一人が轡をとって門内に入っていった。

「ごぶさたいたしました、三郎左衛門殿」

「これは、右馬之介殿、ようこそ」

と挨拶をかわして門内に入った。

このころの農民は多く半農半士であった。名主というのは、数十人の部兵を養う小隊長で、ことごとく近くの城主に属していた。館から太鼓が鳴りだすと、それまで鍬を持って田甫に働いていた男たちは、簡単な腹巻を着け、鎗をひっさげて庄屋の家に集る。

それまでは農夫だったのが、以後は雑兵としてお屋形の指揮に入るのである。かれらは小作人であり、小作を納める城持ち侍に忠義をつくす兵でもあった。庄屋は、つまりこれら雑兵たちの取締りである。三郎左衛門というのは、府内に近い豊饒の殿に仕える名主であった。

右馬之介が門内に入った直後、その門前に同じく馬を停めた武者があった。正月の宴席で右馬之介と女のことを話に出した若い工藤帯刀である。

案内を乞うと、若い男が出てきた。

「いま、この家に入ったのは何者だ」

「はあ。瀬古様でございます」

工藤帯刀はペッとつばを吐くと、馬首をかえして去った。

名主の三郎左衛門に導かれて奥の部屋に通ると、

「ようこそ、お越し下された。これから、どちらへ」

「はい。ご承知のとおり、明日は木綿山の山狩りです。きょうは麓の村で休むことにしていますが、お屋形は、ただいま柞原八幡に参拝されておるので、それがしは午後の道で合流することに考えて、一行から抜け出して来ました」

「それは、娘の以登も、きっとおいでるであろうからと、待ち暮しておりましたので、さぞ喜ぶことでしょう」

「それがしも」

といいかけて、右馬之介は顔を赧《あか》らめた。

「どうしておるのでしょう。お茶もお持ちせんで」

と三郎左衛門は、

「お以登、お以登」

呼びながら部屋を出ていった。

父の姿が消えるのを待っていたかのように、入れ違いに以登が茶碗を捧げてあらわれた。

大友軍が多々良川合戦に出陣する前日だった、深田の満月寺で宗麟が見かけた眉の濃い娘である。

「お待ちしておりました」

「おお、お以登殿」じっと見つめて「これは一段と美しくなられた」

そういうなり、腕をのばして抱き寄せた。

右馬之介の腕の中で女は恍惚として眼を閉じていた。ながい時間が過ぎると、女はやさしく体をひいて、身づくろいをしながら、

「いつでしたか、工藤帯刀様がお見えになりました」

「えっ、帯刀が。どんな用向きで」

「いえ」

ともじもじしながら俯向いた。

「帯刀が、この家に何の用事があるというのか」

お以登は顔を上げた。

「父に会って、嫁にもらいたいと申したそうです」

「嫁に。そなたをか。ばかな。それで、親父殿は、なんと返辞をされたのか」

「はい。はっきりとはいえず、困った様子でしたが、考えさせてくれと申したそうです」

「はっきりと、ことわってくれればよかったのに。帯刀というのは、しつこい男だから、きっと、またやってくる。こんどこそ、この右馬之介に決めておる、ときっぱりと申されるよう、親父殿にいうておいてくだされや」

料金受取人払郵便

博多北局
承認

0862

差出有効期間
2025年11月
30日まで
(切手不要)

郵便はがき

812-8790

158

福岡市博多区
奈良屋町13番4号

海鳥社営業部 行

通信欄

通信用カード

このはがきを，小社への通信または小社刊行書のご注文にご利用下さい。今後，新刊などのご案内をさせていただきます。ご記入いただいた個人情報は，ご注文をいただいた書籍の発送，お支払いの確認などのご連絡及び小社の新刊案内をお送りするために利用し，その目的以外での利用はいたしません。

新刊案内を ［希望する　希望しない］

〒　　　　　☎　（　　）

ご住所

ご氏名《フリガナ》　　（　　歳）

お買い上げの書店名　　**西国の獅子**

関心をお持ちの分野

歴史，民俗，文学，教育，思想，旅行，自然，その他（　　　）

ご意見，ご感想

購入申込欄

小社出版物は全国の書店，ネット書店で購入できます。トーハン，日販，楽天ブックスネットワーク，地方・小出版流通センターの取扱書ということで最寄りの書店にご注文下さい。なお，本状にて小社宛にご注文いただきますと，郵便振替用紙同封の上直送致します（送料実費）。小社ホームページでもご注文いただけます。http://www.kaichosha-f.co.jp

書名		冊
書名		冊

そういうと立ち上って、はげしくお以登を抱いた。

「どんなことがあっても、そなたを離しはせぬ」

部屋の外で足音がした。

「お茶をどうぞ」

「おお、いただいて行こう」

坐り直して、お茶をのむと、入ってきた三郎左衛門に挨拶して立ち上った。

「お屋形におくれては、大目玉をくらいます」

お以登は父に従って、門際まで送って出た。

門の外に古梅があって、白い花をいっぱいにつけていた。白い梅の花のそばに立って微笑している
お以登は、梅の花に似て可憐で美しかった。漂っている梅の香は、それがお以登の匂いのように左馬之介には思われた。

「三郎左は勢子組ですから、あしたは早く、組下の者をひきつれて狩り場に到着いたします」

そういって古風に深く腰を折って挨拶した。

馬にまたがると瀬古右馬之介は西に向った。すこし早いが、二股道で待っておれば、柞原八幡の参拝をすませたお屋形の一行と会えるだろう。そう思いながら放生池に向って、雑草の生い茂る道を進んだ。

萌える春草の香は、むせるようにつよい。たとえ工藤帯刀がお百度を踏んでも、お以登の心がゆれ

るはずはない。親父殿とて、お以登の気持はよくわかっているはずだ。

しかし右馬之介の愛している娘だと知りながら、執拗に三郎左の家を訪れる帯刀の執念は、いやらしいし、油断がならぬ。妙にねちねちした女のような声音といい、人に取り入る如才なさといい、朋輩の中でも、いちばんいやな男だ。ことに三郎左をしばしば訪れる厚顔ぶりには、虫ずが走る。

前後左右はことごとく春の雑草原である。ただ右手は森がつづいて、その果ては丘になっている。その丘を越えると八幡宮の放生池があるはずだ。

右馬之介の瞼の底に、お以登が現れたり、女の化け物のように、にたにた笑う帯刀があらわれたりする。

前面に雑草の原が消えて、暗い森の中に入った。とたんに異様な気配を感じて、右馬之介はハッと馬上に伏せた。その瞬間、ヒュンと鋭い音が頭上を走った。矢だ。たしかに自分を狙った矢だ。と気がつくと、馬から跳ねおりた。

無言のまま、身を縮めて、矢の来た方角を睨んだ。森の中はウグイスの声がしているだけで、人の気配はない。しばらくじっとうずくまっていると、やがて案外に近い所で草を踏む足音がした。

「何者だッ」

どなると、あわてて、その足音が走りだした。

しかし右馬之介は追わなかった。すでに見当はついている。追っても相手は逃げるだけだ。足音が遠ざかった。

右馬之介は馬に乗った。

やがて二股道に出る。そのあたりは、すでに森は切れて、ふたたび茫茫たる草原である。

空は青く澄みわたった、見わたすかぎりひろがっている春の野に、うららかな陽光が降りそそいでいる。

木綿山はまだあらわれない。

右手の山の道を狩装束の騎馬隊の一行が降りてきた。

いまの由布岳は、むかしは木綿山と呼んだ。古歌にもうたわれているし、鎮西八郎為朝の伝説でも知られる豊後の名山である。

為朝は十六歳のときに父の怒りにふれて、豊後の国に落ちてきた。一夜、木綿山で山狩りをしょうとして、猟犬のように育てた山雄と呼ぶ狼を連れて山麓まで出かけた。

夜明けには、まだ間のあるときであった。路ばたの石にかけていると、ふと眠む気を催した。うとうとしていると、とつぜんに狼が大ごえでほえ出した。叱りつけると、吠え声は一層にはげしくなり、いまにも為朝に嚙みつかんばかりの形相である。かねて可愛がっているだけに、どんなに馴れているとはいえ、やはり獣は獣、主の恩など忘れて、憎いやつ、と思いあまって一刀のもとに首をはねてしまった。

するとその首は宙を飛んだかと思うと、かたわらの楠の上から、ドサリと音を立てて、なにやら落ちてきた。見ると、胴まわり、楠の幹ほどもある大蛇で、しかもその首に、いま切ったばかりの愛狼の顔が嚙みついている。さては山雄は自分を嚙もうとしたのではなく、まさに襲いかかろうとしていた大蛇の危険を知らせてくれたのだと知ると、まだ尾を楠に巻きつけている大蛇を退治して、愛狼を手あつく葬ってやった。

この為朝伝説で知られるように、木綿山は深い山である。

早春の山には、点点と残雪があったが、それももう半ば以上は溶けかかっている。空には雲片もなく、春の太陽が山の若草を美しく照らしていた。

数発の銃声がひびくと、わッと喊声が起った。太鼓と鉦が、あちこちで、けたたましく鳴りだした。けものを追い出す雑兵の勢子《せこ》ごえが、まるで戦場のように静かな山に谺《こだま》した。

宗麟は都からやってきた遊芸人たちに囲まれて、快さそうにしばしば哄笑した。

「どうじゃ、お身たちも、弓を持っては、いかがじゃ」

と戯れにいうと、芸人たちは、

「めっそうもない。見物させていただくだけで、結構でございます」

と身を縮めた。

その恰好がおかしいといって、また宗麟の笑声が甲高くひびいた。この日の宗麟はよく笑った。ひさしぶりの狩りが、よほど楽しかったらしい。入道頭に白い頭巾をかぶった姿は、戦場に在るときと同じように颯爽としていた。

大友家の家紋、杏葉《ぎょうよう》の紋を打った幔幕の中には、宗麟を中心として、歌舞の芸人たちのほかには、丹生島城の執権役である田原親賢（紹忍）や、宗麟の気に入りの近臣たちが、酒を汲んだり、馳走を食べたりしていた。

寒むがり屋の宗麟は、南蛮渡りの赤い羅紗のマントを羽織っている。

「みんな、そこで、ゆっくりやれ、今夜は鹿肉をうんと食べさせよう」

といって床几《しょうぎ》から立ち上ると、

「右馬之介」

大股で幔幕の外に出た。

すぐに瀬古右馬之介と田原親賢が従った。

「おお、出るわ、出るわ」

と宗麟が愉快そうに右馬之介に話しかけたとき、十頭ばかりの鹿や、数十匹の兎の群が、向うの森の中から溢れ出るように現れた。

それを狙って、騎馬の武者たちが、ヒュッ、ヒュッと矢を射た。三頭ばかりの鹿が仆《たお》れると、兎も鹿も、あっと思うまに右から左の方へ消えてしまった。

それを追う騎馬武者の数人も、弓を引きしぼったままの姿勢で、馳け去った。けものも人も必死である。けものたちが必死なのは当然だが、武士たちも獲物の数を争うのに必死であった。

勢子の声に追われ、太鼓の音や銃声に追われて、けものたちが一団となって走り去ると、すぐにまた次ぎの一団が幔幕の前の広場を横ぎっていった。

「右馬之介、参れ」

宗麟の命令に、

「はッ」

とこたえると、ひっさげていた弓に矢をつがえた。

ひきしぼった弦を放すと、右手から広場に馳け入ってきた鹿が、二三歩あがいたかと思うと、からだを地にたたきつけるようにして倒れた。

「うむ。みごとぞ」

と宗麟が大声をあげたときである。

左手から、ヒュッと鋭く、一本の矢が飛んできたかと思うと、それは宗麟の赤いマントを射抜いて、うしろの幔幕に刺さって、止まった。

「何者ぞッ」

仰天した田原親賢が叫んだ。

その声におどろいて、幔幕の中から若い武士たちが走り出てきた。

「無礼な奴ッ。追えッ」

青くなった親賢は、左手の方を指してわめいた。

外を警備していた五、六十人ばかりが、

「どこじゃッ」

「何者かッ」

「どこから狙ったのじゃッ」

などと叫び交して、森の中に分け入っていった。

しかし右馬之介は宗麟のそばを離れなかった。

「お屋形、怪我はございませんでしたか」

宗麟は黙って首を横に振った。

「お屋形を狙うなど、不届至極」

親賢がわめいたとき、追跡していった武士の一人がもどってきた。

「田原様、見つかりませぬ。逃げ脚の早い奴でござる。なお、捜索はつづけますが、どこにうせたか。まるでけむりのように消えうせました」

という報告に、田原親賢は声をふるわせて怒鳴る。

「お屋形を狙うなど、もってのほかの痴れ者ぞ、草の根分けても探し出せッ」

その間にも勢子たちの鳴らす太鼓や鐘の音はつづき、広場の雑草を踏んで、けものたちは逃げていった。

しかしもはや逃げるけものを追う武士は、ひとりもいない。ことごとく姿を見せぬ痴れ者を探して、右往左往している。

「狩りは中止ぞ。勢子組に伝えよ」

親賢は大声で叫んだ。

すると、宗麟がいう。

「待て、止めること、無用、これはこれ、あれはあれ。おれはまだ一匹も撃っておらぬ。さあ、探索はつづけて、狩りもつづけるがよい」

そういう間にも、ぞくぞく部将たちが見舞いに集ってくる。

「お屋形。狙い矢がありましたそうで。しかしご無事で安心いたしました」

「うむ。このとおり、変りない。それよりも、狩りを中止するな。畑を荒らす鹿、山犬、狸、狐など、余さず狩りつくせ。さあ、行け」

ふりむいて、

「右馬之介、弓を持て」

といったときである。ひとりの武士が息せききって走ってきた。

「田原様。痴れ者は、まだ見つかりませぬが、捜索しているうちに、この弓が打ち捨ててあったと、足軽が届けてまいりました」

村重藤《むらしげとう》の弓である。

「おお、これこそ、痴れ者の弓であろう。だれか、見おぼえのある者はおらぬか」

といったが、たずねるほどのことはなかった。その弓の上部の外側に朱漆で「工藤」と書いてあった。

「うむ。そうか。弓ならたれにもひけをとらぬと、かねてから豪語しおったあいつじゃな」

そばから一人がいった。

「工藤帯刀でござるな」

「うむ。そうであろう。しかし、あいつが何の恨みあって、お屋形を狙ったのか、解せぬ」

「左様。お屋形のご愛顧もあつかった」

洒落者の工藤帯刀らしく細身の村重藤である。しかも姓まで書き込んでいる。

こんな歴然たる証拠の品を捨てて逃げたというのは、よほどあわてたためと思われる。

だが、瀬古右馬之介の考えはちがっていた。山狩りをつづけろという宗麟のことばにも動かず、村重籐の弓を握ったまま、かれらが狙ったのはお屋形ではない。と心につぶやいていた。

木綿山の狩り場に向った昨日、豊饒村で襲撃された。あのときと全く同じなのだ。

人びとが、森から溢れ出るけものたちを見て、狩りに夢中になっているときを狙って右馬之介を撃つ。あの騒ぎの中だったら、だれが矢を放ったのか、金輪際、わかることではあるまい。

そう思って射た矢は、わずかに目標の右馬之介をはずれて、宗麟のマントに命中した。かねて弓自慢の男だっただけに、この失敗はさぞかし口惜しいことだったであろう。目的は右馬之介を仆して、名主屋敷のお以登をわが手に抱くことだったのだ。

それにちがいないと考えたが、そんなことをくどくどと説明したところで、とても理解してもらえる場合ではなかった。

村重籐の弓が、はっきりと自白しているとおりに、工藤帯刀は、無断で府内に出奔した。当時、宗麟は丹生島にあって、なお、大友家の実権は掌握していたが、内政、外交の役所は府内に置かれていた。帯刀がひそかにのがれて頼ったのは、府内の敷戸兵部の宅であった。帯刀と兵部とは近い親戚である。数日のうちに身を潜めるとすれば、兵部の宅しかなかった。

自分が深く信頼している者が罪を犯したと知っても、すぐに攻撃しないのは、高橋鑑種の例のように、宗麟の近ごろの長所であり、短所であった。

人を信頼するのはよいが、そのために大事を逸することもなくはなかった。

このときも、宗麟は容易に決断ができなかった。愛し信頼していた帯刀にかぎって、自分の生命を狙うはずがない、と思っていた。ぐずついている間に、帯刀は府内にのがれ、兵部の宅にひそんだのである。

宗麟の決断がないままに府内にひそんでいたが、しだいに隠している兵部の方が怖くなってきた。

「帯刀どの。おぬしとわしとの間じゃから、いつまでも隠してやりたいは、やまやまじゃが、物ごとには限度ちゅうものがある。あまり永くなっては、天知る、地知るで、いつかはお屋形の耳に入るじゃろう。そうなると、間違いなくわしも同罪じゃちゅうことになる。あんまりやかましゅうならん今のうちに他に場所をかえていただきたい」

「よくわかるが、さて、どこに行ったらええじゃろうかのう」

「それを考えておったのじゃが、わしに存じ寄りの坊さまがおる。万寿寺の僧侶で寿海と申す者じゃでこの御僧におたのみしてみよう」

「よろしく、おたのみ申すぞ」

夜闇にまぎれて、万寿寺を訪うと、幸いに寿海という僧がいて、

「それは気の毒な」

と隠匿を引きうけてくれた。


豊後は伝説の多い国である。

豊後国第一の巨刹といわれる府内の万寿寺も伝説の寺である。

いつの代《よ》とも知れぬ昔に百合若大臣《ゆりわかのおとど》という国主がいた。ある年、都の帝から海の彼方のケイマン国の鬼退治を命じられた。オニどもが海を渡ってやって来て、人を殺し、財宝を奪うという悪事をするからである。

百合若は別府の太郎と次郎というのを副将にして、数百艘の軍船をつらねて出征した。一年にわたる合戦のすえにオニどもは降服した。百合若船隊は凱旋の途中に玄海にうかぶ島に寄航して、ながい戦闘のつかれを休めることになった。百合若は酒豪である。気をゆるして過ごした酒に酔って眠ってしまった。

それを見すまして副将の別府兄弟は、こっそりと全軍に出帆命令を発した。帰国した副将は、帝に、われらはケイマン国を討伐したが、残念なことに大将の百合若殿は戦死した、と報告した。百合若に代って太郎の方が豊後の国主に就任する。

太郎は悲嘆に暮れる百合若の奥方に言い寄る。いつまでも泣いていないで、わしの妻になれ、というのだが、貞淑な奥方は、百合若の生存を信じて、無法な強要に屈しない。

一方、島に置きざりにされた百合若は深い酔いからさめて、地だんだ踏むが、もはや、すべてあとのまつりである。来る日も来る日も、荒れ狂う海風を浴びながら絶海の孤島に、さみしい日を送る。そして幾月か経ったころ、かれは頭上を舞う一羽の鷹を見つけて狂喜する。それこそ、かれが豊後の国府の館で飼っていた数羽の愛鷹のうちの一羽だったのだ。さっそくに鷹を腕に留めると、脚に紙片が結びついている。ひらくと懐かしい妻からのふみである。

この鷹のたよりによって、妻との文通がはじまり、たがいに生存を確認するのだが、国もとでは、別府太郎の強引な恋慕で、美しい御台所《みだいどころ》はいよいよ窮地に陥る。そのために、御台所は池に投身したと偽って、お付きの万寿姫が身を沈める。

悪者どもはのちに帰還した百合若に退治され、御台所の身代になった万寿姫のために一寺を建立して慰霊した。それが万寿寺だというのである。

伝説は伝説として、そのまま置くとして、府内に豊後最初の臨済禅刹、蔣山万寿寺が建立されたのは、大友氏五代の貞親のときである。

徳治元年（一三〇六）大友貞親は、筑前博多承天寺から直翁《じきおう》智侃《ちかん》を招き、かれを開山として一寺を造営した。これが万寿寺である。やがて京都東福寺の末寺になり、十刹の一つに加えられるに至った。

わが国の名僧や中国からの渡来僧も多く来住した大友家の菩提寺である。事もあろうに、由緒あるこの寺に、工藤帯刀は逃げこんだのであった。

工藤帯刀が万寿寺に潜居していることは、やがて丹生島城に知れた。

知らせをうけたのは執政の田原親賢である。

親賢は、すぐに宗麟に伝える。

「相手が万寿寺では困るのう。だが正邪の道は正しくしておかねばならん」

宗麟の指示を得て、親賢は臼杵の町を守る橋本五右衛門と清田因幡守を招いた。

「工藤帯刀めが、府内の万寿寺に潜んでおるそうな。おぬしたち、すぐに出かけて引っ捕らえて参れ。お屋形も、ひどうご立腹の様子じゃけ、絶対にのがすことならん。ただ相手は手ごわい坊主どもじゃ。その上、広い寺内のことゆえ、手におえぬときには、けむりで、いぶり出してでも搦め捕れ」

「はい。必ず捕えてごらんに入れます」

五右衛門と因幡守の二人は、二百人の兵を率いて臼杵を出発した。その日のうちに府内につくと、ただちに万寿寺の三門をくぐった。

「田原親賢殿の命を受けて参った。工藤帯刀が滞在しておるであろう。お渡し下され」

申し入れをしたが、この僧は事情を知らない様子で、おどろいて奥に飛び入った。

代って出てきたのが、寿海と呼ばれて、帯刀を匿った僧である。

「工藤なんとかいうおひとを探しておられるようだが、当寺では聞いたことのない名じゃ。かように多勢の者を連れて、押しかけて来られては迷惑千万。おたずねの者は、当寺にはおらぬ。お引きとりいただきたい」

と、いかにも迷惑げな顔色である。

そのうちに奥の方から、ぞろぞろと多勢の僧が出てきた。中にはタスキがけの者もいて、すでに喧嘩腰である。

当時、万寿寺には百人以上もの修行僧が住んでいて、少しくらいの武士のおどしにはビクともしない。むしろ挑戦的でさえあった。

「さような者はおらん」

「たとえ、おったとしても、ほとけの慈悲じゃ。匿うのが当然じゃ」

「なにしろ、お屋形は南蛮宗びいきゆえ、お寺なんぞ、目にないのじゃろ」

「さらば、目に物見せてやろうかの」

などと、しだいに声が高くなった。

いまは、はじめに出てきた寿海のすがたはなく、荒ら法師ばかりが玄関に溢ふれて、罵詈雑言のつぶてを投げつけるのだ。

これでは話にならぬと考えた橋本五右衛門が、

「きょうは、これで帰るが、あすはまた来る。そのときは、きっと工藤を出せッ」

と引きあげると、背後からどッと嘲笑を浴びせかけた。

翌日の府内は俄かの雪にふるえ上った。

すでに早春の二月である。梅の花は満開だというに、由布から鶴見にかけての山山の頂は白く彩られ、曇り空の下の府内の町に、霏霏《ひひ》として牡丹雪が降りしきった。

その雪の街を橋本五右衛門と清田因幡のひきいる武装兵の一隊は、大伽藍のそびえる万寿寺へ向った。

三門を入ると、橋本五右衛門は方丈の玄関に突立っておらんだ。

「大友家の執政田原親賢殿の命をうけて、工藤帯刀を受け取りに参った。匿し立ていたすによって、寺内隅隅まで家捜しする。手向う者は容赦なく斬りすてる。左様心得い」

その声の終らぬうちに、昨日と同じように、多数の僧侶たちがドヤドヤと現れた。

同時に、西門のあたりで怒号する声が起った。清田因幡のひきいる別手の者が、土足で廊下に跳ね上り、それを拒む寺僧たちと争いを起しているのである。

「無礼なッ。仏罰を恐れぬ奴ばら、こらしめてやろうぞッ」

棒をふるって打ちかかってゆくと、たちまちに、

「うわッ」

と絶叫して、廊下に這いつくばった。

すでに大友勢は抜刀していた。

「工藤帯刀、出てこいッ」

と叫びながら兵たちは、方丈から衆寮、大宝殿、厨の中にまで踏み入った。

その狼籍にたまりかねた若い法師たちは、土足の兵に躍りかかっていったが、一とたまりもなく跳ねとばされて悲鳴をあげた。その騒ぎの中で、

「火事ぞッ」

と叫びが起った。

それに気がついたときには、早くも廻廊の中央に巨大な火柱が立っていた。その炎は折からの北風に吹きつけられて、仏殿に移り、方丈に飛び、あっというまに巨刹は天魔の火に包まれてしまった。

多くの仏像や法器とともに、五千巻の経典を納める大経蔵は、降りしきる雪の中にあかあかと燃え上った。

火はその日、一日中燃えつづいて、翌日の夕刻近くに鎮火した。その焼け跡から焼死体がひとり発見されたが、それが大騒動の中心人物である工藤帯刀であろうということであった。

その報告を持って橋本五右衛門が臼杵にかえると、丹生島城はひどく緊張した空気に包まれていた。

報告をうけた田原親賢は、

「おお、あらましは昨日の飛馬(急報)によって、承知しておったが、ご苦労であった。ゆっくり休んでくれ」

というと、そそくさと奥の重役部屋に引き込んでしまった。あとでわかったことだが、肥前の竜造寺との関係が、むずかしくなったようである。

元亀元年(一五七〇)の春が逝こうとしていた。

丹生島城の朝である。城内に設けられた教堂の尖塔の十字架が、暁明の中に静かに浮かんでいた。遠い豊後灘の海鳴りのひびきとともに、城外の田蛙の声が、まるで鳴きわめいているように、はげしくきこえている。

宗麟が侍女たちに囲まれて教堂の外に姿をあらわすと、

「お屋形」

と石宗が待っていた。

「あの田蛙の声をきいとると、戦場の鬨の声を思い出します」

「そうか。おれには、ひどく平和にきこえるがのう」

「とてものこと、平和などではござらぬ。あの蛙の声は、押し寄せる竜造寺勢でござる」

「うむ。いよいよ竜造寺が起つか」

「はい。佐嘉（佐賀）にもぐらせておった木全《ぼくぜん》が、けさ方、まだ暗いときにもどって参りました」

「聞こう」

「竜造寺勢は、かねてから筑後を襲う計画であることは、ご承知のとおりですが、いよいよ本腰になった模様です。高橋鑑種殿を豊前にやったあと、いま、宝満城《ほうまん》には、吉弘左近大夫殿の弟、主膳兵衛鑑盛殿を据えてありますが、なにしろ手兵三百の小勢です。そこを狙うて、筑後の草野親忠をかたらい、一気に宝満を落そうという動きです」

「竜造寺隆信、まさに客気の将じゃの」

「その客気を懲らすためには、一時も早く、先手を採ることです」

しだいに闇がとれて、海の果てが金いろに光りだした。と見るまに太陽が頭を出しはじめた。その金朱のひかりの塊は、ツッ、ツッ、ツッと昇りはじめたかと思うと、半分になり、あッというまに燦然として水平線に日輪が全姿をあらわした。

その日輪に向って、真立した宗麟はうやうやしく柏手を打った。このころの宗麟は、南蛮宗に心を惹かれながらも、まだ日本の神を信仰していた。

二人が歩きだしたときである。城内のあちこちで叫びかわす声が騒騒しくきこえてきた。

一人の武士が走り寄ってきた。

「石宗殿、竜造寺の質人《しちにん》のすがたが見えませぬ」

「いつからだ」

「今朝です。追手は出しましたが」

すると宗麟が短く、いった。

「追うこと、無用」

昨年も竜造寺隆信は大友軍と戦って破れている。そのとき和睦のしるしとして、秀島四郎左衛門という若い武士を丹生島城に送った。その男が逃亡したらしいというのである。しかしもはや人質も無用だ、と宗麟は、すでに竜造寺攻撃を決心していたのである。

大友勢の各部隊が肥前に侵入したのは、三月の終りから四月上旬にかけての頃である。

戸次《べっき》道雪部隊は佐嘉城の大手東の口、姉、境原のあたりに向い、臼杵《うすき》鑑速《あきはや》、吉弘鑑理《あきまさ》の両部隊は北の口、春日原、川上表に向う。下筑後の諸勢は兵船を用意して榎津に陣を占めた。

島原の有馬義純も高来、藤津、杵島などの兵を率いて、西の口の砥川、丹坂、牛尾に布陣した。

山内の神代《くましろ》長良は川久保に出張して、三瀬、杠《ゆずりは》、国分、小副川、藤原、田中、秀島、陣内などの山内衆の指揮をとる。

このほか、肥前衆では、高木、江上、犬塚、横岳、馬場、筑紫、綾部、藤崎、本告、姉川などをはじめとして蒲池の小田鎮光は竜造寺隆信の婿でありながら、隆信に含むところがあって大友勢に属した。総勢六万と号する。

このとき竜造寺の城中には、一族のほか、譜代の家人たち、わずかに五千人しかなかった。

軍評定によって持ち口を決める。東の大手は、鍋島信房と信昌（のちの直茂）の兄弟と小川信友の手勢で固める。

西の砥川、丹坂、牛尾などは、竜駅寺信周、おなじく鑑兼の手である。

北の川上口は、竜造寺家就、納富信景、広橋一祐軒で固める。

南の船手は竜造寺長信とおなじく信種とで守る。

一とおりの陣立てはできたが、いかにも手薄な布陣であった。

この佐嘉合戦でも、宗麟は大友勢の本陣を筑後の高良山に設けた。

大合戦は容易におこなわれないが、時おり、小ぜり合いがあって、双方に何十人かづつの戦死者を出した。

対峙したままで、大きな変化を見せない戦線に、やがて秋が訪れようとしてきた。

本陣で芸人たちに猿楽を演じさせたり、若い遊芸人の女に戯れたりすることはあったが、宗麟はしだいにいらだってきた。

一挙に敵を討たないと、士気が衰えてくる。そう思うのである。

八月に入ると、高良山の陣営でも秋冷を感じるようになった。戦線の膠着を打ち破るために、豊後から新しい兵力として、甥の八郎親貞を呼び寄せることに決意した。

まだ二十二歳だが、膂力抜群《りよりよく》という評判の武者である。宗麟の長男の吉統は、いま府内の館で内政関係を受け持たせているが、どこか生母に似て、万事に弱弱しいために、その補佐をさせている。

この八郎を自分の名代として前線に立たせることにしたのである。

その大友八郎親貞が前線に着任したという情報は、すぐに竜造寺方にも伝わった。

佐嘉城内では、濠端の樟や銀杏の葉が色づきはじめ、水面に小波を散らして吹く風にも秋が感じられた。

佐嘉平野を縦横に走っている堀割りや、城を取り囲んでいる水濠から、ときおり、乳色の霧が湧くことがあった。

竜造寺城は、本家の村中城と、すぐ隣り合う分家の水ケ江城との二つから成っている。

第十九代の当主竜造寺山城守隆信は、もともとは水ケ江城の人だが、いまは推されて竜造寺勢の総大将として村中城に在った。

その村中城の広間で軍評定がおこなわれたのは、八月十九日の午後で、夕暮れが近づくにつれて、霧が湧いてきた。

「昨日、三千余の豊後勢を率いて到着した大友八郎は、今山を本陣として、赤坂山にかけて布陣している様子でござる」

成松信勝は低い声で報告した。竜造寺勢の物見隊を指揮する部将である。

「総勢五万とも、八万とも豪語する敵軍に対して、わが軍は城兵を合せて五千に過ぎぬ。この寡兵をもって、いかにして敵に勝つかじゃ」

というのは竜造寺城の客将ながら、人望あつい鍋島清房である。

隆信も大きくうなずいていった。

「このまま城にこもって戦い、城を枕に全軍討ち死をとげるか。大軍の中に攻め入って、敵を討ち、われも討たれるか、恥をしのんで降服するか。三つに一つの道しかない。いずれを採るか、諸将の意見をききたいものだ」

死の影を前にしていることは、たれの眼にもあきらかであった。

咽喉元に匕首《あいくち》を構えられた状態である。一瞬の差でその匕首は咽喉を刺しつらぬくであろう。

ことごとく豪気な将ばかりだが、たれも口を開らく者はいなかった。その中から、ひとりだけ、ひっそりと座を立った。鍋島清房の息子の信昌である。

信昌は評定の座を出ると、城楼に登った。肥前平野はしだいに黄昏の色が濃くなって、もう夕暮れの残照もない。その薄闇の中に篝火《かがりび》が燃えはじめた。

大友勢の篝火は夜に入るにつれて、しだいに数を増し、やがて野面《のづら》をいっぱいに埋めて、えんえんと燃えさかった。

南方だけを残して、城は篝火の庭にかこまれている。南は有明海である。その海にも大友方の軍舟が篝火をもやして漂っていた。

高楼の上に立った若い鍋島信昌はつぶやく。

「四方、ことごとく讐火《しゅうか》。逃げるに道なし。ただ死あるのみ」

呟きながら、その眼は北方の今山のあたりを睨んでいた。

肥前の今山は山というほどのものではない。低い丘である。いまはいちめん蜜柑山になっているが、むかしは雑木に蔽われていた。

背後に彦岳、その左手、西方にそびえているのは、肥前の名山、天山である。さらに今山からやや距《へだ》って、東北方には脊振《せふり》の連山がつらなっている。

大友八郎親貞の軍勢が、神埼郡田手の東妙寺から佐嘉郡に入り、川上川を渡って川上宿の水上、大願寺村を抜け、今山についたのは二日前である。

八郎親貞は佐嘉城を望む今山を本陣として、そこから赤坂山にかけて布陣した。今山の本陣に張りめぐらした幔幕に打った杏葉《ぎょうよう》は親貞の家紋である。このあたりは豊後勢には未知の土地だが、竜造寺勢にとってはなじみの地帯であった。竜造寺城の成松信勝の手兵が、大友勢の到着と同時にもぐりこんだのは、当然というべきである。

八郎親貞というのは若いというのに、なかなか世俗に通じていた。着陣すると、すぐに付近の村の者を招いて酒盛りをした。情報を集めるのが目的だったが、なまりの強い佐嘉方言に閉口して、さしたる収穫はなかった。

その翌日には、部将たちを集めて大酒盛りを催した。いよいよ二日後は、佐嘉城に向って総攻撃である。その日の結束を固めておくための、無礼講の酒宴であった。

親貞はかねてから酒豪といわれていた。酔っても狂態を演じる男ではなかった。ただ大盃を限度なく傾けた。

なにしろ、味方は大軍である。敵は五千の兵しかない。二日後には、あの小城も、南蛮の絵で見る巨大な象という動物に踏みつぶされる小雀のように、みじんに砕け散ってしまうであろう。

呑んでも、酔っても、心配するものはなにもなかった。親貞は酔って、ぶっ倒れ、起き上ると、また呑んだ。

夕方から霧が湧きはじめた。今山のあたりは沼が多い。沼からわく霧が陣幕の中に漂いはじめると、

「カガリを燃やせ。暗うて、かなわん」

大声で親貞は命じた。

草原で虫が鳴きしきった。

月のない夜空は暗く、流れてくる霧の底で、酔った将も兵もイビキをかいて眠った。

遠くで馬のいななきが聞こえたが、気にする者はいなかった。

兵たちは胴巻きをはずしてごろ寝だが、八郎親貞だけは南蛮わたりの毛布をかぶっていた。

夜が更けるにつれて霧はますます濃くなった。

みんなが深く寝入っているとき、とつぜんに今山の頂きに、わッ、わッ、わあーッ、と喊声があがると、物凄い地ひびきを立てて、およそ五百人ばかりの軍兵がなだれのように駈け下りてきた。

麓は濛濛たる霧の海である。

その濃霧を衝いて、喊声がなだれ落ちてきたのだ。

地をゆるがす軍兵の足音と騒音の中から、わめく声が、あちこちの陣幕を破ってひびいてきた。

「これは吉弘大蔵大輔の手の者ぞっ」

「やあ、ふがいなき大友を裏切って、八郎殿の首級を頂戴に参ったぞっ」

「われは臼杵式部少輔ぞっ〝八郎殿、見参〟」

大声で叫ぶ声をきくと、

「やあ、裏切りぞっ」

「吉弘殿の裏切りぞっ」

「裏切り者を斬れっ」

と八郎親貞の陣営が騒ぎだした。

その混乱をめがけて、二百挺の鉄砲がいっせいに火を噴いた。

霧夜の鉄砲である。篝火は燃えているが、しかとした目標を狙ったのではない。ただ混乱を起させるだけの銃声であった。それでも約十人が銃弾を浴びて斃れた。

大友勢は全く混乱に陥った。闇の中に、いくつも絶叫があがった。敵も味方も見分がつかず、いたるところで同士討ちがおこなわれた。子が親を討ち、兄が弟を打ち殺した。

そのうちに、火のついた幔幕が燃え上った。その火明りに浮き出た兵をめがけて、竜造寺勢の長槍が閃いた。

大友勢は、ここではほとんど全滅に等しい敗北であった。

しきりに竜造寺の攻め太鼓が鳴っている。竜造寺勢は、なおも手をゆるめない。

その乱闘の戦場を脱けて、一隊が、いましがたなだれ落ちてきた今山の中腹を馳け登っていった。

物見隊の成松信勝の率いる一隊である。物見隊の隊長である信勝は、もとより佐嘉近郊の地理には手にとるように通じている。

「急げっ」

——鋭く命令する。

山麓は霧に包まれて見えないが、依然として喊声の底から刃を打ち合う音がひびいている。

東の金立山の空のあたりが、すこし明るんでいるようだが、夜はまだ明けない。下界はまったくの霧と闇である。

「ここでよかろう」

成松信勝は大きな松樹のそばで立ち止った。

「声を立てるな。すぐ散らばって、隠れろ」

と命令すると、鎗をひっさげた十人ばかりが、黒い猫のように地に伏した。

あたりは虫の声が満ちている。

丘の下から怒号や、喊声が海鳴りのように伝わってくるが、ここは別の世界のように静かである。

その静寂の中に、ひっそりと草を踏む音が近づいてきた。

闇の中に松の樹が黒く立っている。

すこし風が出たようで、松の梢が揺れていた。

松に近づいて、足音は止まった。わずか十人足らずの武者の群れである。

「お疲れでしたでしょう」

というのに、

「いや、これしきのことで」

と、すぐつぎの武者がいった。

「大友八郎親貞殿でござるな」

闇の中から湧き出たように、成松信勝がゆっくりと歩み寄った。

ギョッとして親貞が立ち竦んだ瞬間、

「竜造寺山城守が家人、成松刑部大輔でござる」

立ち直る間はなかった。

と鎗を構えると、大友兵が斬りかかってきたが、たちまちに、信勝の手の者に突き伏せられてしまった。

「見参ッ」

色を失った親貞の前に、家臣が両手をひろげて立ちふさがっている。

信勝はすさまじい気合をかけたかと思うと、鎗の穂先は家臣と親貞とを刺しつらぬいて、うしろの松の幹に突きささっていた。

物見隊の部下たちの働きによって、信勝は大友親貞の逃走路をつかんでいたのであった。

信勝は丘をくだると、首をつけた鎗をたかだかと差し上げて、大声で呼ばわった。

「八郎殿を討ち取ったり。竜造寺山城守殿が家人、成松刑部大輔信勝、大友八郎親貞が首、取ったるぞッ」

奇襲隊を率いて今山の坂を馳け下りた鍋島信昌が、走り寄ってきた。

「よかった。でかしたぞ、信勝殿」

と肩をたたくと、騎馬隊が土けむりをあげて馳けてきた。

「おお、お屋形ッ。信勝殿がッ」

鍋島信昌が歓声をあげると、竜造寺隆信は馬から跳ねおりた。

「美事ぞ、信勝。これで宗麟入道も、しばらくは立つまい。それ、勝鬨をあげいッ」

深い霧の中でどッと三たび、喊声があがった。

竜造寺隆信は、勇猛な将兵を率い、西に東に、肥前の山野に転戦して、有明の鷹と異名をとった驍将である。

この荒れ鷹は、これまで幾度か国境を越えて筑後に攻め入ったために、大友勢と戦うことがあった。しかし圧倒的な大軍を催して攻め立てる大友勢には敵しがたく、しばしば敗北していた。この今山陣で、はじめて一勝することができたのであった。

宗麟は全軍に撤兵を命じ、みずからも高良山を降った。

この年、織田信長、徳川家康の連合軍、浅井長政の軍を近江の姉川に撃破する。

道雪と紹運

竜造寺合戦で諸将がそれぞれの国もとの城に引き揚げると、間もなく丹生《にう》島城で慰労の宴が催された。

勝敗にかかわらず、戦後に宴を張るのは、大友軍の軍例であった。ことにこのたびは宗麟が高良山の本陣に連れていった金春八郎太夫、備中一吹、幸五郎次郎、宝生太夫などの噂に高い能役者たちも、まだ豊後に滞在中だったので、慰労宴もかなり華やかに行なわれ、飛び入りに志賀入道道輝までが「井筒」を舞ったりした。

しかし、ひとり戸次《べっき》道雪だけは、この宗麟の招宴には出席しなかった。

「負け戦さの宴になど、出かけられるものか」

と肚を立てて、豊後の大野郡鎧嶽城に籠ったまま、丹生島城にも府内館にも顔を出さなかった。

戸次道雪は大友勢を代表する武将である。

大永六年（一五二六）十四歳で病父に代って豊前馬ケ岳攻撃に参加する。この初陣で敵将佐野親基を降す。

天文二十三年（一五五四）には毛利勢の小早川隆景と豊前門司城の争奪戦に勝つ。

弘治三年（一五五七）に古処山城の秋月文種を攻め亡す。

永禄五年（一五六二）豊前香春岳城の千寿宗元を降す。

さらに筑前、筑後に転戦して、武勲赫赫《かくかく》の将軍である。

この戸次氏の先祖は、大友初代能直の子の親秀の二男重秀である。つまり同紋衆筆頭の家柄である。

エイトウ、エイトウの戸次音頭とともに敵陣に馳せ入る勇壮さとともに豪直な人柄であった。宗麟の招宴であるにもかかわらず、顔をしかめて城にひっこんで出て行かなかった。

その風流を解さない武骨者と思われている道雪が、このごろ躍舞《おどり》に熱中しているらしい、といううわさが、しきりに宗麟の耳に伝わってきた。

「ときには道雪殿自身が、手振り身振りよろしくおどられるそうな」

「集めた女衆が、美女揃いというのも、道雪殿には珍らしいことじゃ」

「いや、あのおどりは、なんと申すのか、堺や大坂ではやりのおどりじゃというが、女衆は花笠を付けて、美しいの、なんの」

評判が高いのを宗麟はふしぎがった。

宗麟は最近は、まったく鎧嶽城に出かけたことがなかった。若いころは、そのあたりに狩りに出かけると、必ず立ち寄ったものである。しかし近ごろでは、大いに敬遠している。顔を合わせれば、遠慮なくズケズケと文句をいわれるにきまっているのだ。

しかしあの固い男が、おどりにうつつを抜かしているというのは、まさに観物《みもの》である。鎧嶽城訪問にすこし気が動いてきた。

お屋形ご来城という日は、大野川に近い藤北鎧嶽城はことに賑かであった。朝のうちから笛や太鼓の囃子につれて、歌声が城外にまで流れた。城の内外ともに、うきうきした感じであった。

騎馬で城下に入った宗麟は、なんとなく村が明るく浮き立っているのを、先ず感じた。道雪のおどりへの執心が評判だけでないことを感じると、この日のおどり見物が、ひどく楽しいものに思われてきた。

多勢の美女を従えて道雪が出迎えた。

「きょうのおいでを、心からお待ち申していました」

華やかな空気に似合わず、道雪はニコリともせず挨拶した。

やがて歌舞がはじまった。宗麟をはじめ、客たちは酒を汲みながら見物したが、これは噂にたがわないものであった。きらびやかで、おもしろく、どこか琉球風な清調が漂っていて、珍らしいおどりであった。

宗麟は酒はのまなかったが、熱心に見物した。一曲終るたびに、ヤンヤ、ヤンヤと喝采した。

歌とおどりが終ると、道雪は宗麟を誘って座を立った。別室に導くと、うやうやしく頭を下げた。

「本日の無礼をお許し下されい。お屋形のため、大友家のために申し上げるのでござる。お屋形は賢明なお方であらせられるが、お自身のためでなく、すべては古い名誉を伝える大友家のため、ということを、このごろは忘れておられるように思われる。

もし一歩誤れば、大友家は滅び、大友家と主従の縁につながるわれらも共に滅び去る。ついには毛利の下風に付くか、竜造寺に従うか、近頃とみに勢いをふるってきた島津の輩下となるか、まことにみじめなことになることは瞭然としておる。

お屋形は、自身が南蛮宗になることは、一向に構わぬと考えておられるようだが、領民はすべて嫌うておる。わが国は神の国、ほとけの国と信じておる。伴天連どもは、どだい領民どもを天主を信じぬ愚昧な土民じゃとして、莫迦にしておる。そのために一層に領民は南蛮宗を嫌うておる。つねづね、南蛮宗は、お寺やお宮を破壊するものじゃと思うておる。

いつぞやの府内の万寿寺の火事にしても、あれは南蛮宗好きのお屋形が命令して焼かしたものじゃ、と信じておる。道雪は、あれは兵を向わせた田原親賢殿の命令の間違いだと承知しておりますが、領民はそんなことは知らぬ。ひたすらに南蛮宗びいきのお屋形の指図だと思い込んでおる。

大合戦の陣地まで遊び相手の遊芸人を招されることも、道雪は不承知でござる。前線ではいのちを的に戦い、数百人の死者が出ておると申すのに、本陣では歌い、おどり、女と戯れる。かようなことで真の合戦ができましょうか。自分は指揮者だ、働くのは兵だ、そんなことで、兵は戦うものではござらぬ」

訥訥として道雪は語りつづけた。

「よくよくお心に留められたいのは、女色でござる。さきに肥後の菊池義武殿を征伐されたのは、もとより義武殿の謀反を討つためでござった。しかし世の者は、お屋形が義武殿の妻女を盗まんがために、口実を設けて義武殿を討ったものと、噂さしてござる。

一万田弾正忠殿を討伐したときも同様で、真実は弾正忠の謀反にたいして先手を採ったものでござるが、これ亦、弾正忠の妻女を奪うための手段であったなどと申しております。

まことにけしからぬことでござるが、これらは、その後のお屋形の行状、たとえば合戦のたびに諸芸人を陣中に召し寄せるなどを見聞いたすにつれ、お屋形の罪業として数え上げ、やれ、女狂いぞ、やれ南蛮宗に迷われて、寺、宮を焼き打ちされるの、とわめく始末でござる。

われらにわかることも、下下にはわからぬことがござる。それを利用して、一層声高かにふれまわるやからもござる。いよいよ身を慎しみ遊ばされることこそ肝要と存じまする。

さらに、こんにち、道雪が心配いたすのは西部方面の情勢にて、いまは毛利の懸念は全く無くなりましたが、竜造寺の蠢動は目が離されませぬ。しかも秋月長門守は執念深く古処山城にこもり、反復常なき勝尾城の筑紫広門も竜造寺と結んで、四方をうかがっており、寸刻も油断ならぬ状態でござる。

とは申せ、本国豊後も、今は平穏でござりますれど、南の島津義久殿が、何時、北上して来るかも知れませぬ。しかし本国にはお味方の諸軍がお屋形を十重二十重にお護り申しておりますれば、心配はまったく無用にて、ただ急を要するは、筑前、筑後の守りにござる。お考えいかがでござりましょうか」

戸次道雪の直諫は長く、ときには声をふるわせて、涙をこぼすことさえあった。

道雪は同紋衆の中の長老である。大友家を憂え、宗麟の行状を叱責したのである。いまは道雪以外に宗麟を叱る者は、大友家にはいなかった。

道雪は宗麟にとって慈父であった。少少はけむたいが、この頑固さが大友家を支えているといってもよかった。そのことは宗麟にもよくわかっていた。わかってはいるが、やはりけむたかった。

「道雪殿が、おどり好きになんぞ、なるはずはないと思いながら、おめおめ引き出されたよ。ハ、ハハハ」

「おわかりいただけば、道雪も本望でござる。ハ、ハハハ」

戸次道雪の計略は成功したというべきである。

宗麟は道雪、田原親賢の二人を招いて、筑前、筑後の防衛について詳細な計画を立てることにした。


その頃、宝満《ほうまん》城から小倉城に移されていた高橋鑑種は、法体となって、宗専と号した。

同時に、宗麟に願い出て、秋月文種の子の元種を養子に迎え、この高橋元種に小倉城を譲った。

次いで豊前の名門長野家が断絶しているので、元種の弟の種信を、これも宗麟の許可を得て、長野三郎左衛門と名乗らせた。居城は京都《みやこ》郡の馬ケ岳城である。

戸次道雪の献言によって、宗麟ともに筑前問題が協議されることになって、まず最初に議題に上ったのは、この岩屋、宝満の二城守備のことである。

道雪は率直にいう。

「吉弘鑑理《あきまさ》殿でござろう。当大友家には誉れ高い武将は多くおられるが、たとえ四面ことごとく敵の孤城に籠って、一歩も退かず、それどころか、その城に據って敵を撃退することのできるのは鑑理殿を除いては、まず見当らぬ」

それには宗麟も田原親賢も同感であった。

「しかし、心配なのは、鑑理殿はただいま病中でござる。さきの佐嘉攻めの日より熱病にて、久しく病臥しておられる。どうすることもできない」

と親賢は暗然としていった。

「左様。そのことでござるよ」

道雪もうなずいて、その日はそのままで話を切った。

翌日、三人が集ると、

「どうしたものかのう」

と宗麟はじっと道雪の顔を見た。

「道雪殿、おぬし、やってくれるか」

道雪は黙して、こたえない。

しばらく時が流れた。

「きのうから考えつづけておるが、これ以外に策はない」

「おぬし、やるか」

「いえ。わたしではない。鑑理殿の二男、弥七郎鎮理《しげまさ》殿に決めたい。いかがでしょう」

「おお、よい。よい案ぞ」

と宗麟が膝を打った。

そのころ、高橋鑑種の小倉城への移封に従わずに、宝満城の付近に残っている者や、豊後府内に流れている高橋家の旧家臣たちから、宗麟は嘆願を受けていた。

「豊前移城によって、われら、筑前の高橋家は亡んだも同然である。ぜひ、筑前高橋を再興していただきたい」

道雪のような老骨でなく、若く勇猛と噂の高い弥七郎鎮理なら、この嘆願の主旨にも合致するというものである。

病中の吉弘鑑理には田原親賢が連絡した。

弥七郎は高橋主膳兵衛鎮種と改名した。元亀元年（一五七〇）の五月、旧高橋家の旧臣たちを含んだ家臣団を引き連れて、宝満城に入る。このとき、城主鎮種は、二十三歳であった。

高橋主膳兵衛鎮種は一般には、高橋紹運の名で知られている。紹運は鎮種の法号である。

高橋紹運は宝満入城のときには、妻と、三歳になる長男の千熊丸を連れていた。千熊丸は、のちに立花城主となり、さらに柳川城主となる立花宗茂である。

妻は、大友家同紋衆の一家、斉藤兵部少輔鎮実の妹で、美しく、聡明で、和歌のたしなみが深いという評判の女性であった。

紹運がまだ弥七郎鎮理といったころ、父の吉弘鑑理と、斉藤鎮実との間に、その妹を鎮理の嫁にもらう約束があって、弥七郎も承知していた。

しかし、なにしろ戦国の世である。鎮理は父とともに戦場を馳駆して、ほとんど郷里である国東《くにさき》屋山の筧《かけい》の館にからだを休める暇がなかった。

そんな或るとき、斉藤鎮実が吉弘鑑理を訪ねてきた。

「おたがいに血まみれの毎日で、忙しいことじゃの」

と鑑理が迎えると、

「じつは妹の縁談、申しわけないことだが、お断りに参った」

「これは異なことを承る。婚儀がこのように遅れておるのは、まこと当方の手落ちじゃが、戦場暮らしがつづいておるせいじゃとは、おぬしにもわかっておることじゃろう」

「いや、左様なわけからではない。じつは妹め、最近はやりの痘瘡を患って、看病には手を尽したが、病後、二た目と見られぬアバタになり申しての、これでは、いかに親しい仲であるとは申せ、とても弥七郎殿に差し上げるわけには参らぬ、と考えて参上したしだいでござる。心中、お察し下され」

「左様か。わかり申した。弥七郎には、わしから伝え聞かそう」

ということになったが、それを聞くと、鎮理は父にいった。

「弥七郎は、あのひとの心根、名誉の武門の血をひく女性《にょしょう》として、温和なうちにも、おのずから備わる気品を好んでいるのです。しかもわが家と斉藤家とが堅く約束したことを、容色が変ったというくらいで、破談にするつもりはありませぬ」

このようにして、国東の筧の館で二人は結ばれた。

ときに鎮理十八歳、妻女（のちの宗雲尼）十六歳であった。

「勲功録」にある。

「――紹運は大丈夫なり。女子の容色を論ぜず、武者の然諾《ぜんだく》を守りて婚姻す。されば後年、薩軍の重囲にありても動ぜず、大友氏への臣節に殉じ、全士、自刃して、孤城に気を吐く。鬼神、その勇猛に哭すという。その淵源、若き日の行状に見るべく、以って、かくのごときか」

高橋紹運が筑前の宝満城に入ると、その翌元亀二年（一五七一）正月には、戸次道雪が筑前守護代として、立花城督に任じられた。

もともと宗麟や道雪の計画では、吉弘鑑理を立花城に置き、その子の高橋紹運を宝満城主として、この父子をもって筑前を守備させるというつもりであった。

しかし鑑理の病状がはかばかしくないために、やむなく道雪を立花城に向わせることに変更されたのである。

「おぬし、行ってくれぬか」

と宗麟からたのまれると、事情がわかっているだけに、ことわることもできなかった。

「もっと働けと仰せあるのですか」といいながら太い腕を突き出すと、拳でドンと叩いて「うん、大丈夫。まだ働ける」と声を立てて笑った。

道雪の居城は豊後大野郡の鎧嶽城だが、当時は竜造寺への備えとして、筑後の赤司城（久留米市北野町）に出張していた。

道雪は鎧嶽城を甥の鎮連にゆずると、宗麟に別れを告げて筑後にもどった。

このとき道雪には妻と間にできた誾千代《ぎんちよ》と呼ぶ姫があった。のちに道雪のあとをついで立花城督となるむすめである。

正月、道雪は家族とともに家臣団と五千余の兵を率いて立花城に入り、以後立花道雪と称することとなる。

五月、高橋紹運の父、吉弘鑑理がついに病没する。

六月、中国の老雄、安芸の毛利元就が七十五歳をもって没し、十九歳の孫の輝元が家督をつぐ。

道雪には男の子がない。やむなく宗麟に願って、誾千代をあとつぎの立花城督に任命してもらったが、女の城主ではどうにもならない。

「男の子が欲しいッ」

と夜更けに大声で寝ごとを叫んで、妻を驚かすことがたびたびであった。

目下の道雪の悩みは家督のことである。一応は誾千代をもって城督としているが、それはあくまで対外的な面だけのことで、城を保つためには、やはり男子でなければならない。腕を叩いて、まだ戦える、と気張ってみても、もはや六十歳であった。

そんなときである。重臣の一人である薦野増時がささやいた。

「殿のご心労はよくわかります。いずれは誾千代様に養子をされねばなりますまいが、遠い縁故の者ばかりを探がすよりも、すぐ近くに眼を配ばられては、いかがでしょう」

「というても、近くにもおらん」

「そんなことはありませんぞ。まず、紹運殿のお子、千熊丸殿などは、将来の比類もない大将の器となります」

道雪は「うーん」とうなった。

薦野増時から話があったのは、まだ千熊丸が十三四歳のころであったが、これまでにも紹運の伜の話を聞かないでもなかった。

十歳の頃、千熊丸は家臣の子たちと岩屋城下の村で遊んでいると、とつぜんに野良犬に襲われた。いつも人間を食い殺すと恐れられている小牛ほどもある巨大な犬だった。

そのときも数頭の野犬を引きつれて、近付くと、いきなりに牙むいて吠えかかってきた。少年たちは恐れて、逃げ散ったが、一人だけ逃げおくれたのを見つけると、野犬たちはその子を目がけて襲いかかり、獰猛な面構えの巨大なやつが少年に嚙みついた。

少年が悲鳴をあげて倒れると、それまで犬の群れを睨みつけていた千熊丸は、やにわに腰の刀を取ると、鞘のままで猛犬を打ちすえた。犬の群れはたちまちに逃げうせてしまった。

この話をきいた父の紹運は、子を呼んで訊ねた。

「おまえは、犬を鞘のままで打ったということだが、なぜ斬りすてなかったのだ」

すると、すでにおとなくらいの背丈けに成長している千熊丸は、

「犬を恐れたのではありませぬ。刀は敵を斬るもの、ときいておりますので、犬を斬るために使うのは勿体ないと思いました」

また、城下の祭見物に行ったときのことである。見物中の武家同士で争いが起って、双方に数人の負傷者が出た。千熊丸の供をしていた家臣が、巻ぞえをくっては危険だと思って、

「あちらに行きましょう」

と袖を引っぱったが、

「どうなるか、どちらが悪いのか、最後まで見物しよう」

といい張って、容易にその場を離れようとしなかった。

そのうちに警備の役人がやってきて、双方とも曳っぱっていってしまったが、

「若殿の豪胆には呆れるばかり」

と近従の者が嘆いたことがある。

さらにまたある時、家中で重罪を犯した者があったので、紹運の命を受けて、家中随一の使い手といわれる萩尾大学が、これを誅伐した。

そのときの様子を萩尾大学が報告して、

「道で相手と出会ったので、わざと行き過ごして、背後から声をかけ、ふと振り向いたところを、一刀のもとに斬り伏せました」

というと、

「うしろから斬れば、勝つのは当然でござる。そんなのは手柄とは申せまいぞ」

と批評する者があった。

その批評に対して千熊丸はいった。

「わたしは、その場合、うしろから相手を討つのをわるいとは思わぬ。要は主命を完全に果すか、どうかだ。横からでも、うしろからでも構わぬ。もし、あれこれと考えて、万一、討ち損なったら、それこそ主命を損なったものとして、不忠であり、恥辱であろう。討ちやすい方法で完全に討つ。それが軍略というものではあるまいか」

と訓したということである。

これらのうわさ話は道雪の耳にもつたわっていた。

少年ながら、すでにひとかどの武者の魂を持っていた。

鷹野増時からいわれて、道雪は大きくうなずくところがあった。それ以来、千熊丸の挙動に気を配っていると、ますます気に入ってきた。からだも父の紹運に似て大柄で、力もあり、ときにはおとなを負かすほどの智略を発揮することがあった。

十五歳で元服して、千熊丸は統虎と改名した。

道雪は率直な武者である。欲しいと思いこむと、統虎の人物も行動も、すべてがことごとく気に入ってきた。観察もしばらくの間だけのことで、いまは統虎でなければならないとまで、思いが募ってきた。

一日、道雪はせかせかと追い立てられるような気持で、宝満城に紹運を訪ねた。

紹運に会うまでは一途に心を燃やしていたが、会ったとたんに口ごもった。紹運には二人の男児があった。統虎は兄で、そのつぎに、のちに統増（のちの大牟田城主）と名乗る弟があった。しかしこのとき統虎が立花城に行けば、あとは弟ひとりになり紹運はさぞ心細いことであろうと推察すると、にわかに口が重くなったのである。

しかし道雪は、必死の思いを表情にあらわして、いった。

「この宝満城と、わが立花城との間は、二里かな、いや三里はあるまい。しかも裏道で行けば、まず、二里半というところだろう」

道雪はなんの話をしに来たのであろうか、と紹運はけげんな面もちであった。

とつぜん、道雪はガバッと両手をついた。啞然として眺めている紹運に向って、

「近いところでござる。急用とあれば、いつ何時でも、直ちに連絡がとれる。ついては統虎殿を立花城に下され。お願い申す」

ひどく遠まわりした話の糸口であった。

「まず、お手をお上げ下さい。どういうお話ですか。お聞きしましょう」

紹運は畳についている両手を握って、上げさせた。

「すまぬ。とつぜんで、すまぬが、お聞きくだされ」

額に汗をかいて話しだした。

「おぬしと道雪とは、宗麟お屋形から選ばれて、豊後からはるばると、西の筑前にまでやって来た。

いま、油断のならぬ竜造寺、すぐ近くの秋月種実をはじめ、筑後の諸勢に対する大友の墻壁《しょうへき》じゃ。われら二人があるかぎり、いかなる敵も東の豊後へは向わせぬ。これがお屋形の頼みであり、われらの覚悟じゃ。そのためにどんな戦さにも、二人はつねに連合の軍を作って出陣し、かつて敗北を知らぬ。道雪と紹運来る、といえば、心猛けき敵も、よう戦わぬ。両軍の結びが強いからじゃと思う。この結びを一層につよくするのは、両家が親戚になることじゃ。

いま、わが家には、むすめの誾千代がおり、高橋家には統虎がある。この二人を結ぶことは、ただ両家のためだけではない。主家大友のためぞ。大友の守りを固くするためにも、わしらは結ばれなければならぬ。頼むぞ、紹運殿。このとおり、坊主頭を下げて、おたのみしますぞ」

道雪の熱のこもったことばは、紹運の胸を打った。たがいに戦国の武将である。卒直であった。

「わかりました。なるほど三里もない近い宝満と立花とは、これで一層に近いものになるでしょう」

と紹運がいうと、道雪は感極わまって、涙をポロポロとこぼした。

立花山（糟屋郡新宮町）は標高三六七メートルである。いま門司を発した九州本線の下り列車が、小倉、八幡、折尾、遠賀川と過ぎて、古賀駅のあたりにかかると、車窓の左手前方遙かに三つの峰を持った山があらわれる。列車がさらに進んで、山が近づくにつれ、それは三つの峰の山容に変化する。それが立花山である。

三つの峰の最も高いのが井楼山《せいろう》で、その西の峰を松尾岳といい、つづいて白岳《しろたけ》になっている。最初の築城は建武年間で、大友六代貞宗の子の貞載の時であると伝えられている。

この立花城に統虎が移ることにきまると、紹運は統虎にいった。

「いよいよ立花城の人となるからには、誾千代殿と婚礼の後は、この紹運を父と思うな。おぬしの父は、あくまで道雪殿ぞ。乱世のつねとして、いつ、高橋と立花とが敵味方に分かれて戦うことになるやもしれぬ。そのときは、おぬし、立花勢の先頭に立って、この宝満城に攻め寄せ、紹運が首を取れ。わしは優柔不断でぐずぐずするより、その方をよろこぶ。道雪殿も潔い武断の人だから、きっとそれをほめて下さるだろう。この一刀を授けるゆえ、万一、立花家で不首尾なことがあったら、割腹せよ」

そういって、備前長光の刀を与えた。

このとき、統虎は十六歳、妻となった誾千代は一歳上の十七歳で、父に似て気性の烈しい女性であった。

統虎が立花城の人となると、それを待っていたように、豊後府内から飛馬があった。

「秋月種実の軍五千、長巌城に向う。救援ありたし」

という宗麟からの手状を受けると、道雪はすぐに紹運に連絡した。

問註所統景の居城長巌城は浮羽郡にある。その大友方の城が秋月勢によって襲撃されそうになっている、という急使である。

立花勢と高橋勢とは、それぞれ一軍だけで出兵することはない。たいていの場合、両城が協同して作戦する。この戦列に初陣の統虎も参加した。

唐綾おどしの鎧に鍬形打った冑の緒をしめ、十六本の矢入りを背負い、塗り籠《ごめ》の弓を握って、栗毛の馬にまたがった統虎のすがたは、まことに錦絵のような華やかさであった。

秋月勢はすでに立花、高橋連合軍の出動を察知している様子が感じられたので、連合軍の方では、石坂のあたりで迎撃する手筈をきめた。

道雪は一部の兵を割いて、坂の下の雑木林の中に伏せ、坂の上に本陣を構えた。すると、統虎は手勢として与えられた二百余の兵を引き連れて、本隊から三町ほど離れた小祠のそばに布陣した。

この統虎の行動におどろいたのは後見役の有馬伊賀である。

「これでは本隊から離れすぎます。敵はかならずこの小勢を狙って押し寄せるにちがいありませぬ。危険です。もっと本隊に近く陣を寄せてくだされ」

それに統虎はこたえた。

「わかっとる。しかし父上の勢に近く布陣したら、わが手兵は、必ず父上の命令をきいて動くにちがわぬ。きょうは統虎の指揮にまかせてくれ」

というところに、早くも山の下に白い馬ぼこりが現れた。秋月は山上をめがけて猛進してきた。充分に引きつけたところで、道雪の本隊から鉄砲の一斉射撃を浴びせ、つづいて弓隊が矢を飛ばす。

これに対して秋月勢はおめき叫んで、無二無三に突進して来た。たちまち立花勢を突き崩すかと思われたとき、林の中の伏勢が秋月勢の横を衝き、さらに紹運を先頭にして高橋勢が攻め入った。喊声と砂塵が渦巻いて、石坂の周辺は無残な修羅場と化した。

乱戦の中に唐綾おどしをめがけて秋月兵が殺到する。統虎の前に立ちふさがるようにして、有馬伊賀は大太刀を揮い、三人まで倒したが、自身も敵刃をうけて顔を負傷した。

そのとき秋月勢の中でも豪勇で知られた堀口備前という武者が、長刀をふるって統虎に斬りかかっていった。長身の統虎は体あたりでその敵を倒すと、躍りかかって、たちまちに首をあげてしまった。

そのころから引き鐘が鳴りだして、秋月勢はしだいに石坂の下へ退いていった。

天正少年使節

天正三年（一五七五）の十月、すでに冬に近く、北の風が臼杵《うすき》の海に荒々しく吹きつけていた。

白絹の襟巻に深く顔をうずめた宗麟が、妻の志緒利の部屋を訪れた。前触れはあったが、驚いた志緒利が、

「ようこそお越しくださいました。久し振りでございますな」

と迎えると、宗麟も機嫌のよい笑顔で、

「まこと久し振じゃ。御台所《みだいどころ》の顔を忘れるところじゃった」

と、火桶に手をかざして冗談をいった。

「相談というほどのことではないが、年が変わったら早々に、親家を寺に入れようと思うとるがの」

親家は宗麟と志緒利との間に出来た子で、長男が義統で、次の二男である。

長男が父の跡を継いで城主となれば、二男は僧籍に就くというのは当時の風習であった。ことに宗麟の場合、若いときに、父義鑑の一存で家督を弟に継がせようとして、内乱が起りかけたという苦い経験がある。

やはり武家の習慣に従って、弟を寺に入れておきさえすれば、家督継承の混乱は起きないはずだ、というのが宗麟の考えであった。

「それは結構でございます。来春と申しましても、もう、あと二タ月しかございませんが、このこと、親家に申してございますか」

宗麟は大の南蛮宗びいきである。もしかしたら親家にも南蛮宗を勧めはしないかと内心案じていたのが、そうでないことを知って、志緒利は喜んだ。

「それで、お寺はどこに」

「やはり、この臼杵の寿林寺がよい。あれは、本来、親家を据えるつもりで建てた寺だ。しかもいまは、まだ大徳寺の怡雲和尚が留錫しておられる。和尚の手で得度してもらうことにしたい」

「うれしいことです。長男の義統は府内にあって内政に尽し、二男が寿林寺に入る。そうなれば、大友家は本当に安泰です」

「わしもそう思う」

宗麟もまた、そのときは心底から、その通りに考えていた。

その数日後、宗麟は親家を伴って寿林寺へ向った。これも寒い日で、宗麟は駕籠に乗り、親家は乗馬でその後に従った。従士は二十人ばかりが前後につらなっていた。

寿林寺は臼杵の町の海岸近くにある。藁屋根の民家の群の上に、寿林寺の甍がずっしりとした感じでそびえていた。

寺の近くに来たときである。横手から美しい音楽が流れてきた。

「とまれ」

宗麟は駕籠をとめて、外に出た。

音楽はこの臼杵や、府内の町では聞きなれた南蛮の器楽であった。その楽の音に乗って、少年たちの歌声がつたわってきた。

すぐ近くの南蛮寺から出てきた葬式の行列は、やがて町の辻をまがって宗麟の前にさしかかった。

十字架のキリスト像をささげたイルマンのフェルナンデスが先頭に進み、白布をかけた棺を四人の若者が敬虔な面もちで運んでいた。棺のすぐうしろに、聖水盤をささげた人、次いで聖書をささげた人がならび、いずれも白衣をまとっていた。

歌声と伴奏の器楽の音は、そのあとにつづく長い行列の中から起っていた。珍らしい南蛮楽器を奏するのは、四人の、いずれも十五、六歳の少年で、白衣に赤い襟を付けているのが、葬式らしくなく華やかな感じである。

宗麟は行列の中にいるフェルナンデスに近づいて、たずねた。

「どなたの葬式でござるかの」

行列が停って、フェルナンデスが厳粛な表情でこたえた。

「大工のジョアン六蔵です」

「おお、船大工の」

というと、宗麟は冷めたい風の吹く地面に膝をついて、両手を胸のあたりに合わせた。

やがて行列は、ふたたびゆっくりと動きだした。長い行列が過ぎてしまうまで宗麟の合掌はつづいた。大工の葬式を送る宗麟の姿は、とても六国二島の太守とは、とても思えないほど敬虔な態度であった。

道の両側には、この南蛮葬列を見物する人が群れていて、いずれも宗麟の姿に奇異な眼をそそいでいたが、中でも親家のおどろきは烈しかった。

一介の貧しい大工の死を弔う南蛮宗の葬式の物物しさにもおどろいたが、それにも増して、まるで大身の死者をおくると同様に大工の葬いに弔意を捧げる父の姿に、はげしい衝動をうけたのである。

父は、まだ話にきく洗礼をうけた南蛮宗信者というのではない。いわば南蛮宗に好意を寄せる擁護者とでもいうべき人にすぎない。それがあのようにも敬虔な態度で、身分も低い職人の葬列をおくったのだ。

また宗麟は袴の土をはらって駕籠に乗った。しかし親家は動かなかった。茫然として立っていた。

先きをゆく駕籠脇の近習が走りもどってきた。

「早ようおいでなされ、とお屋形がお呼びでございますぞ」

ぼんやりと道ばたに停っている親家は、

「親家は、きょうは寿林寺にはゆかぬ、とお伝えしてくれ」

といって馬にまたがった。

「どうしたのじゃ、親家」

と宗麟が部屋に入ってきたのは、その日の夕ぐれ近くであった。

「きょうは一日中、怡雲和尚と清談をかわしてきた。おまえにも聴かせたかったよ。大徳寺の一休と申された和尚の話が主じゃったが、あのきびしい禅修行の逸話は、武者にとっても大事な心得じゃと思うた。怡雲和尚といい、一休和尚といい、禅門には尊い坊さまが多いからの」

来年早くに寿林寺に入れるために、怡雲和尚に引き会わせておこうと考えた好意を拒絶したような昼間の親家の行為を責めるでもなく、宗麟は大声で話しかけた。

親家は黙って聞いていた。それからポツンといった。

「親家は、もっと考えたいと存じます」

「ほう、なにごとを考えると申すのじゃの」

親家はしばらく黙っていた。

宗麟には親家の沈黙の意味がわかるような気がした。宗麟も黙っていた。

「父上」と親家が膝を正した。「親家は僧侶になるのは、いやです、と申しましたら、どうなさいます」

「ぜひ、寺に入ってもらいたい。このことは母者も、それを望んでおるのだ」

「わかっております。しかし寺に入らなくとも、将来、親家は兄上と争うような愚かなことは、決して致しませぬ。親家はあくまで兄上の下について、兄上の命令のままに戦場で働きます。どうか、親家を寺に入れないで下さい。そして南蛮宗の洗礼をうけることをお許し下さい」

「そうか。南蛮宗の信者になりたいために、寿林寺に入らぬというのか」

と意外なことを聞くような顔をしたが、昼間の態度からして、宗麟には大よその想像がついていた。

このとき親家は十五歳であった。

南蛮宗では身分の上下を問わない。たとえ船大工でも、士分と同じように遇される。ジョアン六蔵の家は貧しく、おそらく葬式の費用などの貯えはないにちがいない。しかも音楽を奏して、あんなにも多勢の供人に守られて行列した。その上、国中最高の地位にある大友宗麟を土下座させた。感受性のつよい少年が感激するのも無理ではなかった。

宗麟はよろこんだ。できることなら、家族の者全部を南蛮宗信者にしたかった。しかし宗麟自身は、まだ踏みきれないものがあった。宗の良さはよくわかっている。はじめは鉄砲や火薬や南方の珍らしいものを積んでくる南蛮船の来航が欲しくて、南蛮宗に好意を示したのだが、今はもはや、そんなことではない、洗礼一歩前の気持である。

ただ、仏教にはない、きびしい戒律の前にたじろいでいる。それと、家臣団への気がねだ。

南蛮人宣教師が多く渡来してきて、光塔に十字架を光らせた南蛮寺が建ち、布教堂もたくさん配置され、数百数千の信奉人ができたといっても、豊後国は依然として「ブンゴブッコク」である。

国東《くにさき》半島いったいの六郷満山の信仰は、すなわち豊後全域の思想であった。豊後は町にも村にも寺の多い国であり、到るところの山壁に見られる摩崖仏は、六郷満山の象徴である。

そんな中にあって、領主が南蛮宗になったとしたら、たちまちに領民、武家の反撃に遭うことは、覚悟しなければならぬ。

そういう時機に、親家から新しい信仰に入りたいと希望したことは、宗麟をひどく喜ばせた。みずからは躊躇しながら、家族の者の入信には積極的な宗麟であった。

「でも、母上はお許しくださるでしょうか」

「うん、わしからも、よく話しておこう」

といったものの、このことは宗麟には自信がなかった。

奈田八幡宮のむすめ志緒利は、実兄の田原親賢とともに烈しい南蛮宗嫌いである。長女や次女の入信のときには、いずれは他家に嫁ぐものだからとして、無関心を装っていたが、長男の義統の場合は、かなりはげしく反対した。しかし義統は押し切って洗礼を受け、コンスタンチノという霊名を授けられた。

つづいて親家である。この入信がすんなりとかなえられるとは思われない。かならず手ひどい抵抗に遭うにちがいないことは予想された。

果して、宗麟から親家の入信について相談をうけると、志緒利は逆上したようにわめき散らしたあと、

「親家が南蛮宗になれば、わたしは死にます。わたしが大事か、南蛮宗が大切か」

と叫んで懐剣を抜いて、胸の前で閃めかした。

その騒ぎがおさまると、毎晩のように親家を呼び寄せて嘆いた。

「日本には日本の神もあれば、仏もある。なにを好んで異国の神を崇めようとするのですか。おまえを生み、こんにちまで育て上げた母の願いです。どうか心を入れ代えて、南蛮宗などと申さないでください」

涙を流して頼みこんだ。

はじめのうちは、さまざまに心の中を説明していた親家は、しだいに黙りこくってきた。

哀願する母の顔を見ようともせず、俯向いたまま、沈黙をつづけた。

親家が父に連れられて、臼杵南蛮寺に入ったのは天正三年（一五七五）の十一月の終りに近い日であった。

板の間は凍るように冷えきっていた。祭壇の前の板敷きの室に膝まずいた宗麟は、式が終るまでほとんど身動きもせずに、静かに瞑目をつづけていた。

親家はセバスチャンという洗礼名を授けられた。

親家が洗礼をうけて、数日後に降誕祭がきた。その年、天正三年の降誕祭は十一月二十三日で、一五七五年十二月二十五日に当たっていた。

親家はその前日から臼杵南蛮寺の神父、カブラル伴天連といっしょに府内に出向いていた。数日来、きびしい寒気がつづいて、降誕祭の日はことに冷えた。

敬虔で荘厳な式がおわると、親家は三人の少年武士を連れて町に出た。三人は、いずれも先日、臼杵南蛮寺で親家とともに洗礼をうけた者たちであった。

府内は寺の多い町である。親家はその中の一軒の萱葺き屋根の小さな寺の前にさしかかると、三人を誘って門内に入った。

「それ、邪法の寺を攻めよッ」

と叫ぶと、石を拾って本堂に投げた。

三人の少年たちも、本堂をめがけて石を飛ばした。

戸や障子が音を立てて破れる。奥の方から年老いた僧がとび出してきた。

「乱暴はやめよ。何者ぞ」

と廊下に突立って睨みつけた。

四人とも胸にロザリオ（念珠）を掛けているのを見ると、老僧は一層に怒った。

「この邪宗門めがッ。乱暴さらすと、お館に訴えるぞッ」

少年たちの一人が、

「おお、訴えるがよい。このお方は、お館の親家様ぞ」

といい返えすと、どッと笑い声を挙げて出ていった。

そのまま南蛮寺まで引き揚げると、まだ多勢の信奉人が残っていた。四人がこもごもさきほどの寺院攻撃のことを話すと、カブラル伴天連が、

「勇気のある少年たちです。戦場でも、その勇気を失わないことですね」

とほめてくれた。

この仏寺投石のことは、すぐに臼杵にも伝わった。

志緒利は、丹生島の一画に屋敷を持っている兄の田原親賢を呼びにやると、

「兄上、かようなことを許してよいものか。おのれが南蛮宗になったことを、人に見せつけるための所業でしょうが、お寺に石を投げこむなど、仏罰をおそれぬ悪業です。あの温順だった親家がこんなことになったのも、そのもとはお屋形のせいです。あの西国の獅子とまで恐れられた大友宗麟が、南蛮宗に化かされたばかりに、こども達までが、こんな非道な人間になってしまいました。いま、なんとかしなければ、大友家は滅んでしまいますよ。兄上、おたのみします。助けてください」

志緒利は嘆くが、田原親賢にしても、年長の義兄に向って叱責するほどの力はなかった。

宗麟と志緒利との夫婦仲は、すっかり冷えきってしまった。

親家の入信騒動から二カ月ほどが経つと、天正四年である。その春、田原親賢があわただしく丹生島城の御台所部屋を訪れた。

「兄上はなんと騒騒しいこと、足音荒らく廊下を渡られたりして。部屋仕えの女どもから、わらわれますよ」

「わらわれてもよい。心が急く。この間は、親家の問題で頭を痛めたが、こんどはわが家に火が付いた」

「まさか親虎までが」

「そ、そのとおりだ。親虎めが、南蛮宗入りを、きつく申し立てて、もう十日にもなる。あれこれ申しきかせるのだが、一向にきき入れぬ。困っとるのだ」

「もし親虎が、どうしてもというなら、わたしの姫といっしょにさせようという約束は破りますよ」

「もちろん、そのことも申し聞かせておるが、姫との件など、入信が許されねば、こちらの方からおことわりするなどと申して、あれは、まるで狂気の沙汰じゃよ」

親虎というのは、京都の柳原家から田原親賢が養子として七歳のときにもらいうけた子である。このとき親家とは一歳違いの従弟で、その聡明さに、親賢も志緒利も将来を楽しく期待していた少年であった。

それだけに義父と叔母との打撃ははげしかった。

「お屋形に相談しても、らちのあく問題ではない」

と歎く親賢を志緒利は励ました。

「一時、親家や臼杵の南蛮寺の伴天連から引き離すために、親虎を国もとの妙見城にかえらせてはいかがでしょう」

「そうじゃ。わしもそれを考えていた」

「南蛮宗には苦労させられますな」と嘆いて「大友の敵は毛利や竜造寺だけでなく、南蛮宗もそうです」

南蛮宗を憎悪する志緒利を、伴天連たちは「エサベル」と綽名で呼んだ。エサベルというのはイスラエル王アハブの王妃で、バールを崇拝して予言者エリヤを追放したという猛烈な女性である。

親虎は六十人余の兵に護衛されて豊前の妙見城（大分県宇佐市）に送られた。そこで三カ月ばかり禁固されて、やがて臼杵の家にもどされた。妙見城ではひどくおとなしく、南蛮宗の気配を見せなかった。その報告に親賢は安心したのか、親虎は丹生島城内の居宅にかえると、すぐにその足で町の南蛮寺に出かけた。

伴天連カブラルはよろこんで洗礼を授けて、シモンという霊名をあたえた。このとき同行した三人の近習も洗礼を受けた。

このことを知って田原親賢は怒った。

「今後、南蛮寺に出入りすることを許さぬ。町に出ることも厳禁する」

しかしこの厳命を受けても、親虎もカブラルも困らなかった。ひそかにカブラルの手紙を連絡する者があったし、その激励によって親虎の信仰は一層に燃え上った。

カブラルからの通信を届ける者があることに親賢が気付いたのは、禁足をいい渡してから二十日も経ってからである。

それは謡曲の師匠だったが、呼び寄せると、

「この外道めがッ」

と一喝して、すぐに解雇した。

しばらくすると、こんどは親虎の近習、五人ばかりの少年が遠い地方へ追いやられ、つづいて京都から親虎に従って田原家に来ていた老爺までが解雇された。

ことごとくカブラル伴天連に手なづけられた連絡者である。カブラルはあくまで執拗であった。

万策尽きた思いの親賢はカブラルと直接に交渉することを決意して、家臣の一人を教堂に派遣した。

「わが田原家の領土、竜王、妙見岳、国東の武蔵田原にかけては、古くから仏閣の多い地方ですが、親虎が親賢のあとをついで領主となった暁、南蛮宗徒として、それらの神社や仏寺を破壊するようなことがあれば、領民の反感を買って由由しい大事になり、あるいは領国を失うようなことになるかもしれませぬ。どうか、親虎を南蛮宗から解き放ってやっていただきたい。そうして下されば、宗旨発展のために、親賢、誓って、いかようのことも助力仕ります」

家臣は汗をかいて、懸命に述べ立てたが、カブラルは一笑に付した。

「神社仏閣の破却のことを懸念されているようだが、織田信長殿を見られよ。叡山の焼打ち、本願寺、そのほかの一向宗退治、遠慮会釈なくやっておられるではないか。案じることはない」

信長の戦いは、一種の反乱鎮圧の行動だが、それを南蛮宗徒の仏寺破壊行動といっしょに論じる異人のことばに、

「それは間違った論法でござる」

と反撃するほどの勇気のある家臣ではなかった。

その翌日、別の使者がカブラルを訪れた。

「昨日のお願いを聞き届けていただきたい。もしあくまでお聞き下さぬとあれば、やむなく、この南蛮寺を焼き払う決心でござる」

真にそれほどの決心をしているわけではない。威嚇である。

このとき宗麟は佐伯の海に浮かんでいる大入《おおにゅう》島に狩りに出かけていた。

カブラルは親賢の強い談判におどろいて、宗麟に使いを出した。しかし宗麟はその使者にやさしくいった。

「焼き払うなど、できることではない。お堂は宗麟の寄付で建てたものだ」

数日後、こんどは親家が心配顔でカブラルに会った。

「伯父上のことばは本当のようです。昨日から、このお堂を攻める武者を選抜しています。向わせる人数は三十人ほどと聞きました」

カブラルはおどろいたが、そんな恫喝に屈するような男ではなかった。伴天連には珍らしく闘争心もあり、剛直な人物であった。

ポルトガルの生まれで、若いときは軍人だったが、二十一歳のときに宣教師を志した。非常な勉強家だったために布教長に抜擢されて、元亀元年（一五七〇）三十七歳で日本に来た。このとき四十二歳であった。かれの日本滞在は十四年間にわたったが、どういうわけか日本が好きになれず、滞日中、終始一貫して「日本人は黒人並みである」として嫌悪した。

したがって日本人聖職者を毛嫌いした。日本人がポルトガル語を習得すると、外人宣教師の生活の中にまで入り込んでくるおそれがあるという理由から、日本人聖職者にポルトガル語を習うことを禁止したし、日本人には伴天連（神父）には昇叙させず、修道士（イルマン）どまりとして、通訳と雑用だけをさせるのが、その方針であった。

そんな偏狭な伴天連だったので、親家の報告にも、恐れることはなかった。不屈の信仰心というべきであろう。

田原親賢のことばは、しかし信奉人たちをおどろかした。殉教を覚悟した信奉人たちは、ぞくぞくと南蛮寺に集ってきた。臼杵の近在だけでなく、遠く府内からも武士や農民や町人が刀や鎗や鎌などをかかえて馳けつけ、懐剣をしのばせた女の姿も見られた。

南蛮寺の周辺の民家の住人たちは、勃発する危険を避けて、ほとんど立ち退いてしまった。まさに内戦前夜の光景であった。

そのとき騒然たる南蛮寺のあたりを徘徊する異様な風態の一団があった。ボロボロのきものを着て、棒や布袋をさげている。あきらかに乞食の群れである。南蛮寺が燃え上れば、その混乱にまぎれてお堂の中に入り込み、貴重な飾り物や祭具類を奪おうと待ちかまえている一団である。

しかしそのような貴重な品はすでに他にかわしてあった。浮浪者たちは何も得るものはないことを知らなかった。

この混乱の情況は大入島の宗麟にも、ほとんど刻刻に伝えられている。宗麟は危機に直面しているというべきであった。

親虎を押さえようとしても、今は洗礼まで受けた熱烈な信仰者が聴き入れるわけはない。親賢も後に退かない。とすれば頑強な抵抗を見せているカブラル伴天連に望みをかけるしか方法はない。しかしあの剛腹な伴天連が、果して宗麟の提案を聴くか、どうか。

提案は、一時的にしろ、カブラルに豊後領から出て行ってもらうことである。これを屈服と見るか。南蛮寺と多くの人命を護る最善の策と見るか。

「これしかない」

大入島の狩場の小屋で宗麟は決然といった。

「臼杵南蛮寺と信奉人を保護するために、一時、貴師の領内退去をお願いしたい。幸いに貴師は近時、肥前地方の視察を希望しておられる故、よい機会と存じます。現在の混乱を回避するためには、これ以外の方法はない。修道士ジョアン殿とともに出国すること、枉《ま》げてご承引下されたい」

宗麟の書状を携えて、近臣の瀬古右馬之介は臼杵に急行した。

臼杵の南蛮寺には、武器を持った殉教覚悟の信奉人たちがひしめき合っているし、町の辻は城内の武装兵が眼を血走らせて固めていた。

桜の花はすでに散り、明るい晩春の陽光が溢れる町並みとはうらはらの、殺気みなぎる町の様相である。まさに一触即発という感じであった。

瀬古右馬之介は馬からおりて、堂内に入ると、カブラルは奥の祭壇で祈りを捧げていた。宗麟の書状を渡して、

「できるだけ早く、ご処置願いたいとのお屋形のおことばでした」

というと、カブラルはジョアンに読ませて、ニャッと笑った。

「結構です。そういってください」

一揖《いちゆう》して、右馬之介は、そこから城内に向った。

田原親賢への書状は、

「南蛮寺はわが大友家の寄進によったものである。そこもとがこれの破却などしないだろうことは、よく存じている。早急に混乱を収めよ。カブラル、ジョアンの二師は領外へ出国させることにしてある」

読み終えて、親賢は右馬之介に笑いかけて、

「お屋形も、カブラルを追放するなど、大胆な処置をとられたものよ。やっと、すこし気が変り申したらしいの」

しかしそれは親賢の早合点というものであった。

宗麟は事件が落ちついた頃、やっと大入島の狩り場から帰ってきた。

翌日、めずらしく御台所部屋に顔を出した。一年近くも顔を見せたことないお屋形様である。ことに、このたびの事件で、志緒利の心は良人からまったく離れてしまっていた。侍女たちはうれしそうに迎えたが、志緒利にはなんとなく暗い予感があった。

立ち上って迎えようとすると、宗麟はそれを制して、突っ立ったままいったものである。

「そなたを離縁したい。以後は親賢の家でも、どこでも行くがよい」

冷然と宣告する宗麟を志緒利はにらみつけた。

「いやです。志緒利はお城を出ませぬ」

「わしは、おまえを離別する」

冷めたいことばを烈しくはねかえした。

「志緒利は、大友家の御台所です」

部屋を出てゆく宗麟のうしろ姿を睨みつけていた。

志緒利はこれまでとは変らず、表面は明るく、侍女たちにも愛想がよく、ときには冗談をいって笑わせたりした。もともと甲高い笑い声の女だったが、一層に甲高くなり、部屋をころげまわって笑うことさえあった。

ときには離れ棟に住んでいる於万殿の部屋に出かけることさえあった。日頃はまったく黙殺している於万に向って、

「マセンシヤ様はお元気かの。いよいよ美しうなられたことであろう。毛利家の秀包殿とは仲睦じゅうなされておるでありましょうの」

などと話しかけたりした。

マセンシヤという霊名を持つお珠は、宗麟と於万殿との間に生まれた子で、毛利秀包の妻になっている。秀包というのは毛利元就の末子で、小早川隆景の猶子となった青年である。

かねては大友家の御台所として君臨した気位の高い志緒利である。側室の於万のごときには一顧もあたえず、黙殺していたのが、宗麟から離縁をいいわたされたときから、にわかに親しげに振舞うようになった。城内で孤立するのが淋しかったのである。

すると、やがて、どこからともなく妙な噂がながれてきた。

「お屋形は再婚されるそうな。その相手がなんと、御台所のお妹の芳野様だというぞ」

この噂には、さすがの志緒利も仰天した。

すぐに兄にたずねると、親賢もおどろいた。

親賢が宗麟にただすと、

「あの芳野はおだやかな良い女性だ。しかも若く、美しい」

といったという。

親賢からこの話をきくと、志緒利はにわかに逆上して、おらび猛った。

「宗麟殿は人でなしじゃ。現在の妻の妹を引き入れるために、二十年連れ添った妻を追い出そうとする。天魔に魅入られた外道ぞッ」

猛り狂うと、ときどき息を詰まらせて悶絶した。

侍女たちを走らせて寺院に向わせると、宗麟呪殺の祈禱を上げさせた。依頼を受けた寺僧もおどろいたが、南蛮宗退治のための護摩壇を設けたりした。

志緒利は悩み、苦しみ、狂乱した。瘦せ衰えて、美しかった顔がおそろしい鬼女の相をあらわしてきた。

「おのれ南蛮宗め。おのれ宗麟め。おのれ外道め」

わなわなと体をふるわせながら、ありったけの悪態をついて、しばしば悶絶した。

こんな情況に心配したのは重臣たちである。

「三十七万石、六国二島の守護大名の家も、合戦よりも先に、家の内から崩れ落ちるのではないか」という嘆息をもらしたのは、遠い筑前にある立花道雪だけではなかった。

天正年間の南蛮宗は、豊後大友家において、夫婦の間を裂き、親と子を断絶させ、重臣たちに深い憂慮の念を起させた。しかしそれは愛と信頼と協調と平和を説く南蛮宗の罪ではない。

一人でも多く、ことに地位のある名誉の武士を獲得しようとする熱意に燃えた伴天連の努力の逆作用であった。

天正七年（一五七九）に日本に来た巡察師アレシャンドロ・ヴァリニャーノは、臼杵に在住したカブラルについて語っている。

「――カブラルは、彼等（日本人）を黒人で低級な国民と呼び、他にも侮辱的な表現を用い、しばしば彼等（日本人修道士）に向い、『結局のところ、お前たちは日本人である』というのが常で、彼等に対し、彼等が誤った低級な人間であることを理解させようとした」「彼によれば、彼等は黒人であり、全く野蛮な風習を持っているというのであった」

「彼は日本人修道士が、ラテン語やポルトガル語を覚えることを許さなかった。ポルトガル語の学習を許さないのは、ヨーロッパ人の会話が判らぬよう、彼等の間の秘密が覚られぬようにするためであった。ラテン語を習わせないのは、彼等に学問をさせず、彼等の中から司祭になる者が出ないようにするためであった」

「最も著名なキリスト教徒の殿達は、カブラル師を嫌い、彼に逢おうとしなくなった。ただ豊後王（大友宗麟）だけは、カブラルの執りなしによってポルトガル船による利益があったから、彼に或る程度の愛情を示した」

「有馬晴信や大村純忠は、私に多くのことを語り、教会側の誤った態度を指摘し、神社や仏寺の破壊は、司祭達が教理に反するというので、やむなく不本意に行ったに過ぎない」

このように批判されたカブラルは、のちに日本を去ってインドに移ったが、ついに日本を好きになれず、日本の話が出ると、きまって顔をそむけたということであった。

ヴァリニャーノは日本には前後三回にわたって渡来している。このカブラル批判は第一回の来日の折りのものである。そのとき宗麟にも会った。

宗麟は機嫌よく迎えて、親家を紹介した。

「この者の入信については、カブラル殿にいかいお世話になった。あの伴天連殿は気むつかし屋で、強引なところがあったが、いかにも信仰に徹した人らしく、清廉潔白なお人でござった」

ロザリオを胸にかけた親家は、

「いずれは有馬の神学校に入って、もっともっと教理を学びたいと存じております」

と美しい顔を紅潮させていった。

ヴァリニャーノはその肩に手を置いて、微笑を返した。

「待っています」

日本キリシタン宗門史に巨大な足跡をのこしたヴァリニャーノが日本を訪問したのは、巡察師としてキリスト教の展開の情況を、伴天連たちの活動を調査するのが主たる任務であった。

ところが、来日して、まず頭を痛めたことは、全日本布教長としての職責を持つカブラルと、都地方（近畿）の地方長であるオルガンチーノの対立である。

オルガンチーノは、自己過信と名誉欲のつよいカブラルの性格を指摘して、イエズス会の総長にその罷免を懇請したことさえあった。

カブラルはポルトガルの貴族の出身であり、オルガンチーノはイタリヤの農民出身であった。二人の性格の違い、布教方法の相違は、さまざまな形であらわれた。カブラルが日本布教長として各地をまわり、ながく豊後にいる間、オルガンチーノは、のちに「日本史」を著わしたルイス・フロイスをたすけ、織田信長や豊臣秀吉や徳川家康などに接近したりしてミヤコ地方で活躍した。

オルガンチーノはその日本人観を書簡に述べている。

「日本人は、全世界で最も賢明な国民に属しており、彼等は喜んで理性に従うので、我等一同より遙かに優っている」

「彼等ほど、賢明、無智、邪見を判断する能力を持っている者はないように思われる」

「日本人は、気が小さく理がわからない人が嫌いである。また、自ら大度《たいど》で自尊心がつよく、大げさなことをしたいと思うと盲進する。また頗る新奇を好み、珍奇に対しては、犠牲をいとわないところがある」

布教方法について、いわば、カブラルは強硬派であり、オルガンチーノは柔軟派であった。

この二人の方針の間に立ったヴァリニャーノは、その調停をとりながら、修道院規定を定めた。

「日本人とヨーロッパ人修道士は、食事、衣服、その他のものを同じにせねばならない。聖職者と同宿の間にはもちろん差別があって然るべきだが、日本人修道士、および同宿はそれぞれ同列にあるべきである。両グループの融和の最大の妨げとなっているのは、日本人とヨーロッパ人の習慣が全く相違していることである。だが我等は彼等の国に住んでいるのである。それ故、我等は彼等の習慣に順応せねばならない。したがってヨーロッパ人宣教師は日本の礼法を学び、これに従うことが必要である」

この内規によって、カブラルとヴァリニャーノの間は、まったく分裂してしまった。カブラルは、ヴァリニャーノ巡察師と、イエズス会総長とに対して、日本布教長の解職を願い出た。

後任として、ガスパール・コエリュを巡察師は推選した。

やがて、さまざまな問題をかかえながら、ヴァリニャーノは帰国の船の待つ長崎へ向った。

ヴァリニャーノは日本滞在中に、各地に南蛮宗の教堂や、教育機関を創設した。ことに豊後では大友宗麟の助力によって、臼杵にノビシャド（修練院）を開設し、府内にコレジオ（神学校）を開学することができた。

しかしカブラルの頑固な方針のために、豊後地方の教勢は必ずしもはかばかしくなかった。

こんな形勢の中に、一つの心配は、近年フランシスコ会派の宣教師が、畿内を中心に烈しく活動をはじめていることである。日本はイエズス会のフランシスコ・ザビエルによって開教された。いわばイエズス会の地盤である。それをいきなり横から踏み込んできて、勝手気ままに布教している。

未開の民族にたいしてキリスト教を弘めることは自由である。わるいことでもない。しかし有り余るほどの資金をもって、先人の開らいた地盤を、わがもの顔に自由にされることは愉快ではなかった。

つまり、イエズス会にはフランシスコ会ほどの活動資金がないのだ。ただこのとき、マカオの商人を通じて、わずかな絹貿易で資金を作っていたが、これは長くつづくものとは思えなかった。

長崎の司祭館でそんなことを考えているとき、ヴァリニャーノは一つの計画を思いついた。

「日本のキリシタン大名が、貴公子をヨーロッパの人たちに見せ、その感動を得て活動資金の増大をはかる」

この計画はヴァリニャーノを有頂天にした。

しかし戦乱に次ぐ戦乱の世に、国を空けて異国にまで出かける大名がいようとも思えなかった。とすれば、その子か、縁類の者を求めるしかない。

長崎港を出帆するポルトガル船の予定は天正十年（一五八二）の正月過ぎである。ヴァリニャーノの計画では、キリシタン大名の代表としては、大友宗麟、大村純忠、有馬晴信の三人が適任だし、中でも外国にまでその名がきこえている者とすれば、大友宗麟以外にない。

しかしいま豊後にまで出かけるには日が足りなかった。やむなく、まず訪ねたのは、大村純忠であった。

「日本のキリシタン宗の隆盛を異国にまで伝えるために、お屋形の縁故の少年を派遣したいと思う。

行く先きは、ポルトガル国王のフェリペ皇帝と、ローマ法王庁のグレゴリオ教皇だが、三年間くらいはかかる長旅になると思う。この計画、いかがでしょうか」

はじめはびっくりした様子だったが、純忠は顔を輝かしてよろこんだ。

「うれしいことでござる。ぜひ、わす家からも適当なこどもを参加させたい。おたのみ申す」

数日後には、有馬の晴信も大いに賛成してくれた。

「わが有馬家と大村家とは血縁の親戚でござる。両家で相談して、ぜひとも美しい心の少年を選びましょう」

とこれも派遣を承知した。

その有馬家訪問の帰途に、あまり遠くない加津佐村のコレジオに立ち寄って、ヴァリニャーノはおどろいた。


加津佐は島原半島南端の村で、界隈一帯は南蛮宗のさかんな土地である。

その村の、遠く天草の島を望む丘の上のコレジオでは、ラテン語の授業がおこなわれていた。

すぐ近くの日の江城に有馬晴信を訪れたヴァリニャーノは、梅の花の匂う坂の道を上って、コレジオに立ち寄った。有馬の殿、晴信から借りた洋鞍の馬をおりると、そこはもう司祭殿で、コレジオはそのとなりにあった。

その窓をのぞいて、ヴァリニャーノはおどろいた。

部厚い書物を手にして教える神父一人と、五人の若い生徒がいるだけの学校である。神父が音読すると、それを生徒が復誦する。いずれも十四歳の生徒だが、その一人を見て、おどろいたのである。

授業がすむのが待ちかねた気持で、梅の林の中をそわそわと往ったり来たりした。

やがて部屋の外に出てきた神父が、ヴァリニャーノに向かって手をあげて挨拶した。

「おお、かれは、何者です。どこの少年です」

まったく日頃の落ち着きを失ったそそっかしい巡察使の態度である。

「だれです。もしかしたら、豊後王のお子のセバスチャン親家殿ではありませんか」

「いいえ。ちがいます。かれはあなたが京畿の方を旅行されている間に入学させた、日向の殿、義祐殿の孫にあたる伊東マンショと呼ぶ少年です」

ヴァリニャーノが見まちがえたのもむりではなかった。ヴァリニャーノは豊後に行っている間、いくども宗麟父子に会っていて、よく承知しているはずだが、それにしても、ドン・マンショ虎千代麿は、宗麟の次男セバスチャン親家と、まったく瓜二つというほど似ていた。柔らかしい眉の形、美しい口もとなど、つながる血の不思議というべきであろう。

びっくりしたヴァリニャーノは思わず、呟いた。

「これで豊後に行く手間が省けた。豊後に行って、宗麟殿に会ったり、人選をしたりしていては、もう長崎発船の間に合わぬと心配していたところだった」

「そうですね。かねての巡察使様の計画が、いよいよ成就しそうですね」

大友宗麟の妹の子は阿喜多だ。阿喜多の良人、伊東義益の父は伊東三位入道、良人義益の妹は町の上殿で、すなわちドン・マンショ虎千代麿の母にあたる。

マンショを宗麟の縁故の少年とするには、いかにも遠すぎる縁故だし、いささかうしろめたい気持がしないでもなかったが、ヴァリニャーノは、とにかく彼を豊後王の代表者とすることにした。

大村純忠と有馬晴信の使節としては、純忠には甥にあたり、晴信には従弟にあたる千々石《ちぢわ》ミゲルと決めた。副使には中浦ジュリアン、原マルチノの二人を選んだ。正使の伊東マンショは十五歳、他の四人もそれぞれ十四歳から十五歳の少年ばかりであった。

長崎の港は長くのびた岬に抱かれている。静かな入江である。

長崎の朝は、港をめぐる低い丘の上の南蛮寺の鐘の音からはじまる。

海につき出た岬の突端にあって、信奉人たちから「岬の御寺」と呼ばれているトードス・オス・サントス寺をはじめとして、サン・ジョアン・バウチスタ寺、サンタ・マリヤ寺、サンタ・クルス寺、サント・ドミンゴ寺、サンフランシスコ寺、サン・アントニオ寺、サン・チャゴ寺、サン・ペトロ寺、オーガスチン寺などの大小の南蛮寺からひびいてくる暁の鐘の音は、この日は一入の感慨を人びとの胸につたえたようである。

それはときに爽やかに、ときに重々しげに、ときに華やかに、ひとびとの胸を打った。

朝のミサがおわると、トードス・オス・サントス寺から多勢の人びとが出てきた。黒い僧衣をまとったヴァリニャーノ師を先頭にして、伊東マンショ、千々石ミゲル、原マルチノ、中浦ジュリアンの四使節と、通辞役のメスキイタ師、それにロヨラとピエトロと呼ばれる雑役を手伝う二人の日本人が、見送りの群衆にかこまれて岸の方に下っていった。

当時の長崎は、わが国で最大を誇る南蛮文化の町であった。南蛮の貿易商人を中心として唐商人も多く、その間を長袖服に黒の鍔広帽子の伴天連たちが歩いていた。

この日の長崎はことに雑踏した。遠い、といっても想像もつかない遙かな国に旅立つ四人の少年使節を送るため、数千人の町民がことごとく岸辺に集った。

一五八二年（天正十年）二月二十日。

岸辺で聖歌隊の合唱がはじまると、四人の使節を乗せた小舟が沖に向った。沖に待っているのはポルトガルの船主イニヤシオ・デ・リマの帆船である。

使節たちを乗船させて一時間後、風待ちしていた船は、ようやく帆を張って外海へ向った。岸辺からは歓呼の声があがったが、それも風の音が消して、船は香焼島《こうやぎ》を離れると、しだいに沖に出ていった。緑に蔽われた島影が遠ざかり、もはや陸地の一片も視界に入らなくなると、ただ紺碧一色の東シナ海である。

船は、南下する海洋業者が待っていた貿易風に乗って、快く走りつづけた。帆のあたりに群れ翔んでいた海鳥の影も、いつのまにか消え失せた。

少年たちはすべてゼズスの教えを奉じる南蛮宗の子たちである。これから展開する危険な航海におそれはなかった。

むしろ、リマの船に壮大な夢を托したというべきだろうか。

船は一路、中国のマカオ（澳門）に向った。

長崎を出たころは至極に快適だった季節風が、ようやく黒い不機嫌な表情を見せはじめたのは、三日目頃であった。

マカオは、ヨーロッパからインドを経て、日本へ渡ってくるイエズス会士の中継地のような所であった。壮大な教堂もあったし、神父たちも多かった。

しかしそこの九ケ月は、少年たちには無駄ではなかった。その間にラテン語とポルトガル語の学習が、大いに進んだのである。

マカオを出て、約一ケ月、一五八三年（天正十一年）一月、マラッカ着。

ついでインドのゴア着。ここでこの計画を立案したヴァリニャーノは、にわかにイエズス会の指令でインドにとどまることになった。代って少年使節をローマまで連れてゆくことになったのはロドリゲス神父である。

ゴアではもう一つの異変がある。日本人従員のロヨラの死である。この少年は熱帯地方の猛暑と悪疫のために、ひとり異国の土と化した。

一五八四年二月、ポルトガル商船サン・ジャコモ号で、コチン港発。三月九日、赤道通過。五月十日、喜望崎を廻る。

ポルトガル領リスボン港に入ったのは一五八四年八月十日である。

インドを出て六ケ月。日本を出てからすでに二年半が経っていた。

南シナ海に入ったと思われたとたんに、天はまっ黒くなり、海は魔界を漂いはじめたかのように、荒れに荒れた。

波の上に躍りあがったかと思われた船はつぎには波にぶつかり、濤の下に沈むかのように沈み、また浮かぶ。また沈み、上下に、左右に、リマの船は揉みに揉まれた。

暗い波の底でヴァリニャーノがなにやら大声で叫んだ。

「祈れッ。祈れッ」

といっているようであった。

すると、頭をかかえて船床に伏していた老人のメスキイタ師が、ずぶ濡れの上体を起して、オラショを誦えはじめた。

蒼白の顔を引きつらせて祈る必死の表情に誘われて、少年たちも大声でオラショを和誦した。

このような苦難を突破して、リマの船は無事にマカオの港につくことができた。

マカオは中国だとはいいながら、ポルトガルの勢力下にあって、すべての風物がヨーロッパ風であった。苦難の果てにはじめて観るヨーロッパに、日本使節たちは満足したにちがいない。

しかしそこからすぐにローマに行くことはできなかった。風待ちのために、ヨーロッパ風とはいいながら、熱帯樹の繁る小さな港町に九ケ月もの滞在を余儀なくされたのである。

八月十日の午すぎ、まっ青に晴れたリスボンの空に、丘の教会堂の鐘がひびく中を、日本人たちは上陸した。

出迎えたリスボンの市民たちは、黒い髪でチョンマゲを結い、大小の二刀を帯にさした羽織袴の黄色い皮膚の青年たちを、奇異な眼で眺め、それからおどろきのどよめきを起したにちがいない。

一行はリスボンではサン・ロッコ学院を宿舎として、シントラの宮殿やベレムの寺院などを見物し、アウストラリア総督の招待をうけたりした後、やっと二十五日目に歓迎の手を放れて、次ぎなるエボラに向う。

エボラでも、ブラガンサ大司教の歓待を受け、やがて、イスパニヤ国に赴く。

ガダルベの町。トレドの町。千々石ミゲルが熱病にかかったため、全快まで約二十日間、滞在。

国王からまわされた特別仕立の装飾馬車でマドリードに入った一行は、たくさんの伴天連たちに迎えられて宿舎の学院に入った。

十一月十四日、国王フィリップ二世に拝謁の日である。

四人の少年使節は、いずれも揃いの礼装であった。花鳥模様の絹地の着物に、陣羽織、なめし皮の足袋、草履、それと鞘に青貝の螺鈿細工を施した二本の刀とチョンマゲ、それらは東洋のエキゾチシズムの香気をふんだんに漂わせていた。

王宮の十二の部屋のいちばん奥の間が謁見室になっていた。荘厳な雰囲気の部屋で、フィリップ二世は王子たちを従えて立っていた。その前にならんだ少年たちの中で、まず伊東マンショが大友宗麟からの親書を捧呈し、次ぎに千々石ミゲルが大村純忠からと有馬晴信からとの二通を捧呈した。終って、伊東マンショが、日本語で大声に挨拶を述べると、メスキイタ師がそれをエスパニヤ語で通訳した。微笑をたたえた国王は大きくうなずくと、こんどは四人を抱き寄せて、親愛の情をこめてかわるがわる抱擁した。

「はるばると遠い東洋の神秘の国から来られたジパングの公子たちよ。待っていましたぞ。ゆっくりとエスパニヤの旅を楽しんで、帰国したら、それぞれの王たちに、よろしく伝えて下され」

謁見式は成功裡に終った。きらびやかに着飾った四人の貴公子たちの、おどおどしない、さわやかな態度は国王に好印象を与えた。ヴァリニャーノの計画は、まず、その第一歩において成功したというべきであろう。

つぎはローマである。しかしこれも容易な旅ではなかった。地中海は嵐に大荒れして、少年たちを苦しめた。

しかしリボルノ港について以後のイタリアの旅は楽しかった。斜塔で知られるピサを過ぎ、美しいアルノ川に流れるフィレンツェで歓迎されたりしながらローマについたのは一五八五年(天正十三年)三月二十四日であった。しかしローマを目前にして、中浦ジュリアンは病床に臥していた。

「どうか、マンショ殿、せっかくローマに来たのに、法王様にお目にかかれぬのは、残念だ、どうかして、このジュリアンを法王様に会わして下され」

「はるばると、やって来たのに、気の毒だ。どうにかならぬかなあ」

グレゴリオ十三世の謁見式の朝。病床を見舞ったマンショにも、どうすることもできなかった。なにしろひどい発熱であった。

しかたなく使節の一行は、中浦ジュリアンだけを残して、法王庁を訪ねる長い行列に加わった。先頭は法王庁の騎馬隊、つづいてスイスの護衛兵、そのあとに枢機卿、貴族、各国の駐在大使、音楽隊、法王庁の役人、次ぎが日本の三人の使節で、三人とも馬にまたがっている。そのうしろにローマ市の紳士たちの騎馬が道路いっぱいに溢れてつづいた。

やがて、サン・アンジェロ城から祝砲が起り、バチカン宮から大砲が鳴り出す。

グレゴリオ十三世はすでに八十四歳である。「帝王の間」は、日本の少年使節のすがたに眼を見張る人たちで埋められた。

三人の少年が、それぞれの国守の親書を捧げて法王の前に進み、伏してその足に接吻した。すると法王はそのたびに三人を抱き上げて、やさしく抱擁してやった。

法王は終始微笑を絶やさなかった。そうして式は、ここでも予想していた以上の盛大さで終った。

しかしこのグレゴリオ十三世は、病気のためにその数日後に亡くなった。つぎにシストオ五世という法王が次期法王をついだが、日本使節の評判は変らなかった。ヴァリニャーノの計画はここでも成功したというべきである。法王庁もイエズス会本部も、日本伝道について積極的な援助をすることになった。

四人のキリシタン少年がヴァリニャーノに伴われて日本に帰りついたのは一五九〇年(天正十八年)

七月二十一日であった。かれらが日本を発ってから八年が経っていた。出発時に十六歳だった伊東マンショも二十四歳の青年になっていた。

異国への旅も遠かったが、八年の歳月は国内の情勢を一変せしめていた。九州のキリシタン三侯、宗麟、晴信、純忠はすべて亡く、天下の政権は信長から秀吉に移り、しかも秀吉によるキリシタン追放令が発せられていた。

ヴァリニャーノの再来朝と印刷機械の移入によって、一時的にはキリシタン文化は繁栄したが、やがて凄じい弾圧と衰退が来た。

ヴァリニャーノの少年使節派遣問題も華々しかったわりには、結局に根付くものがなかった。

しかし宗麟の家庭問題やその破局のありさまなど、まだ語るべきことは多い。

ここらで、話をむかしに返す。

耳川

豊後の国も十二月ともなればさすがに冷える。

そのつめたい海風のながれる臼杵《うすき》の町はずれの、居酒屋ふうの家から、風態のよくない男たちが、どやどやと出てきた。

「やれ、外はまだ陽があるのか」

「飲み足らん」

などと大声でいいかわしながら、中には出てきたばかりの家の板壁にむけて、立ち小便をするのもいる。その男たちを追って、

「あ、もしもし」

と貧しい身なりのその家の主人らしい男が飛び出してきた。

両手を重ねて、前につき出している。代金を支払ってくれ、という意味である。それに向って、一人が、

「これが欲しいのかッ」

といきなりに腰の刀を抜いて、ふり上げた。

「わあッ」と主人が家の中にころがりこむと、そのまま、七人の男たちは道いっぱいにひろがって歩きだした。

髪をざんばらにしたのや、顔にえぐられたような大きな疵があるのや、つぎはぎだらけの着物の男や、見上げるような大男や、いずれも人相兇悪で、その上、したたかに酔っている。

つめたい風の吹く日だったが、人通りは少なくない。なにしろ、府内に次ぐ豊後第二の町である。しかし七人もの異風者が横一列になって歩いてくるのを見ると、たいていが遠くの方から横道にそれてしまった。

そのとき鎗をかついだ三人連れの足軽が、向うから急ぎ脚でやってきた。近づいて、七人の男たちに気がついたらしく、道の脇をすり抜けようとした。すると異風者の一人が、わざと鎗の石突に着物の裾をひっかけた。

「この南蛮宗めッ、喧嘩売る気じゃなッ」

叫ぶと、力まかせに足軽を突き飛ばした。

それがキッカケで、ならず者たちは、胸にコンタツをさげた三人の足軽を、まるで猫が鼠をなぶるようにあしらったあげく、土の上にたたきつけてしまった。

そうして、こんどは、

「喧嘩を買おう、喧嘩を買おう、南蛮喧嘩を買おう」

とわめきながら、あるきだしたのである。

すると、一軒の家の中から、声がした。

「買うち、もらおうかのう」

「なにおッ」

男たちは立ちどまった。

「たしかに、買うちくるるのじゃな」

といいながら出てきた男を見て、瞬間、異風者たちはびっくりした様子だったが、すぐにゲラゲラ笑い出した。

明らかに軽蔑した口調で、頬に大疵のある男が、

「われは、おやじか、わっぱか」

黙って先に立ってスタスタ歩きだしたのは、身のたけ五尺に、二寸は足りないと思われる小男で、樫の棒を杖にしている。

「待て、待て。どこまで行くのじゃい」

大疵がわめくと、

「町なかは、いかん。静かな所に行って、ゆっくり買うち、もらいたい」

とふりかえった顔は、渋紙のように赤黒く陽灼けしている。

しかも無造作に結んだ髪はまっ白い。その白髪が夕陽を浴びて銀いろに光っている。おとなか、こ

どもか、と大疵がさけんだのもむりではなかった。白髪の小男というのは、まことに奇妙な感じであった。

七人の男たちはゲラゲラ笑いながら小男のあとについて行くと、町はずれの海に近い松林の中に入った。

「ここで、ええじゃろう」

と白髪の小男は立ち止まると、振り向きざまに樫の杖で、一番の大男の胸板を突いた。大男は材木が倒れるようにのけぞったが、それを見もせずに、大疵に痛撃をあたえ、さらに、襲いかかってくるザンバラ髪の脳天を打ち砕き、つぎの男の頸の骨をたたき折り、刀をふるって斬りかかってくる男の顔を狙って、その両眼をつぶしてしまった。

そこで小男は動きをやめた。そして樫の棒を杖にして、残りの連中にいった。

「ただちに、この臼杵の町を去れ」

男たちは顫《ふる》えながら突き出していた刀を、抜き身のままにかつぐと、

「うわあッ」

と悲鳴をあげて逃げ散ってしまった。

小男は疲れた様子もなく足早やにそこを離れると、やがて城門の橋を渡って、丹生《にう》島城内にその姿を消した。

その日、宗麟は教会堂でなく、部屋で愛用の種子島に磨きをかけていた。銃床に竜の彫りものをほ

どこした鉄砲である。構えて銃口を覗くと、小さな孔の向うにもうもうと戦塵の立ちのぼるのを見る思いがした。

戦場を思うと、宗麟はいつも恍惚となった。戦旗を中心にして群っている敵の本営に向って、まっしぐらに馳け入るときの昂奮を思い出すと、からだが燃えるように熱くなったものだ。

その感激が近頃はうすれてきた。年齢のせいなどではない。戦さや反乱などに明け暮れるよりも、むしろ戦さのない、平和な世界が欲しくなった。小さくてもよい。その国は一年中花が咲き、鳥が歌い、人びとは神を讃えて、たがいに信じ、たがいに愛し合う。そんな国が欲しい。

(夢かな。夢みたいな話かな)

と胸の中で呟いたとき、部屋の外から近習の者が声をかけてきた。

「石宗殿が戻ってまいられました」

「おお。すぐ通せ」

種子島を脇に置くと、白髪の石宗が入ってきた。

「ただ今、立ちかえりました」

「三位入道、こんどは負けたな」

「そのとおり。ご明察、恐れ入りました」

南方の日向の方の空に悪気の立ち昇るのを見た、と石宗が報告してきたのは四日前であった。

「あるいは、日向の伊東三位入道殿が薩摩勢に襲われたのではありますまいか」

という石宗のことばに、宗麟は言下に命じた。

「三位ほどの豪の者が島津に破れるとは思われぬ。しかし、もし敗北するごときことが起れば、日向境いの固めも急がねばならん。このたびは余人ではだめだ。おぬし、ひと走り行ってみてくれい」

日向飫肥《おび》の城主、伊東三位義祐の妻は、宗麟の妹である。

その三位義祐はことごとに薩摩の島津義久と対立していた。飫肥の城は、いわば反島津勢力が薩摩ののど首につきかけた匕首《あいくち》であった。したがって、薩摩はこの目の上のコブを払うのに躍起になっていた。

しかも伊東家の領土は日向の南部にあって、豊沃の田地八千余町といわれていた。領国に山岳地帯の多い島津としては、ヨダレが垂れるほど欲しかったにちがいない。

島津は機をうかがっては、伊東三位に挑戦した。そしてそのたびに敗退した。三位入道は豪勇無双の猛将であり、その将兵もまた無敵の武勇を誇っていた。

ただ三年前の木崎原の合戦だけは、伊東方に油断があった。

そのとき、一万三千余の軍勢をひきいて来襲した島津義久に対して、三位入道はその半数の六千騎をもって追撃した。しかもこの合戦でも伊東勢の奮戦はすさまじく、三位方の部将米良伊予守のごときは、ついに義久の弟、兵庫頭義弘を馬上から突き落して、まさに首を刎ねようとしたところを、盛り返えした薩摩勢にさまたげられて討ち果たすことができなかった。

この日の合戦は相い引きになったが、兵力では圧倒的に優勢な島津勢の方が、かえって苦戦したということは、伊東勢を慢心させる結果になった。

伊東方の諸将はもとより、士卒にいたるまで、

「竹竿一本、薩州千騎」

などと豪語する始末である。

そのために翌日は物の具を解いて、川に遊んだり、山狩りをするなど、まったく薩軍を甜めきってしまった。

そこを島津勢のために急襲されたのである。伊東勢はさんざんに撃ち破られて、飫肥城に逃げかえった。

その敗戦の責任を問われたのが、福永丹後守と野村備中守という二人の勇将であった。怒った三位入道はこの両人から、部将筆頭の地位を剝奪してしまった。

二人はさまざまに詫びたが、三位入道はついにきき入れなかった。

木崎原合戦から三年目、丹後守と備中守はついに島津方に寝返ってしまった。いわば三位入道の頑固さが有力な味方を敵へ追いやったのである。二人の手引きによって、島津義久の軍は伊東三位の本拠である飫肥の城に不意討ちをかけた。大友軍の石宗が南方の虚空に悪気を望んだというのは、このときであった。

「三位殿はむざんな敗北でござる。おそらく城はすでに陥ちているでしょう」

と石宗は報告した。

「そうか。すると三位殿も戦死されたのか」

「いや。島津義久というのは、情けにあつい武将です。驍名天下にかくれもない三位入道ほどの城将を、むざと殺すようなことは致しますまい」

「そうか。義久というのは、そんな男か。されば、もう三日もすれば、三位殿も豊後に入ってくるな」

といいながら、宗麟は島津との決戦の日が、急速に近まって来たのを感じていた。

島津は大友の影響下にある肥後をしきりにうかがっている。薩摩兵は国境を越えて、しばしば球磨《くま》地方を侵掠していた。

さらに、いまは大隅から日向に入り、大友の本拠である豊後を衝くうごきを示しはじめた。大友方の匕首ともいうべき伊東義祐を追い払ったのは、豊後侵入の重要な準備行動とも見るべきであった。

臼杵の町民たちのための南蛮寺は海に近い唐人町の入り口にあった。すぐ前の海に、伝道士たちがローマに送る日本通信の中で「豊後の王城」と呼んでいる丹生島城がたかだかとそびえている。

屋根の上に金いろの十字架が光っている聖堂に隣接した僧院の部屋は、障子が夕陽を浴びているせいか、厳冬の十二月だとは思われないくらいに暖かった。

「ガスパル殿、こんどのポルトガル船の入港は、いつです」

「春です。三月には豊後の海にやって来るでしょう」

「宗麟は、その船に積んであるかぎりの種子島と、火薬がいっぱい欲しい」

「そのとき、お屋形はキリシタンになるのですか」

「いや。戦さに勝つためよ。わしもいずれは入信するが、引き換え入信などは、いやだ。敵も種子島を持っておる。わが軍はその倍も三倍も持たねばならん。種子島と玉薬さえあれば、狼のような敵でも恐れることはない。しかもこの狼を打ち倒したあとに、美しい楽園をつくるためにも、鉄砲が要るのだ」

「わかっています。ポルトガル王は、いつでも豊後王の味方です」

そのとき、宗麟は海風に乗ってひびいてくる騎馬隊の声をきいていた。それは南の方からしだいに臼杵の町に近づいてくるようであった。遠い音だったが、宗麟にははっきりと聞きとれた。このとき宗麟は四十六歳だったが、若い頃からの鋭い聴力はすこしも衰えていなかった。

しばらくすると、家臣の一人があわただしく隣りの室から声をかけた。

「ただいま、伊東三位入道殿が手勢三十騎ばかりを率い、ご簾中様とともに、田原親賢殿の屋敷に入られました」

それはすでに石宗の報告によって、田原紹忍親賢と打ち合せた上のことであった。

「わかっておる」

という落ちついた宗麟の返辞に、近習の武士は変な顔をした。

三位入道はお屋敷の義弟である。その突然の豊後入りに驚かないのは、ふしぎなことだと思ったのである。

宗麟は伊東三位のことには触れもしないで、ガスパルにいった。

「伴天連殿。つぎのポルトガル船の入港はいつです」

「春です。三月には臼杵の海にやって来るでしょう」

南蛮船が入津するまでは、戦端をひらくべきではない。

それまでは島津とは、表面だけ懇親をつづけておく。したがって、この際、三位入道を厚遇することは、薩摩の手前、ひかえねばなるまい。

海鳴りのきこえる僧院の中で、平和な神の道を説く伴天連と対しながら、宗麟の心は獅子のように荒れていた。この日は天正四年十二月二十八日であった。と史書は伝えている。

待ちに待ったその南蛮船は、翌年の春、ガスパルがいったとおりにやってきた。

しかし宗麟は失望した。虎とか、孔雀、鸚鵡《おうむ》などの珍しい鳥獣のほか、麝香《じゃこう》や芳油などを積んできた。いずれも宗麟にとっては、うれしい輸入品であった。しかしこのとき心の底から待ち望んでいた鉄砲は、わずか五十挺ばかりしか積んでいなかった。

「ガスパル殿、三百挺は欲しいのじゃ。それに大筒も十台は要る」

「ほっほう」とガスパルは僧院の中で目を丸くしてみせた。「しかし、豊後王のためです。お役に立ちたい」「種子島はよろしいが、大筒はむつかしい。しかし豊後王のため、なんとかしてポルトガル王におたのみしてみましょう」

かれ自身、大筒が手に入るなら、南蛮宗になってもよい、とこのごろ考えるようになっていた。この交換条件は前にもガスパルから出されたことがあった。

「いま碇泊している船をすぐ帰してくれ。そうして急いで大筒を積んでくるように申してくれ」

「船長に伝えます」

「こんどの来航は、いつ頃になるじゃろう」

「来年の春です」

「いや、待てぬ。今年の秋にしてくれ。秋に必ず入津するように計ってもらいたい」

そういって宗麟は僧院を辞した。

臼杵の三月はすでに桜は散って、青葉が町を蔽っていた。その青葉の間を馬を打たせて城にかえると、田原親賢が待っていた。

「紹忍、なにごとかあったのか」

「はい。お屋形のおもわくのとおりかと存じますが、本日早く三位入道殿が四国の伊予に発たれました」

「なにもしてやれなかったが、仕方がない。さぞかし頼りがいのない男よと恨んで去ったことだろう。だが八千町の領地を奪われた仇は、きっと返してやる。今しばらくの我慢よ」

三位入道は、豊後領の国東《くにさき》郡に家を与えられて、妻子とともに住んでいたが、あるとき、道ばたの木の横につるされていた短冊を見て、急に豊後を離れる決心をしたということであった。

その短冊には「のみ、しらみ、やずみとなりて、三位殿、たはらの下をはいまはりけり」という狂歌がしたためてあった。たはらは、俵であり、田原紹忍の意でもある。

甚だしい侮辱であった。田原親賢は和歌の心得があるというから、その狂歌もかれが作ったものであろう、と三位入道は邪推したらしかった。そして家族と別れて、急にひとり伊予の国にわたった、というはなしであった。

「哀れなことよ」

と宗麟はつぶやいたが、いまは動く時ではなかった。ふたたび南蛮船がやって来るこの秋を待つばかりであった。

その夕方、近習の若い武士が青い顔をしてやってきた。

「お鷹の者が、お庭に控えております」

という。

「なにごとじゃ」

「名山を失せそせましたる由」

「なにをぬかすかッ」

と部屋をとび出すと、庭さきにガタガタ顫えながら鷹部屋の者が平伏していた。

「どうしたというのじゃ」

とさけぶと、鷹の者はそのまま、ガクリと前に倒れ伏してしまった。鷹をにがした責任を負って、屠腹していたのである。

「名山」というのは、宗麟が殊のほかに愛していた鷹である。それが、調教中に小鳥を追ったままに、どこかに翔け去ってしまったということであった。

「死ないでもよいのに」

と呟いた宗麟は、若い頃は苛責のない性格であった。

それだけに、そのことばをきいた者たちは異様な思いであった。あるいは宗麟の老いを感じた者もいたかもしれない。すでに宗麟の心の中には南蛮宗信奉が、はっきりと色を濃くしていたのである。

城内にやかましく秋蟬が鳴きわめいていた。

白髪の小男が縁側の軒につるした鳥篭の中の鳥に、一生懸命にことばを教えていた。

「大友、勝った、大友勝った」

鳥は怪しい声で叫ぶが、まだことばにはなっていない。

「しっかりせい。早う、おぼえい」とニヤニヤ笑いながら、

「オートモ勝ッタ……オートモ、カッタ……」

一声だけ鳥が変な声を出した。

「オートモ、カカカ……」

そのとき、細い鞭のように痩せた男が庭に入ってきた。

「石宗どの。名山の行方が、やっとわかりました」

「やあ、木全どのか。ご苦労じゃった」

石宗の手の者中、筆頭の乱波《らっぱ》である。

「七月の末の頃、県《あがた》（延岡）の久保山治部の家の垣根にとまっていたそうでござる」

「ほほう。治部は今でこそ、県の土持殿に仕えているが、つい二年前まではこの城におった男だ。それはよかった」

「いえ。ところが、治部め、その名山を鹿児島まで持っていって、島津の義久殿に献上してしもうたということでござる」

石宗の眼がキラリと光った。

「治部なら、お屋形の名山を存じているはずだ。それをわざわざ薩摩へ持っていったというのか、ふーん」

おかしいぞ、という顔をした。

すると、やがて、その名山が丹生島城にもどってきた。

石宗が報告をうけてから一と月ばかり経った秋晴れの日であった。鷹を入れた大篭を提げて、祈念院良淳という大柄な山伏と、久保山治部がやってきた。

宗麟が引見すると、祈禱院は主君の島津義久からの書状を差し出した。

この鷹は大友殿の秘蔵のものであるという噂を、最近になって耳にした。もとより久保山治部も、そうと知っていたら、大友殿に届け出るはずである。しかし承知していなかったばかりに、はるばると鹿児島まで持参してきた。知らなかった自分も、久保山治部も迂潤な話だが、ともに許していただきたい。そのような文面の書状とともに、莫大なみやげものが届けられた。

まだ、戦さをはじめる時機ではなかった。

「石宗、おぬしもこれを読んでみい」

渡された書状を押しいただいて、やがて石宗はいった。

「無事にお返しいただいて、島津修理太夫殿にお礼を申さねばなりますまい」

「おお、両人とも遠路のところを、よくぞ使者してくれた。修理太夫殿には、くれぐれにも、よろしく伝えてくだされ」

そういって別室に退かせ酒を出していると、海上で砲声がとどろいた。

砲声が起ったのは、自室に引き取った宗麟がいつものように、竜の彫りものを施した種子島の手入れをしているときであった。砲声はつづいて、十二発もとどろいた。

「南蛮船だ」

宗麟は銃を置くと、遠目鏡を握って、まるで若者のような敏捷さで高い天守に跳ね上っていった。

遠目鏡の中はいちめんに輝く金いろの波であった。その沖合いに黒い帆を張った南蛮船が浮んでいた。はじめは点のように小さかったその船影は、みるみるうちに大きくなり、やがて黒い翼をひろげた怪鳥が翔るように、金色の海上を真一文字に臼杵の港に近づいてきた。宗麟が飽かず海と帆を眺めていると、白髪の小男がゆっくりと上ってきた。

「お屋形、ご安心でござりましょう。いよいよ入港でござるな」

宗麟は昂奮するときのいつもの癖で、からだ中が燃えるように火照っていた。

「これで、よし。石宗、あの薩州の二人の鷹盗人は、どうする」

「はい」と揖《ゆう》して、いった。「――もう、斬るように命じておきました」

その返辞に満足すると、宗麟は大声をあげて笑った。

「南蛮船が、もう一日おそければ、いのち、のびたものを」

そういって、笑いつづけた。

その二ケ月後の夜である。

月夜、凍るような冬の満月である。

月明の日向街道を、弾丸のように黒い騎馬の影が走っていた。

臼杵から津久見《つくみ》、佐伯を抜け、たちまちのうちに蒲江浦につくと、そこで浦役人の家を叩き起して、馬を預けた。

馬から下りると、子供みたいな背丈けの男である。一と休みする間もない。浦役人に手綱を渡すと、そのまま走り出し、あっと思うまに月明の向うに姿を消してしまった。

「化け物みたいな奴じゃ」

浦役人が眠むい眼をこすって、ぶつくさいっている頃、黒い弾丸はもう明石峠を越えていた。

そのころ、ようやく月が山かげに沈んだ。暗黒の道を走りながら、黒い影がつぶやいた。

「土持弾正めも、街道の普請をしたな」

その道の土はまだ軟らかかった。道路工事をして、まだ日が経っていないようである。

県の北方の街道の修理をするのは、あきらかに臼杵への進撃の用意のためと思われる。ここにも土持弾正親成の反逆心をうかがうことができる、と石宗は走りながら考えた。

県は日向の北端の町である。したがってそこにある土持弾正親成の松尾城は、日向と薩摩に対する、大友方の触角の役目をつとめていた。

ところが大友方であるはずの土持親成からの報告がさいきんになって、しばしば途切れるようになったと思っていると、松尾城は島津に内応しているという噂がながれてきた。

大友攻撃のときには、島津軍を先導して豊後に打ち入る、と約束ができているという噂まである。噂だけの反逆ではない。名山を宗麟の愛鷹だと知りながら、家臣の久保山治部をして島津義久に献じさせたという事実さえあるのだ。

しかも、せがれの相模守が鹿児島に連絡に行っていたのが、この日、帰城するという情報があった。県に急行する石宗の目的は、それの真偽を確めることにあった。

未明までに県に到着して、相模守が帰って来るのを見張るつもりであった。夜明け前に県の町を通り抜けて、路傍の祠の中にひそんだ。ひどい寒さであった。

しかし午を過ぎても相模守らしい一行が通らないので、町にもどって掛け小屋に入った。粥をすすったあとで、なにげない風で、

「この寒さでは、相模様も道中難渋されたことじゃろう」

というと、店の老婆は百姓風の小男の同情に合い槌を打って、

「なんの。薩摩は暖い国じゃけ、それほどの難儀でもあるまい」

と鼻水をすすり上げた。

待っていると、やがて十騎ばかりの騎馬武者が南の方からやってきた。老婆は一行に向って頭を下げて、

「おかえりなんし」

と挨拶した。

一行が通りすぎたあとで、石宗が、

「何日間くらいのご滞在じゃったろうかの」

と老婆にたずねると、

「さて、二十日は経っておろう」

ということであった。

石宗はたちまちに丹生島城に馳せもどると、宗麟に土持父子の逆心を報告した。

県の松尾城を大友軍が攻撃したのは天正六年（一五七八）三月のことであった。佐伯宗天（惟教）、志賀親教、田北紹鉄、田原紹忍（親賢）、吉弘鎮信などを将として、総勢三万余の大軍をもって包囲した。わずかな小城を攻めるのに三万の軍勢を擁したというのは、いかにも大仰だが、これは薩州軍に対する示威のためであった。

城を包んでいるとき、城中から狼煙《のろし》が立つのが望まれた。しかしついに薩軍は現れなかった。

この城攻めは、一日で終った。

その夜、相模守は城中で割腹したし、その父の土持弾正少弼親成は捕えられた。

宗麟の胸中にはすでに南下の志が固まっていた。


天正六年（一五七八）七月二十五日の臼杵の空はあくまで青く晴れわたり、美しい太陽が町に金いろの光りをそそいでいた。

この朝、丹生島城外の海を見わたす小高い丘の中腹にあるノートルダム寺の尖塔から、ながく鐘が鳴りつづいた。やがて南蛮寺の中から黒衣の南蛮僧たちが出てきた。田原親虎の洗礼問題でしばらくシモ教区（肥前地方）の伝道に従っていたカブラル伴天連を先頭に、フロイス、ジョアンの三人がお堂の前にならんだ。この日は全九州の南蛮宗の大黒柱である豊後王の受洗の日である。

やがて城の坂を三十七万石の城主を乗せた駕篭がゆっくりと下ってくる。わずか七人の従士が前後を守っているだけの簡素な一行である。

駕篭が南蛮寺の前で停まると、敬虔な顔の宗麟があらわれ、カブラル伴天連たちに導かれて寺内に入った。

二十二歳のときフランシスコ・ザビエルに会ってから二十七年が経っていた。円い頭に聖水がそそがれて、おくられた霊名はフランシスコである。それはじつに二十七年の間忘れることのなかった聖師の名であった。

カブラルが手をさしのべて、

「お屋形様、おめでとう」

と宗麟の手を握った。

このときが、宗麟の精神が生涯で最も高揚し、光り輝いた瞬間である。同時に、それは豊後王国が音を立てて崩壊する最初の瞬間でもあった。しかしこのときの宗麟はあくまでも楽しげであった。

「師たちよ」

と両手をひろげで、ほほえみかけると、あの幾ぶん甲高い声でいった。

「宗麟は、近く大軍を催して日向に攻め入り、島津勢をたたきつける。これは、ただ先年、日向を追われて八千町の領地を失った伊東家の復讐のためだけではない。

宗麟の考えは、もっと深く、もっと大きい。この世に、南蛮宗の理想とする地上の楽園を築こうというのじゃ。

そこでは、あの丘、この野辺に、金の十字架を塔の上に輝かした南蛮寺が、何軒も、何十軒もならび、寺はオラショを誦する声にみち、美しい讃美歌が町にあふれる。

町には一人の異教徒もない。すべては天主をたたえて信奉人ばかり。法律はポルトガルの国家法で治めるゆえ、罪人は一人もない。一人の殺人者も、一人の盗人もない。みんな楽しく家業に励めばよい。そんな美しい国を日向に作りたい。いや、その理想の国を作るために、軍勢を起そうと決心したのじゃ」

宗麟の顔は夢を見るように恍惚としていた。

かねて伴天連たちから聞かされているポルトガル国は、宗麟の頭の中に金色に輝く理想の王国として、絵のように美しく描かれていたのである。

天主の祭壇の前で、瞳をかがやかして述べる豊後王の肩に伴天連はやさしく手を置いた。

「おお、なんという素晴しい国でしょう。まさに地上の楽園です。その国には、このカブラルも住まわしてください」

「それは、こちらから願うところです。そこは、エサベルも、田原親賢もいない。まったくの奉教人だけの世界です。その国で、われらは何者にもさまたげられることなく、心安らかに、心楽しく、オラショを誦し、すべてを天主に捧げる祈りの生活に入りましょう」

「カブラルも日本布教長として、協力を借しみません」

「お頼いしますぞ。いま考えているところでは、まず三百人の熱心な奉教人と、かられを牧する十二人の伴天連を送りたい」

「わかりました。すばらしい王国ができるでしょう」

「左様、その国には戦さもなく、美しい平和の光りだけが充ちているのです」

宗麟の心は嬰児のように和やかであった。

天主の愛を憧憬するこのときの宗麟には、もはや始祖能直以来、三百八十五年にわたり、二十一代を継承してきた大友家の当主としての武将の面影はなかった。

そこには世の汚れを拒否する純情な宗教者フランシスコ宗麟の敬虔なすがたが静かに立っていた。

丹生島城内で日向進攻の協議が行われたのは、その数日後であった。

重臣会議に先立って、その前日、宗麟は石宗を招いた。

「日州に入ることについて、いかが考えるの」

石宗の顔は暗く、ながく返辞がなかった。しばらくして、ぽつりといった。

「お屋形は、ことし四十九歳になられます」

「それが、どうしたと申すのよ」

「大厄でござる」

「迷信にまようて戦機を逸するのは、武家の道とはいわれぬ。まして、わが南蛮宗の教えには、厄などと申すものはないぞ」

というと宗麟は大きく笑った。

このごろ、いつも暗い顔ばかりを見せている宗麟には、珍しい笑い声であった。大声で腹をかかえて笑った。それは、なにかの漠然とした不安に対して、それを突きのけようとする意思力のようなものが感じられる笑いであった。

石宗は頭を下げると、黙って去った。

城内の樹林から夏の終りの蟬の声が、まるで虚空の叫喚であるかのように鳴きしきっていた。

重臣会議に集ったのは、大友家譜代の部将ばかりである。

吉弘鑑理、斉藤鎮実、田原親賢、田北鎮周、朽網宗歴、吉岡宗歓、志賀道輝などの三十余名の一門、同紋衆をはじめ石宗も列座していた。

その席で宗麟から島津討伐のことが発表されると、一座は沈黙して、暗然たる気分に浸された。その中でわずかに発言したのは斉藤鎮実である。

「島津討伐のこと、お屋形の発議ゆえ、あえて異議を唱えるわけではないが、この戦さには大義名分がないのが残念でござる。伊東三位殿の領分奪還と申すも、大合戦を起すほどの名分には成り申さぬ。しかもいま本国を空けて日向に攻め入れば、毛利元就の嫡孫輝元がその虚をうかがうこと必定と思われ、さらに肥前の竜造寺隆信こそは叛服《はんぷく》常なき男なれば、これまた筑後肥後を狙うて攻め立てること間違いなし。さすれば、わが軍は三方に敵を受けることになり、勝算ははなはだ薄い。いまかかる危険があることを、お屋形は考慮の上で、日向に向われるのでござりましょうか」

この鎮実の危惧は、同時に、諸将の惧《おそ》れでもあった。

それに対して田原親賢がいう。

「斉藤殿の気持はよくわかる。われらとても不安な戦さはできぬ。しかし、筑前立花城には道雪殿があり、岩屋城には紹運殿がある。この御両所があるかぎり、北の毛利も、西の竜造寺も、やすやすとは動けまい。おそらくお屋形も、それを考慮に入れての計画ではござるまいか。これは、ひとつ、お屋形の計画を成就させて上げようではござらぬか」

議論はそれ以上には発展しなかった。

会が果てると、十人ばかりの譜代の将たちは吉弘鑑理の屋敷に集まった。

「いま、むりをして薩州と事を構える必要がどこにあるのか」

「伊東家の復仇《ふっきゅう》という僅かな名目のために、大友家の柱石の武将を多く失わねばならぬとは、なんという無惨なことかのう」

「お屋形は南蛮宗に夢中になって、国が潰れるのもおわかりにならんのじゃ」

「大友家の滅亡は、われらの滅亡よ。この合戦で吉弘家は終りよ」

「いや、吉弘殿だけを滅ぼしはせぬ。わが斉藤鎮実も、この合戦が最後でござるよ」

「いや、よう申された。かく討死と気を揃えた上からは、まず一献参ろうか」

「うれしや、その一言」

と、気の合った同士である。この世の名残りにと、美酒佳肴を揃えた宴となった。

やんや、やんや、と手拍子が鳴って、名残りの宴は毎夜のように賑って、およそ十日十夜あまりもつづいた。

天正六年（一五七八）の夏の入り方から、豊後の一帯は騒然として、声高かに笑いごえを立てる家があるかと思えば、しきりに泣く声の洩れる家があったりして、いかにも物物しかった。

八月に入って秋の風が流れる頃になると、部隊の移動がはじまった。草むらに湧くように鳴く虫の音に送られて、軍勢は旗や幟をひらめかしながら、南へ南へと進んでいった。

府内を中心に集った部隊は、府内から毛井《けい》渡し、宮河内、影の木、坂原峠、三重市場、馬場、旗返《はたがえし》峠、伏野、敷倉を経て、梓峠にかかる。

梓山頂は標高七一一メートルで、やがて豊後、日向の国界とされる二本杉に達する。古書に「九州大難所、歩行上り一里半、下り一里半」とある。日向道は時には人跡を没する深い雑草の谷の底をゆくこともあって、難所のつづきである。

部隊は一団づつ南へ向った。中には南蛮宗に入信した隊長の隊もあった。その隊は白い布地に金糸で十字架の形を刺繍した隊旗を先頭に進めた。通過する道に寺があると、隊長が堂内に踏み入って、仏像を取って来た。それをわざと鉈で割って道に捨てて、踏みつけたりした。

かねて伴天連から、ホトケは邪宗、といいふくめられている連中の仕業であるが、このことは部兵の心を暗くした。

もっとも、そんなワザとらしい振る舞いをする将兵はそれほど多くはなかったが、その南蛮宗徒のいる隊は、どことなく暗く、他の隊から孤立していた。

時には、仏像を打ち割ろうとするのを阻止する兵もあって、味方同士の乱闘になることがあった。

そんなとき、一方の隊が、

「お屋形も、われらと同様の南蛮宗ぞ」

と大声で呼号することがあったが、その隊にも、どことなく暗い孤立感が漂っていた。

行軍部隊は、吉弘鑑理、おなじく鎮信、鎮益、戸次鎮連、おなじく玄珊、鎮良、鎮永、志賀鎮行、田北鎮則、一万田宗慶、清田鎮辰、木村数馬を始めとして一族三十一人、そのほか、斉藤、吉岡、田原、朽網、小佐井、高橋、高山、利光、宗像、怒留湯、大鶴、蒲池、津留原、竹中、佐伯、摂津、坂本、古荘、足達、安東、永松、和田、浅岡を先として重代の士大将、足軽大将百四人、総勢五万余と記録されている。

宗麟本隊の出発は九月五日である。臼杵湾から船隊を組んで出帆した。

宗麟の船はたかだかと大将旗を掲げた。白地に真紅の十字を染め抜き、金糸で縁どりした緞子の旗である。

この日はよく晴れた空に海風がながれていた。宗麟は黒ビロードの服に、黒の南蛮笠をかぶり、船首に立って、出帆の采配を振った。

同船するのは、カブラル伴天連、アルメイダ老修道士、ジョアン修道士、それに新しい妻のユリア芳野である。親衛隊五十艘の軍船に囲まれた大将船は、美しい秋の朝、豊後海を南に向った。

伴天連や妻子を従えて海路を日向に渡った宗麟は、八月十九日、無鹿《むしか》（延岡市）に到着して、その地に本陣を構えた。

田原親賢を軍団長とする四万余騎は本陣を離れて、さらに南下し、九月十八日には、児湯郡の高城《たかじょう》（現木城町）の前面に達した。

このあたりは掌の指のようにシラス台地が突出していて、台地の下は狭い盆地をなしている。高城はそれらの突出台地の上に聳えて、前面の低地に小丸川《おまる》がながれている。

現在では高城台地を越えて、さらに進むと、その奥地に武者小路実篤によって開拓された「日向新しき村」が健在である。

高城を守るは薩軍の勇将として聞こえる城代山田新助有信で、五百の兵をもって籠っていた。

これを四万の大友勢が囲んだという報告に接した城主、島津中書忠長は、当時鹿児島にあったが、使者を田原親賢に向わせた。

「このたびの大友勢の日向入りは、もとより島津に対する忿懣からではござるまい。多分、当家と伊東家との争いによるものであろう。されば、大友宗麟公、直き直きのご出馬とあるからには、当家が占領した伊東領千町を、宗麟公の顔を立ててご返却仕ろう。島津家と大友家とは別段に意趣のある間柄でもないによって、早々に兵を撤していただきたい」

薩摩の使者をひとまず帰らしたあとで、田原親賢は軍評定を開らいた。

「これは実に理に合うた中書殿の申し出であると存ずる。この島津討伐は、いかにも義久殿に遺恨があってのことではない。奪われた伊東領の奪還が目的でござる。その千町歩を返却すると申されるからには、もはや軍勢の名分はない。このことをお屋形に申し上げて、早く撤兵すべきではあるまいか」

この意見に賛成する部将もあったが、臼杵新介鎮次は軍扇で畳を一と打ちして、いった。

「田原殿の仰せは、一応はもっとものようでござるが、かの島津中書の申し出の真意を計った上の意見とは思われぬ。このようなことは、これまでにも種種先例がござるが、これは明らかに、時間かせぎの策略にちがいない。ここから本陣の無鹿まで連絡に往復すれば、五日はかかろう。その間に、島津は義久、義弘、家久などを挙げて、この高城救援に馳せつける算段にちがいない。その手に乗ってたまるか。敵の申し状を考えても見よ。島津は大友の武威を恐れての口上ではない。鎮次はいやでござる。撤兵を考えるよりも、鎮次は討ち死のことを考えとうござるわ」

はげしい戦闘論のために、評定の座は白らけきってしまった。

その沈黙を破って臼杵鎮次は突っ立った。

「欺されたい方は欺され給え。鎮次は正直に戦うだけでござるよ」

そういって評定場を走り去った。

翌日から高城攻撃が始まった。

城際近くまで竹束や板楯を押し並べて、鉄砲を放った。数十倍という包囲軍に対して、わずか五百の篭城軍である。城門を開らいて出撃することもできない島津軍は、崖下まで迫る大友勢に巨石や大木を投げ落して戦った。

丘陵をめぐって近づく攻撃軍は、城際に野草や木の枝を積み上げて、火を放った。猛烈なけむりは風下の城内に流れ入った。逃げまどう城兵を狙って弾丸や箭が飛んだ。

高城は苦戦だが、山田有信の手勢は頑強に抵抗して、陥ちる気配を見せなかった。それどころか、十一月の初めごろには、早くも島津勢の先陣と思われる兵影が高城の近くに出没しはじめたのである。

豊後の大軍が高城に向ったという飛報を得た島津修理太夫義久は、薩摩、大隅両国の中から、十五歳以上、六十歳までの土民、百姓に至るまで、すべての男を徴集して武装させた。

「この一戦に大友勢を叩き潰す。かならず勝つ。勝機は二度あると思うな」

義久を総大将として、弟の兵軍頭義弘、中務少輔家久、図書頭忠長、伊集院忠棟、新納武蔵守、川上美作守、村田越前守、平田美濃守、本田、坂尾、猿渡、魚島、竹内、馬場、津曲、伊勢、鎌田、市来、肝付、桑木、本郷などの諸将のひきいる四万余騎である。

義久は佐土原（宮崎市佐土原町）に本陣を置き、家久はさらに進出して、財部《たからべ》（現在の高鍋町）から、高城の近くに群れる大友勢を睨んだ。

この薩軍来攻の報告は、幾度となく飛馬の伝令によって無鹿に伝えられたが、宗麟はべつにあわてるでもなく。

「田原親賢に任せてある」

というだけで、自身は南蛮寺建設に一心になっていた。

このときの大友宗麟は、もはや豊後の戦国大名ではなく、一個の熱心な宗教者にすぎなかった。戦場にありながら対敵行動を考えるでもなく、まさに法悦に恍惚と浸りきった単なる老信心家にすぎなかった。そしてそれは狂気に等しかった。

島津の大軍が高城近くまで押し寄せてきたことを知ると、田原親賢は諸将に伝えた。

「待ち合戦をしたい。北方の耳川の線まで退いて、島津を迎撃する」

大友勢は一斉に北に向った。

現在、高城の下の小丸川をへだてて前面の台地を宗麟原《そうりんばる》と呼んでいる。四百年の昔、大友軍の陣地だったところと伝えられている。茫茫と野草の乱れる原の中に、古い六地蔵塔がひっそりと立って、粛殺たる風に吹かれているのは、いかにも哀れふかい感じである。


大友勢が耳川の北に布陣したのは、十月二十七日である。

それに対して十一月九日には、島津勢が南岸に陣幕を張った。

耳川というのは、平家の落人伝説が語られる上椎葉の肥後、日向の国境あたりの山山に水源を発し、しだいに塚原川、七ツ山川、十根川、坪谷川などを合せ、尾鈴《おすず》山の北を流れて日向灘にそそぐ日向国第一の大河である。流程二十五里余の間に平地が少く、川岸は多く断崖を成している。

このとき薩州勢の陣屋はいずれも陣幕の端に長さ十尺ばかりの白布を結んでいた。それが山風に吹かれて西から東に向って、なびき流れ、あたかも荘厳な神遊びのように望まれた。

中でも島津義久の本陣のあたりとおぼしい幕舎の上には、巨大な真っ白い神幣が立てられている。

島津勢が布陣した日、一人の武者がその御幣の横に現れて、大声で叫んだ。

「やあ、南蛮宗信者の大友勢よッ。これなる八幡大菩薩の御幣に向って、鉄砲が打てるというのかよッ」

烈しい川瀬のひびきを圧して、破れ鐘のような大声で、二声、三声、呼ばわると、どッと笑い声をあげた。

これは大友勢に少なからぬ打撃を与えた。戦さの幕開きは、たがいの「おらび合戦」である。大声自慢の武者が、味方の自慢をし、敵を罵り嘲って、敵の戦意を削ぐのが目的であるが、この八幡大菩薩の旗印にはさすがの大友軍も、たがいに顔を見合わせるだけで、おらび返しもなく、しおれかえった気配であった。

大友勢前陣部隊の作戦会議では、先陣左翼の部将、佐伯宗天から、

「このような大合戦では、大将の出陣があって然るべきだ。全軍の士気にかかわる」

という意見が出たが、右翼の田北鎮周は、

「宗麟公の御出馬を願うまでもない。わしは明日の合戦では討死するつもりにしておる」

といいだして、二人の争いになった。

会議の席上で石宗は暗然とした。

(このように軍議が乱れては、勝利の見込みはない)

ひとり席を離れて川岸に立つと、ごうごうと鳴る瀬音が、しだいにひろがる夕闇をふるわせていた。

その夜、石宗は田北鎮周の陣地に行った。できることなら無謀な突撃を止めさせようと考えたのである。しかし、すでに陣地では、大篝を燃やして酒樽を据え決死の志をあらわして酒盛りの最中であった。

翌日、夜明けを過ぎた卯の刻の終り(七時)鎮周の田北隊が先陣し、つづいて宗天が進み、佐伯隊

は薩将本郷久盛を討ち取った。

次いで、豊後の諸勢、吉弘、斉藤、臼杵、吉岡などの諸隊が攻め立てた。

大友勢は大挙して耳川を渡り、無二無三の突撃を加えたために、島津勢は財部のあたりまで追いこめられた。壮絶な追撃戦であった。

戦闘の緒戦においては、明らかに大友勢は勝運に恵まれたと見るべきである。しかし、大友勢では佐伯宗天と、田北鎮周という二人の譜代の勇将を失った。

そしてその進撃は財部の手前、小丸川で食いとめられた。高城から山田新助のひきいる薩兵が、後陣を襲う気配を見せ、正面からは島津義久の大軍が逆襲してきたために、大友勢は全軍、再び耳川北岸に退かなければならなかった。

それでもまだ宗麟は無鹿から動かなかった。天主への祈りに明け暮れて、前線の戦況を知ろうともしなかった。たまりかねた斉藤鎮実は伝使を飛ばした。

「一刻でも結構であるによって、至急耳川までお越し下されたし」

「明十三日は、味方、勝利か敗北か、岐路の時なれば、御大将みずから采配給りたし」

オラショを唱えながら宗麟は動かなかった。

「万事は親賢に任かせてある。田原親賢の指揮に従うように」

この伝令の返事をきいたとき、鎮実は吐息をついてたずねた。

「そのとき、お屋形はなにをしてござったか」

「はい、おんみずから、お堂建設の材木を運搬されておられました」

「大友は南蛮宗から滅ぼされる。おん大将が、かようなことでは、戦さに勝てるはずがない。あわれ、あわれ、わが斉藤家も、終りよ」

嘆くこと、しきりであった。

その日の軍議では「明十三日は、辰の刻（八時）渡河」と定められた。

もはや石宗も、軍議の席では一言も発しなかった。

「軍配者殿は、いかがお考えでござろうか」

と意見を求められるが、黙って首をふるだけであった。

その夜はことに冷えた。石宗が斉藤鎮実の陣営に行くと、大将を中心に一座は酒盛りの用意をしていた。

「やあ、石宗殿、よくぞ、ござられた。さあ、一献参ろう」

と瓶子を採ったが、

「やあ、これは冷めたい。明日はめでたく散ろうというのに、冷や酒でもあるまい。酒を煖《あたた》めい」

「しかし戦場には薪もござらぬによって」

と部兵のひとりが頭をかくと、

「ばかな。これを割って、焼け」

と、乗り換えの馬鞍を投げ出した。

「やあ、それはご秘蔵の鞍ではござりませぬか」

「秘蔵も、名作も、命あってのことだ。明日なき討死の身に、秘蔵も、宝もないものよ」

そういって、夜気をふるわせて笑った。

鎮実の笑声は石宗の胸を衝いた。

（鎮突殿は真に死を決してござる）

金漆の蒔絵をほどこした鞍を焼く焔が、川風に吹かれて揺れた。そのとき風の中から横笛の音がながれてきた。静かな美しい調べであった。

鎮実が酒を含みながらいった。

「おお、あれは臼杵越中殿の嫡子、勝太郎統景殿だな。明日の決戦をひかえて、いつに変らぬ風流なことよ」

笛の音は美しかったが、その夜の人びとには、なにか悲しく、心せつなげにひびいた。

「のう、石宗殿、風流も時によりけりで、このような宵には心に沁みすぎるようじゃのう」

「それは鎮実殿の思い過ごしかもしれぬ。月のない夜だが、なんとのう月を仰ぐ心地で、すがすがしさ一入の思いではないか」

そういって石宗は暗い空を見上げた。雲の詰った空は、ただ黒く重かった。

鎮実の声の調子がすこし変った。烈しいが、まるで弟にでもいってやるような温情をたたえていた。

「明日は辰の刻（八時）の出撃じゃ。わが隊は他の隊におくれず、先陣切って進もうぞ。われらは下の瀬を渡ることになっておる。川に向って、一斉に走り出し、川の手前で馬の足並みを早め、その勢いで乗り入れるのだぞ。水に入ったら、手綱をゆるめて馬を泳がせる。この呼吸が大切じゃ。よいの」

といって、酒をガブリとのんで、

「向う岸が近くなれば、必ず敵が向ってくる。しかし雑兵どもに目をくれるな。まっしぐらに上陸して、ただ馳けよ。各人の手柄は無用ぞ。敵の首取ることを思うな。ただ馳けよ。目ざすは義久ぞ。義久を追い、義久に迫り、義久を斃せ。たとえ斉藤隊の全員を失うとも、島津義久を倒しさえすれば、わが大友家は永代、万歳よ。万々歳ぞ」

耳川にすこし風が出てきた。

石宗は陣幕の外に出ると、吉弘隊の方に歩いていった。

翌十一月十三日の朝、まだ夜明けには間のある暗い闇の中で、斉藤鎮実は遠く櫓《ろ》の音をきいた。

「何隊ぞ」

と跳ね起きて、物見を走らせると、上の瀬の渡河を受け持つ吉弘鑑理の隊であった。

「やッ、出し抜かれたぞ。全員起きよ」

と命令すると、前夜から用意してある握り飯を頬ばりながら支度をすませて馬に乗った。

川まで数町の間、喊声をあげて一千余の騎馬兵が一気に馳けると、急流の耳川に水しぶきをあげて飛び入った。

「えいッ」「えいッ」「えいッ」と掛け声をかけながら、川を渡っていった。

その向う岸には、鎗や薙刀をかざして、島津忠長の二千騎が待ち構えていた。

中には急流に押し流される騎馬もあったが、全員決死の隊である。斉藤鎮実を先頭に南岸に跳ね上ると、南軍の刀鎗を猛然とはね返して突進した。

上の瀬のあたりにも、すでに喊声が何度も揚っている。吉弘隊の渡河作戦が成功したのだ。

「鎗が折れるまで、振るって、敵を蹴散らせッ」

「追えッ、追えッ」

返り血を浴びて叫びながら敵中を駆けめぐる鎮実は、すでに悪鬼の形相である。その戦いぶりは端《は》武者《むしや》ではない。

「あれこそ、敵の大将ぞ」

「あやつを打ち殺せ」

と、口ぐちに叫び交しながら、薩兵は鎮実ひとりを目がけて殺到してきた。

見る見るうちに鎮実と斉藤隊との間がひろがった。もうもうと土けむりが立つ。眼もあけられないほどの土ぼこりを浴び、薩兵の重囲《じゆうい》の中で六本の鎗をうけて、斉藤鎮実は落馬した。

斉藤隊につづいて、下の瀬方面の二番備えの志賀、一万田、小佐井の各隊も川を渡る。

さらに三番備えの田北、吉岡の各隊も渡河して、島津中書、新納武蔵の隊に突き入った。

吉弘鑑理の上の瀬方面の二番、三番隊は佐伯、臼杵、戸次、萩野の諸隊である。これは伊集院、祈禱院などの備えに打ち掛った。

大友勢の前線指揮は吉弘鑑理である。豪勇で、しかも沈着な武将であった。攻め太鼓を打って攻撃し、退き鐘を鳴らして退く。この進退をくりかえすこと、八度に及んだ。大友勢四万五千、島津勢四万といわれる大軍の激突である。しかも、この一戦で勝敗を決しようとする徹底の合戦である。容易に雌雄は決まらず、卯の刻（六時）から未の刻（午後四時）まで戦って、寒風の吹きさらす枯野の原は死傷者の呻き声に埋った。

攻めたり、退いたりの合戦だが、やや大友勢が優勢のようであった。

びょうびょうと野を吹く風の中に銅羅が鳴りだした。薩軍の退却の合図である。耳川から二里ばかり南に退いた島津義久は、猿の馬場という所に陣をかまえた。

十一月十四日も早朝から曇り空に暗い風が吹いた。

大友勢の正面軍の総大将は吉弘鑑理、搦め手の大将は田原親賢である。

この日も島津勢は総大将の義久の本陣には、真っ白い大御幣が、風の中に立っていた。その大御幣の本陣をめがけて、吉弘、田北、戸次、佐伯、臼杵などの大友勢の中心部隊が強襲した。

このとき島津義久の本営は入来、山口、伊勢などの三千騎で固められていたのだが、大友勢の猛攻をうけて混乱した。各隊の無二無三の突入のたびに、大御幣が右に左に揺れた。もはや鉄砲や弓ではなく、刀と鎗とが、ますます烈しくなった暴風の中で、鉄の音を発して閃いた。

それまで搦め手隊を指揮していた田原親賢は、ふと左前方を眺めて、ぎょっとした。

いままで、味方の攻撃をうけても、わずかな動きしか示さなかった薩軍の大御幣が、にわかに烈しく移動をはじめたのである。

それは枯れ草の原に敗退をはじめたのだが、運命はその瞬間に、大きな変化をもたらした。荒い風の中に御幣を吹き乱しながら後退しているのを、親賢はあたかも自分の方に攻め寄せて来ているもののように誤認したのである。

なにしろ両軍の主力同士がぶっつかり合った乱戦の中である。遠方から望んでいると、敵味方の区別はほとんどつけがたい。勝敗を決する激戦に田原親賢は血気立ち、逆上していた。

薩軍の大御幣の向う方向を誤認すると、親賢は狼狽して、思わず、大声で叫んだ。

「わあッ、大変じゃッ、退れ、退れ、退却せいッ」

親賢の隊に混乱が起った。

ほとんどが徒歩の兵である。鎗や太刀を打ち振り、打ち下し、血しぶきをあげて倒れる敵の体を踏み、跳ね飛んでいた田原隊の部兵には、なにがなんだかわからなかった。とつぜんの大将の叫喚にびっくりすると、後退する隊旗の移動に肝を冷やした。

無我無中で鎗をふるっている兵には、隊としての勝敗はわからない。むしろ、しだいに後退する薩軍の動きから見て、大友勢が勝っているのではあるまいか、と感じていたのに、にわかの退却命令である。あわてると、算を乱して後退をはじめた。

薩軍にとっては、不可解な大友勢の後退である。しかし島津義久は、その混乱を見逃さなかった。理由は何であれ、大友軍に混乱が起ったことは、天祐ともいうべきである。

「進め、進め、行け、行け、突っ込めッ」

顔を真っ赤にしっ声をからして絶叫すると、先頭を切って、逃げまどう田原隊の中に斬り込んでいった。

敗北は田原親賢の隊からはじまった。田原隊にはもはや恐怖しかなかった。すぐ背後には死の劔が迫っていた。われを忘れて飛びこむ耳川の水は、五体を凍らすように冷たかった。

しかも岸からは薩軍の鉄砲が、容赦もなく弾丸を浴びせかけてきた。ヒュン、ヒュンと箭音もひびいてきた。甲冑の重みで、泳ぎもできない兵は、無情な急流が押し流してしまった。

「ここが浅いぞッ、こっちに来いッ」

と呼ぶ声がするが、そこに行きつくまでに底石に足を滑らせて流される兵もあった。

田原隊からはじまった敗走は、大友勢の全軍にひろがった。

意外な勝利に有頂天になった薩摩兵は、喊声をあげて追撃戦に移った。

耳川合戦は、耳川の下流に近い福瀬と呼ばれるあたりを中心として行われたものと思われる。筆者は先年、耳川の上流から下流、その河口の美々津港までを、耳川に沿ってあるいたことがあるが、ことに北岸のごときは、ほとんどが絶壁をなしていて、平地がなく、とても軍勢が集結できる場所とは考えられなかった。

ただ一ケ所、福瀬のあたりだけは、その南岸にややひらけた草野があった。軍勢が渡河するとしたら、この場所しかあるまいという印象を強くしたものである。

耳川は激流であるから、四百年の間には、流域にかなりの変化があったものと想像されるが、あるいは福瀬の野は、むかしはもっと広濶《こうかつ》であったかもしれない。

大友勢が耳川に追いこまれた頃から、空はますます暗くなった。大合戦ののちには、かならず大雨が降るという。この日も、夕暮れ前、沛然《はいぜん》として雨が降りだした。

雨とともに薩軍の追撃戦は止んだ。

大友勢は多く耳川に追い落されて、無事に渡河できた兵もあったが、溺死もあり、合戦の中で没した者を加えると、二万に近い兵を失ったと伝える史書もある。

大友方の損害はじつに甚大であった。この合戦で、吉弘鑑理、おなじく鎮信、斉藤鎮実、臼井鎮次、おなじく統景、吉岡鎮興、佐伯宗天、惟真、田北鎮周、戸次鎮直、蒲池鑑盛などの重臣はすべて陣没した。

ただこの夕暮れ、しとど降る川ぶちの雨の中で、あたかも姿を消したあるじを探し求めるもののように、声をかぎりに鳴く鳥のさけびは哀れであった。

その鳥は、じつにはっきりと、

「オートモ、カッタ、オートモ、カッタ」

と、くりかえし、くりかえし、河原の岩の上で鳴いていた。

あたりに算を乱して倒れ伏している屍の中には、もちろんのこと、石宗のすがたはなく、以後、あらゆる史書の中からかれの名は消えてしまった。

戦場に降る雨は、敗走する大友宗麟の上にも降っていた。

十三日の午前に、戦場から無鹿に届いた報告は勝利の知らせであった。よろこんだのは宗麟よりもカブラル伴天連であった。

「お屋形様、おめでとう」

と何度も宗麟の手を握って、いまにも自分が戦場に走って行きそうな気配すら示した。

その伝令がしだいに悲報に変り、

「ただいま、田原殿、退却中」

という報告が来たときには、さすがに宗麟は愕然となった。オラショを唱えるどころではなくなった。

そのうち南の方から敗惨の兵がやって来るようになると、あわてて逃亡の支度にかかった。

無鹿の本営は、はげしく動揺した。

いまにも薩摩勢が、敗走する大友軍の後尾に襲いかかって来そうな恐怖にかられると、本営守備隊までが浮き足立ち、しだいに逃走をはじめた。

「敵は耳川を渡って来るぞゥ」

「ぐずぐずしとると、殺られてしまうぞゥ」

前線から敗走してくる汚れくさった兵たちは、口ぐちにわめいて過ぎていった。

宗麟は側臣を司祭館に走らせた。

「前線部隊が潰滅した。すぐに島津勢が来襲するであろう。われらは逃亡の支度をしている。尊師も同行していただきたい」

この宗麟の使者に、カブラル伴天連は断固としていった。

「耳川の陣が破れたといっても、無鹿には、まだ一万の親衛軍がある。これをもって薩摩に最後の一撃をあたえるべきではないか」

カブラルは、その親衛軍さえも、すでに逃亡しつつあるという情勢を知らないのだ。自分の意見をきいて、当然に宗麟は奮起して逆襲するものと信じていた。若い頃軍人だったというカブラルは、多分に戦闘的な気性の人物であった。

いくら待っても伴天連たちが来ないために、宗麟はしかたなしに、妻のユリア芳野の手をとって仮建築の家を出た。数人の者が供をした。すでに夜であった。闇の中を敗残兵が群れをなして北へ向っていた。

宗麟が家を出るころから雨が降りだしていた。

稲妻が闇を裂いて、ぐわっと光ると、敗亡の宗麟の一行の姿を鮮やかに映し出した。

泥濘の道を過ぎてゆく敗残兵から罵声があがった。

「やれ、お屋形も、負け戦になると、みじめなもんじゃのう」

「いまに、あとを追うてくる薩摩から捕えられるじゃろ」

しかし勝利の島津勢は追って来なかった。

島津勢は耳川の線で踏みとどまると、そこで兵を撤して、佐土原と財部の城あたりまで退き、以後はしばらく兵を動かすことはなかった。

カブラルは病人のアルメイダ修道士を馬に乗せて、宗麟のあとを追った。闇の中でも、しきりにあたりに気を配った。もし南蛮人だとわかれば、殺気立って逃げてゆく大友兵のために殺される危険を感じていた。

げんに、敗残兵の中には大声で怒鳴っている者もあった。

「こんなひどいことになったのも、南蛮坊主のせいじゃ。お屋形をだまくらかして、お宮やお寺を焼いたり、ホトケさまを打ち割ったりしたせいぞ。タタリじゃ。タタリじゃぞぅ」

「南蛮坊主を見つけたら、打ち殺してしまえッ」

そんな声が闇夜の道を過ぎていった。

カブラル伴天連は雨の中を敗走してゆく兵たちの眼を恐れた。しかし雨であることが幸いした。馬に乗せた病人のアルメイダに、雨をよけるためにマントをかぶせた。敗残兵の眼からのがれるためでもあった。

明け方ちかくなって、カブラルはやっと胸を撫でおろすことができた。雨のやんだ前方の道ばたに、宗麟の一行を見つけたのである。

近づいたカブラルを見ると、宗麟は走り寄った。

「思いがけない敗戦でした。危険が迫っていたので、先発したことをお許し下さい」

そういって両手を高くのばして、泥濘の路上に跪いた。

それは、もはや五万の将兵を指揮する大将軍のすがたではなかった。カブラルはそんな哀れな男の

仕草をいまいましげに見下して、

「急ぎなさい。島津が追って来ますよ」

しかし島津軍が追撃してはいないことをカブラルは知っていた。肚立ちのあまりに脅かしをいっただけなのである。

女連れの退却は思いのほかに時間を食った。それに年の暮れ近い冬の山野は寒風が吹きすさんだ。からだの弱いユリヤ芳野のごときは、凍った脚を赤く腫らして、歩行するのがやっとの状態だった。惨憺たる逃走であった。宗麟一行が臼杵にかえりついたのは十一月十六日の夕方で、無鹿を出てから三日目であった。

丹生島城にかえった宗麟は、そのまま寝こんでしまった。豊後王は再起できないほど疲れていた。臥床の中で覚めているとも、眠っているともつかぬ瞬間に、夢を見た。すばらしくいい香りが漂っていると思ったら、空中をふわりふわりとたくさんの花が浮遊している。これまで見たこともない可憐な花ばかりである。ああ、これが聖なる天上界か、と思うと、あたりに人気がないのに気づいた。

花の中にいるのは、自分ひとりなのだ。

「おーい。おーい」

と呼ぶと、「はーい」とやさしい声を出して、離縁したはずの志緒利が現れた。

宗麟はふしぎに思った。志緒利というのは、あんな美しい声を出す女ではなかった。あれなら、きっと心も美しい女であるにちがいない。

「芳野と結婚して、すまなんだのう」

というと、美しく、やさしい声で、

「どういたしまして」

というなり、向こうむきになって去ろうとした。

「おい、待て、待て」

というと、振り向いて、にこっと微笑した。

それがまた、すばらしくおだやかで美しかった。

夢からさめると、はげしい悔恨を感じて、御台所の館を訪れたが、志緒利は扉を固く閉ざして顔も見せなかった。

国崩し

天正六年（一五七八）十一月、日向耳川合戦。島津軍のために大友軍大敗す。

同十二年（一五八四）三月二十四日、有明の鷹と異名された肥前の雄、竜造寺隆信、島原沖田畷《おきたなわて》においで有馬晴信、島津家久の連合軍と戦って敗死す。

この日、親衛隊の近臣をことごとく失った隆信は、ひとり農家の庭で床几《しょうぎ》にかけていた。それを発見したのは薩軍の若い部将、川上左京亮である。

「それにおわすは、竜造寺隆信殿と見受けました」

呼びかけると、隆信は無言のままにうなずいた。このとき五十八歳の隆信はむやみと肥え太って、高血圧の気味があった。動作も判断力もにぶく、とっさには、この場の事情が呑みこめなかったようである。

「これは島津義久が家臣、川上左京亮忠堅でござる。御首《みしるし》頂戴つかまつる」

このときも、無言のまま、ゆっくりとうなずいただけである。

川上左京亮が大身の槍を揮って隆信を刺すと、郎党の万膳仲兵衛が馳け寄って首を落した。

翌十三年（一五八五）六月、筑後の各地を転戦していた立花道雪が陣中で発病した。すでに七十歳を超えているが、道雪と高橋紹運とは、いまや急傾斜で凋落しつつある大友軍の花ともいうべき存在であった。

本国豊後では威勢まったく地に堕ちて、旧家臣たちがぞくぞく反旗をひるがえすという悲惨なときにあって、大友の分国というべき筑前をおさえているのも、道雪と紹運の存在によるものであった。

この二人はその部兵をまるで手足のように巧みに動かして、攻めれば必ず陥した。紹運は道雪より三十五歳の年下であったために、まさに実父に対すると同様に道雪を尊敬して、戦場ではいつも同一行動をとった。

このときも両将は高良山の陣営にあったのだが、道雪が病むと、山をくだって赤司の城に入った。赤司は宗麟の命をうけて筑前に赴任する前に、一時道雪が足をとどめた城である。この城で道雪は後妻の仁志子と結婚し、一つぶ種の誾千代《ぎんちよ》をもうけた。思い出の地であった。

病むこと三月。野分が蕭蕭と荒れ野を吹く秋九月、立花道雪は赤司の陣中に卒した。主家では尽忠この上なく、家臣を愛し、無私無欲、戦場ではつねに部兵の先頭に立って突撃した。剛毅果断、まさに蓋世《がいせい》の驍将というべきであった。行年七十三歳。

道雪の死は紹運に大きな嘆きを与えた。「九州治乱記」は書いている。

「盲者の杖を失い、暗夜に灯の消えたる心地なれ。中にも紹運の嘆き大方ならず、生きては行を同じくし。死しては屍を列ねんと思いしことの空しく、心中いかばかりか思われなむ」

道雪の没後、その埋葬について、家臣の意見が二つに分かれた。

道雪は生前、柳川城の攻撃ができなかったことを苦にしていて、自分が死んだら甲冑をつけたまま、柳川の方を向けて、この地に埋めてくれ、といっていた。

それでその遺言を守って、この地に埋葬すべきではないか、という意見があった。

しかし、わが軍がこの地を離れたら、やがて敵軍の烏有に帰するだろう。ご遺骸を敵の足下に踏ませるのは忍びがたい、という説もあって容易に決しがたかったので、高橋紹運に相談すると、

「道雪殿亡きあとは、立花家の当主は、いま立花城にある統虎だ。万事は統虎に相談するがよい」

それで立花城に急使を立てると、即座に返事があった。

「ただちに立花城に送ってもらいたい」

紹運は道雪の遺骸を駕籠に移して、そのまわりを立花家の旗本で固め、由布雪荷や小野和泉などの重臣を先頭に立て、自分が殿軍となって立花城へ向った。

この朝、宝満城のあたりと思われる方向に黒煙が立つのが望まれた。宝満城には紹運の妻の宗雲尼や次男の統増がいる。すぐに物見を派遣すると、それは筑紫広門が、道雪の死を知って、手勢をもって宝満城を襲撃させたものと知れた。

しかし岩屋城から救援隊が急行して、城は奪取されたが、宗雲尼と統増は救出された、ということ

であった。

「卑怯な広門め」

と立腹したが、やがて紹運はその卑怯者と手を結ぶことになるのである。

遺骸を送る一行は、敵地である秋月種実や筑紫広門の領地を通過するのだが、このとき、すこしの邪魔もされなかった。

「鹿児島外史」にある。

「九月、大友の柱礎老将立花鑑連高良山に卒す。まさに五丈原の喪を思わしむ。高橋鎮種柩を護りて筑前に帰る。秋月の兵迎撃せず。島津軍亦追撃せず。名将の喪を哀れみ、その喪に乗ぜざるなり」

立花城では統虎以下の将兵が甲冑の上に喪装して遺骸を迎え、法要があって、立花山城の西南梅ヶ岳に葬った。現在の養老院梅岳寺である。


天正十四年（一五八六）二月、高橋紹運、筑紫広門両家の和成る。

大友家に対して、終始、徹底的に敵対行動をとっている秋月種実は、秋月城のすぐ近くにある岩屋城と争うことの不利を考えて、じぶんの娘と紹運の次子の統増とを結婚させようとした。

このことを知っておどろいたのは筑紫広門である。いま秋月と高橋とが手をつなげば、筑紫は孤立しなければならぬ。広門はあわてて家臣会議を開いた。

「いま、秋月と高橋が婚姻で結ばれれば、必ず両家は合体して、わが城を攻めてくるに違わん」

筑紫広門は沈痛な顔で家臣たちを見まわした。

「この苦境を脱するには、いったい、どうすればよいのじゃ。たれか良策はないか」

広門の苦衷がわかるだけに、一座は寂として声もない。沈黙のまま時が過ぎる。そのとき、その重苦しい沈黙を破って、筑紫家一門の長老、筑紫六左衛門が膝を進めた。

「これは尋常の手段では、この苦境は打開できませぬ。それがしに考えがござるによって、姫をそれがしにお預け下され。姫は美しくもあれば、怜悧でもあられる。どこに出しても恥かしくはない。それどころか、まさに三国一の花嫁御じゃ。それがしは姫の供をして、高橋紹運殿に直接にぶっつかり、紹運殿の御次男、統増殿の嫁にしていただく所存でござる。さすれば当家と高橋家は固く結ばれ、これ以上の幸いはござりませぬ。しかも当家の御簾中と紹運殿の奥方とは、いずれも大友家の剛将斉藤鎮実殿の妹御で、ごきょうだいでござる。この話、きっと喜んで下さるに違いありませぬ」

と説くと、重臣たちは、顔を輝かして、

「これは、ぜひ、六左衛門殿にお願い申すのが一番じゃ」

「されば、もし、紹運殿がご承引ない場合は、その場で姫を刺し、それがしも直ちに追い腹仕る決心でござる。この六左衛門が考え、いかがでござろうかの」

広門は老臣の手をとって、

「よく、それまで決心してくれた。ありがたく、お礼申すぞ」

父から話をきかされたかね姫は、

「お家のためならば」

とすぐに承知した。

いわば政略結婚であるが、戦国の姫はたじろがなかった。六左衛門は、美しく粧った姫と、守役の腰元何人かを連れて、すぐに岩屋城に向った。

紹運はおどろいた。先日までは、宝満城を攻め取ったりしたほどの敵である。その敵の姫が女輿にゆられて、警備兵も連れずに城に来たのである。しかしその用向きをきいて、更にびっくりした。

「はい、事情は、この六左衛門から中し上げます。御当家統増様は、まだ独り身でござりますれば、なにとぞ筑紫家のかね姫をおもらい頂きたく、この婚姻によって両家が結ばるれば、今後は両家の争いは、いっさい解消され、共に手をとり合ってゆくことになります。かならずや当家ご簾中もお喜びのことでござりましょう」

紹運は、おどいている。

つぎには六左衛門の真意を計りかねて思案している。

真に両家の和を結ぶためなのか。なにかの計略ではないのか。紹運は黙ったまま六左衛門の顔を睨んだ。

紹運の疑わしげな眼を見ると、六左衛門は、

「姫、お覚悟めされ」

と呼びかけた。

「はい」

と襦襠《うちかけ》を脱ぐと、下は白装束である。

同時に、六左衛門も脱ぎ、供の女衆も脱いだ。

この連中、死を覚悟している、と知ると、紹運はおどろいた。

「待て、待て」

と制すると、立ち上って、

「かね殿、こちらへござれ」

と姫の手をとって奥の間に案内した。

奥の間では、話の様子で知った紹運の妻が待っていて、

「まあ、ほんに大きくなられた。お年はいくつじゃ」

「はい。十六でございます」

「おお、母上はお達者かの」

などと、かねを慰めてやった。

紹運は表の間にもどると、

「遠路、よくぞ参られた。統増とかね殿との婚姻の話、紹運、承服いたしたぞ。この後は両家の結びを固くして、若い者両人の幸せを考えてやりたいものだ。どうぞ広門殿に、よしなにお伝え下され」

このことはすぐに早馬によって勝尾城に知らされた。

広門一門の者はもとより、城中一同、歓呼の声をあげた。

二人の結婚が行なわれたのは翌天正十四年二月である。統増十五歳、かね姫は二歳年長の十七歳であった。

天正十四年（一五八六）三月、宗麟、臼杵から船で豊後海をわたり、瀬戸内海を経て、大坂に向う。

このころ島津義久の動き活発となり、肥後をおさえ、日向を討ち、しきりに豊後をうかがい出した。

竜造寺隆信を攻殺してからの薩軍にとっては、残る大敵は大友宗麟である。大友勢は各部将が叛旗をひるがえして、いまは取り立てて恐るべき敵ではないが、徹底的に攻めて、その息の根を止めれば、豊後から豊前、筑前などはしぜんにころげこんでくる。

島津としては、いま一歩の押しである。

耳川戦ではほとんど潰滅的な打撃を与えた。しかし宗麟を打ち潰したのではない。宗麟は生きている。これから、いかにして宗麟を打ち破るか。

竜造寺隆信のように攻め殺してしまうか、それとも臣従させて、追い使うか。

宗麟はひしひしと迫ってくる島津の脅威を、身の毛のよだつ思いで感じている。ほとんど裸同然の身の上となった今は、頼るべきは秀吉である。秀吉だけである。

秀吉の喜びそうな土産物を積んだ船で、宗麟は一路大坂へ急いだ。

三月末に臼杵の港を発った宗麟が、泉州の堺についたのは四月五日である。そこの妙国寺を宿所とすると、かねて連絡しておいた堺の豪商たちの手引きによって、翌六日、大坂城に入って天下人秀吉に謁することができた。このとき秀吉五十歳、宗麟は五十六歳であった。

この大坂入りは、宗麟にとって、ことごとく驚きであった。広大な大坂の地におどろき、その繁昌ぶりにおどろき、大坂城の規模の雄大さ、鉄製の城門、まるで川のような広い城堀など、見聞するものすべてに驚嘆した。かつての六国二島の太守も、日本の中央部に出ては、やはり一介の田舎人であった。

秀吉に謁したのは幅九間の座敷三間を開けひろげた大広間で、秀吉はその最上の間に座を占めていた。

その日の秀吉は、肌につけたのは紅の小袖で、その上に唐綾の白小袖を重ねていた。紫や玉虫色の模様を散らした袴をつけ、赤地の金襴《きんらん》の足袋をはくという、まことに華やかないでたちであった。

秀吉の脇から左右にかけては、秀吉の舎弟美濃守秀長、つぎに宇喜田秀家、細川幽斉、長谷川秀一、前田利家、安国寺恵瓊、前田玄以、利休居士などが居ならんだ。

そこで一同酒や食事の接待にあずかったが、つぎに秀吉から案内された三畳ほどの狭い茶室で、またもやおどろかされた。天井や壁、障子の骨に至るまで、すべて黄金で出来ていたし、茶器の類まで黄金作りであった。

秀吉は宗麟に友情を感じたもののようで、老齢の宗麟の手を曳いたり、肩を抱いたりして、天守閣の案内をした。

地階は蔵になっていて、小袖を納めた長櫃が十五、六箱もあったし、上に登るにつれて、鉄砲蔵や大砲蔵もあり、金蔵まで覗かせてくれた。

天守閣から降りると、寝室や衣裳所も見せてくれ、茶壺所では松花、佐保姫、撫子、百島、四十石などという秘蔵の茶壺を見せた。じつにたいへんな好遇であった。

主要な問題の豊後救援については、美濃守秀長と打合せができた。宗麟は上坂することによって、秀吉に臣従を誓ったのである。

宗麟としては、豊後救援について確約ができた秀吉訪問は、一応の成功というべきであったが、その間にも島津義久の北部九州攻略の手は、休むことなく進行していた。

宗麟上坂の年、天正十四年の正月、義久は大友討滅の策を立てて、麾下の部将に示した。すなわち、義久は肥後八代にあって、全軍を督し、東路軍として日向から豊後に向う軍を島津家久、西路軍として肥後から筑後、筑前を討って、東路軍と会する軍を島津義弘という軍略であった。

西部軍の大将島津義弘は、その北上に先立って、秋月種実、筑紫広門、竜造寺政家の三氏から質人を求めようとした。薩将の伊集院忠棟の説得をうけて、秋月と竜造寺からはそれぞれ質人を出したが、筑紫広門だけはその要求に応じなかった。

広門はすでに大友麾下の高橋紹運と結盟していた。

「わが勝尾城は渺《びょう》たる小城ではあるが、いつでも薩摩殿のお相手仕る所存でござる」

と伊集院忠棟からの使者に対して、城将広門は心意気を示した。

これまで、大友に付いたり、竜造寺に従ったり、毛利と結んだり、戦国乱世の時代にも珍らしいといわれるくらいに叛服常なく、表裏定らぬ男とされていたのだが、岩屋城に娘を送りこんでからの筑紫広門は、志操にゆらぐところがなかった。

「いつでもござれ」

と尻をまくった形であった。

小癪な、と島津勢は思ったにちがいない。大軍を送って筑紫広門の支城、朝日山城を攻め、さらに本城の勝尾城と枝城の鷹取城を攻撃した。

薩軍は島津義久の従弟の忠長を初め、伊集院忠棟、新納忠元、北郷讃岐守、鎌田出雲守、川上左京亮などの率いる二万余の軍勢である。勝尾城の麓一帯の民家や広門の居館などを焼き払うと、一隊は鷹取城を攻め、本隊は勝尾城に向った。

広門の拠る勝尾城も、その弟の晴門が守る鷹取城もともに山城である。ことに勝尾城は峻嶮な山岳の頂上にあったが、剽悍《ひょうかん》な薩摩兵は猿のようによじ登っていった。

勝尾、鷹取の両城の間を河幅半町あまりの牛原川（別名に岸田川）がながれている。山に近い川で、清流である。

標高四百メートルの山頂にある勝尾城をめがけて、喊声をあげて攻めのぼる島津勢に向って、山上の城から巨石や大木をころがり落した。遠くの敵には弓や鉄砲を射かけた。

欝蒼と樹木の繁る山間に、銃声と喊声と絶叫がひびいた。

しかし水の手を押さえられた勝尾城は、ながい籠城はできなかった。城門を開らいて討って出ること、六度。初期戦でいくらかの戦果をあげた筑紫方は、しだいに戦死者を出して、島備後、友清左馬太夫、小河伊豆守、黒岩隼人、権藤帯刀、土肥出雲などという名だたる勇士を失った。

鷹取城でも、やがて城門を開らいて突出した。守将の筑紫晴門は身の丈六尺に近い巨漢である。馬上に鎗を揮って群がり寄る敵を突き伏せながら、しだいに味方から離れていった。

気がつくと牛原川の水際に馬をとどめていた。

さらに気がつくと、対岸に三騎の騎馬武者が立って此方を睨んでいて、それは明らかに薩摩勢と知れた。

晴門はしずかに馬を進めて、牛原川を渡っていった。

晴門を睨んでいた藩摩方の三騎は、水際から後退した。晴門を待って一戦を交える構えである。

このあたり、急流だが、それほど深い川ではない。水しぶきを上げて、岸に跳ねあがった晴門に向って、二騎の薩兵が鎗を構えた。

そのとき、

「退け、退け、おもしろい。相手になってやる」

と大声で二騎を制して進み寄った騎馬武者の精悍な顔には、愉快そうな笑いが浮かんでいた。それが鷹取城攻撃軍の部将の一人、川上左京亮忠堅であった。

「手出しをするな、一騎討ちぞ」

と部下の二騎を退けると、左京亮は大太刀を揮って、晴門を迎え撃った。

一昨年には島原で驍将竜造寺隆信を討ち取ったほどの武者である。充分な自信があった。しかも相手は若い。その自信と驕りの隙間をめがけて、晴門の鎗がきらめいた。同時に二頭の馬がぶっつかると、二人は組み合ったまま落馬した。

晴門は若いだけに俊敏だった。どっと落ちた刹那、脇差で敵の脇腹を刺すと、その力をゆるめずに、えぐりにえぐった。しかしその力もしだいに弱まっていった。晴門もまた同様に脇腹をえぐられていたのである。

その光景を見ると、おどろいて左京亮の部兵が馳けつけてきた。晴門の髪をつかむと、仰向けに引き倒して首を落した。争闘のはげしい音が止むと、あたりはしいんと静かになり、にわかに川音が聞こえてきた。

両将がともに戦死したのは牛原川（現在の河内《ごうち》川）の川ぶちである。現在はそこに「槍突き岩」と呼ばれる高さ六尺ほどの巨岩があって、その上部に「天正十四年七月六日、筑紫晴門、川上左京亮、戦死之所」と彫りこんである。

晴門はその場で即死したが、左京亮の方は重傷の身を、薩軍本部の肥後八代まで舟で送られて、そこで落命したという。このとき晴門十七歳、左京亮は二十九歳であった。

七月十日、まったく抵抗力を失った筑紫広門は、城門を開らいて島津方に降伏した。

戦闘が全く終った日、島津義弘は近くの寺の僧を招いて、敵味方の戦死者を弔う供養を営んだ。

薩軍の次ぎの攻撃目標は岩屋城であり、立花城である。この刻刻と迫まる危機を岩屋城の高橋紹運は、大坂の秀吉に訴えて、その救援を懇請した。

勝尾城を屠った島津勢は一転して筑前南部に進出した。勝尾城など問題でなく、紹運の岩屋城こそ、本来の攻撃目標である。

七月十二日から十三日にかけて薩軍は、宝満城と岩屋城を囲んだ。日向、肥後、筑後、肥前、筑前、豊前六ケ国の軍兵五万と称された。これに対して、岩屋、宝満、立花の三城を合せても三千に足らぬ小勢であった。

薩軍五万の軍兵は、甘木街道の弥永付近（朝倉郡筑前町）を中心として、筑山、国分、坂本、二日市、針摺、天山、鞭掛、吉木、阿志岐、大石、本導寺、横岳観世音寺、太宰府、宇美口などの村村に陣取った。

筑前の南西部、肥前に接した平野部から宝満山、四王寺山にかけては、薩摩の軍旗や動員された諸部隊の幟、戦旗、指物《さしもの》の類が夏の風にひるがえって、いかにも物物しかった。わずか三千の兵の拠る端城をつぶすのに、五万の大軍をもって押し寄せるとは、いかに島津軍が高橋紹運の戦力を怖れ、警戒したかということである。

この大軍を岩屋城の高楼から望見した紹運は、まさに男子の本懐として、心中、快哉をさけんだことであろう。

敵軍がまだ前面に現れない以前、紹運は、食糧、武器、弾薬などを岩屋城に運びこんで、籠城の準備をした。

岩屋城はもともとが宝満城の支城である。したがって、その施設にしても宝満ほど整備されていない。家臣たちの中には、

「籠城はいといませぬが、籠るとすれば、宝満城の方が要害の地です。岩屋から宝満に移って戦うべきではありますまいか」

と進言する者があったが、

「いや、紹運は岩屋城のあるじよ。されば岩屋の紹運として散りたい」

と笑って取り合わなかった。

岩屋城は太宰府の町を見おろす四王寺山の中腹にある山城だが、宝満の端城とはいいながら、守備範囲がひろいために、数百人の城兵では、到底守りきれない。それを承知の上で、紹運は将兵を集めて説いた。

「今、敵の来襲を前にして、宝満に移れという者がある。しかしこの大軍の敵を眼前にしては、宝満にしても、この岩屋にしても、到底ながく支えられるものでないことは、たれの眼にも明らかである。ただ、われらは義のために死にたい。九州に名家とうたわれた菊池、少弐の跡も今はない。大友家の衰えも、時の流れだ。大友家と死生を共にと盟《ちか》った当家も、すでに絶える時が来たのであろう。宝満に籠城しても、死ぬときは死ぬ。死を恐れるな。死生のことよりも、義の道に生きることを考えてくれ。男子として死生よりも大切なものは、義の道をつらぬくことだ。大友主家のために潔く散るという義の道だ。

宝満には統増をやり、老幼婦女子、病人などを送り入れよう。紹運は最後までお前たちとこの城に留まり、秀吉公の援軍が到着するまで守り抜こう。もし関白殿の来援が間に合わぬときは、全士玉と砕け散るのみだ。解ってくれ。ただし、どうしても城を出たい者は、遠慮は要らぬ。今ならまだ間に合う。下山してもよいぞ」

まさに不退転の決意である。そしてだれ一人として城を出てゆく兵はなかった。

七月八日には、立花城から老臣の十時摂津が、使者として岩屋城にやって来て統虎のことばを伝えた。

「父上は岩屋城で決戦される意志を固められているようですが、地の利も悪いし、兵力も少い。早く宝満に移って下さい。もし宝満が駄目なら、至急わたしの立花城においでて下さい。父上とともに戦うのは、勝敗のいかんに拘らず、統虎の本懐とする処です」

このように主君は仰せられています、と摂津が伝えると、紹運はにっこりと笑顔を見せて、

「統虎のいうことは、よく判っておる。しかし、いまわが城の兵が宝満の城兵と合体したところで、よく戦えるものではない。戦いに大切な人の和が得られないからだ。また、われが立花城に移るのも、良策ではない。岩屋城が単独で戦えば、おそらくは十四、五日は支えられるだろうし、敵兵三千人を殺すことは難事ではあるまい。三千の兵力を失っては薩摩も打撃であろう。さらに立花城に向かえば、これは名城だから、攻め落すには二十日以上はかかるだろう。両城で合わせて三十日以上もがんばれば、必ず関白勢がやって来る。されば両城の中、一城は運を開くことができるのだ。このことを、よ

く統虎に聞かせてくれ」

十時摂津は顔を上げることができなかった。

感涙で濡れた顔のまま馬にまたがって、立花城にかえっていった。

父の決意を知ると統虎も暗然として涙に暮れた。すると家臣の一人が、

「岩屋の大殿が、左様仰せられたからには、お心を変えられることもありますまい。この上は兵糧を送って、少しでもご助勢申したいものです」

「おお、よく申してくれた」と統虎はいう。「しかし兵糧も大事だが、いまは一人でも戦力を必要とするときではあるまいか」

すると言下にこたえる将があった。

「殿ッ。その小荷駄《こにだ》運送、それがしに命じてくだされ。吉田左京、お願い申します」

小荷駄輸送隊は再びは立花城へはもどれないだろう。いわば岩屋城救援という決死隊なのである。

すると、また一人が膝を進めた。

「殿、それがしも岩屋城にやらせて下さいッ。岩屋には、それがしの弟めも詰めておりますればッ」

それがきっかけで、われもわれもと百人ばかりが名乗りを上げた。

その中から岩屋に殊に縁のある屈強の士、二十余人を選んで岩屋へ向わせた。

紹運はよろこんで、

「ありがたいことだ。しかし頂戴するのは兵糧だけでよい。岩屋も大事だが、立花城も大事だ。岩

屋はわれらで死守するゆえ、立花の衆はすぐに立花山にもどり、懸命になって立花城の守りを固めてもらいたい」

その紹運のことばに、吉田左京は涙を流して、

「われらは、ことごとく、みずから願って岩屋に参った者です。それを、どうして、今さら立花へ帰ることができましょう。お許しなくば、一同、この場で腹かきさばくだけです」

顔面蒼白になって真情を吐露する烈しさに、紹運は胸を打たれた。

「そうか。わかった。お礼を申すぞ。では、いっしょに死んでいただこう」

そういうと、

「たのむぞ」「たのむぞ」

と一人ひとりの手を握ってまわった。

七月十日には岩屋城では城中に祭壇を設けて、戦勝祈願をした。烏帽子、直垂に身をあらためた紹運は、将兵を集めて宝満の神霊に願文を奉った。

岩屋城の将兵は、立花城からの助勢の士を加えて、七百六十三人である。数日後に迫る敵襲にたいして一致結束した。

岩屋城の守備は、防戦の態勢である。

本城の追手、虚空蔵台に、福田民部を将として五十余人。

虚空蔵台南の大手城門に、伊藤惣右衛門以下七十人。

虚空蔵台西南の城戸に、屋山中務以下百余人。

風呂谷の砦、土岐大隅以下。

東松本の砦、伊藤八郎以下八十人。

秋月押さえの持ち口、高橋越前以下五十余人。

水の半上砦、村上刑部以下二十七人。

百貫島より西北山城戸にかけて三原紹心等八十余人。

山城戸に、弓削了意以下七十人。

二重の櫓は、萩尾麟可、同大学以下五十人と、立花城からの援軍、吉田左京等二十余人。

紹運本陣、旗本兵百五十余人。

七月十二日、炎天の下をぞくぞくと岩屋山麓に集結してきた薩州勢は、一人の禅僧を紹運のもとに送った。

「このたびの薩州出陣は、筑紫広門の裏切り行為を責めるためであって、貴殿とは関係ないことでござる。ただ宝満山城は、筑紫が攻め取った城であるのに、貴殿の子息の統増殿が篭っておるが、これは早急に返却していただきたい。これが実行されれば、わが軍はすぐに引き揚げる。しかし、なお敵対されるにおいては、薩摩の大軍はただちに岩屋、宝満の両城を攻め潰すつもりでござる」

荘厳寺快心という僧侶は、恫喝の快弁を揮ったが、紹運は顔色も変えなかった。

「宝満、岩屋、立花の三城は、かつては大友の城であったが、大友も高橋も立花も関白秀吉公の家人となったいまは、われらの勝手には出来申さぬ。強いてと申されるならば、お相手申すことに異存はござらぬが、ただ、義を忘れた秋月、竜造寺とは違い、少々手ごわいことだけは覚悟召されるがよろしかろう」

というのが紹運の返辞であった。

島津軍の総攻撃は七月十四日の午後から始まった。岩屋城攻撃軍の指揮官の島津忠長の陣舎から鳴りだした軍貝の音を合図に、四王寺山をゆるがすような喊声があがった。

竹束や皮楯を前面に立てて「エイサ」「コイサ」と登ってゆく。その島津軍の軍兵をめがけて銃弾がするどく飛んだ。

城塀に手をかけるほどに接近した敵に対しては、巨石が投げ落された。悲鳴があがり、

「用心せい〝右翼を衝け〞みんな用心して、右へ行け」

と山麓から必死に叫びかける声がするが、銃声や岩のころがる地ひびきの中では、ほとんど聞こえない。

城門近くまで攻め登った者はいない。城内からの射撃は正確を極めて、ほとんど無駄玉がない。射撃の名手を揃えての防戦である。

攻城兵は七月の太陽の下で血しぶきを上げて絶命していった。よじ登る兵は兜はかぶっているが、胴丸もはずした軽装である。灼けつくような炎熱の中で、攻防戦は夜のとばりが降りるまでつづいた。

翌十五日の攻撃は、朝十時から始まった。猛攻である。ぐずぐずしていて、秀吉軍が海峡を渡って

は一大事だ、という焦りのために、伊集院忠棟は弾丸の中に飛び出していった。

「こんな小城を陥さんとあっては、島津の名折れぞ。踏み破れ。踏み潰してしまえッ」

と怒鳴ったが、高橋紹運の用兵の妙には、かなわなかった。

薩軍が新ら手を繰り出して攻め寄せれば、城兵もまた配置をかえて、鉄砲を持った。しばらく休むと、また鉄砲をかかえた。

城門まで攻め寄せた敵と、刀鎗の戦いを交えることも、しだいに回数を増してきた。そのころから城兵に疲労の色が濃くなった。

血戦をくりかえすこと十日余り、攻撃軍は二十二日に城の外郭を陥す作戦を立てていたが、その日は朝から雷を伴った豪雨であった。攻城軍も膝を没するほどのぬかるみ雨に閉口して陣舎にひっこんでしまった。

二十三日の虚空蔵台攻撃は、それが最も重要な大手口であるために激烈をきわめた。この台地の守将の屋山中務は、かねては城代家老として城兵を指揮する豪将である。みずから鉄砲をかかえて射ちまくるかと思うと、こんどは守兵に命じて、積み上げてある大木や岩のたぐいを投げ落した。

寄せ手の兵は頭を打ち砕かれたり、腕を折られたり、中には圧し潰される兵もあって、薩軍は混乱した。一気に攻略するほどのおびただしい軍勢で押しかけながら、十数日を経た。

二十四日の午頃、それまで猛烈をきわめていた島津軍の攻撃が、ぴたりと止んだ。同時に、一人の騎馬武者が岩屋城の城門近くまで登っていった。

薩摩勢が矢留めをした中を、一騎だけが登ってくるのを望むと、紹運も防戦の銃火を止めさせた。

騎馬武者は城門の前まで近付くと、馬からおりて、大声で呼ばわった。よく透る声である。

「これは島津の軍使、新納蔵人と申す武者にて候、岩屋城主、高橋紹運殿に物な申さん」

すると、城門横の櫓に一人の武者が現れた。

「それがしは高橋紹運殿が家臣にて、麻生外記と申す者でござる。何用か、主人に代って、お聞き申そう」

「されば申そう。このたびの合戦、大軍を迎えての紹運殿の戦い、まことに天晴れなものと感銘仕ってござる」

しかし紹運ほどの名将が、どうして邪教南蛮宗を信奉する大友宗麟殿に忠誠を尽すのか。大友家は天理に逆いたために滅亡寸前の状態ではないか。それに反して、わが島津家は政道正しく信義を重んずる家柄である。いままでの勇戦奮闘によって大友家への義も立った。

「これ以上の合戦は、双方とも軍兵のいのちを損じ、人の世の悲しみを増すばかりでござる。いま島津へ降れば、城中一同のいのちを助け、所領安堵を、島津義久公の名においてお誓い申すでござろう。この旨、紹運殿へ、しかとお伝え下されましょう」

この誘いに対して、櫓の上の麻生外記は毅然としていった。

「これは新納殿のおことばとも覚えず、かかることを紹運殿に申し伝えるまでもござらぬ。生死栄枯を憂えるは武者の道ではない。源平の昔より、斯波、細川、畠山、山名、一色、吉良、今川、大内、上杉、武田、千葉、土岐、佐々木、宇都宮、朝倉、尼子、菊池以下の大家名家はことごとく跡を絶ったではござらぬか。島津殿とて、この十年以前までは根占《ねじめ》、肝属《きもつき》、北郷、などの勢と合戦して、その一郡だに治め兼ねしにはあらざるか。いま、そっと世に出られたりとて、広言ばしされな。いまに関白殿下の御威光の前にひれ伏すこと、眼に見えたり、島津殿の栄えも槿花《きんか》一朝《いっちょう》の夢。武者たる者、守るべき第一は、仁義の道ぞ。いのち借しくて、当城に籠る者は一人も居り申さず。この旨、よくよく義久殿にお伝え下されいッ」

外記と名乗る武者の態度は、いかにも堂堂としていた。とても守城の一部将などとは思われない。と、すれば、あれこそは高橋紹運その人ではなかったか。攻城軍のたれもが、そう思った。

翌日、さらにもう一人が降伏勧告に城にやって来た。先日も現れた荘厳寺快心という島津軍の陣中僧である。しかしこれに対しても、紹運は礼をあつくして謝絶した。

それまで、一部の城兵は、もしかしたら島津との和平が成立するのではないかと思い、そのことを熱望する兵もあったが、紹運の断固としたきびしい姿勢によって、絶望すると、そのときから「死」への固い結束がうまれた。

薩軍最後の総攻撃がはじまったのは七月二十七日の午前六時である。

まだ薄暗い、夜明け前のかわたれ刻から崖下にへばりついていた攻撃の兵たちは、突入の軍貝がひびくと同時に、いっせいに喊声をあげた。

ドン、ドン、ドンと薩軍の各部隊から攻め太鼓が鳴る中を、すさまじい掛け声をかけて、岩屋城の崖をよじのぼる兵たちは、まるで砂糖山に群がる黒蟻のように望まれた。

連日の猛攻を浴びた山の城は、すでにかなりに烈しく食い込まれていて、三の砦、二の砦と後退しながら、小人数で、文字通りの死守をつづけている。

「大将島津図書頭忠長、城門を破り、自ら鎗を取り先登にすすみ、奮戦して柄を折る。城兵機に乗じて忠長を斬らんとす。永野長助来り援い、宮原伯耆守、山元助六、森勘七、宮崎土佐助ら戦死して忠長全きを得たり」

と古書にあるのは、このときの戦況である。

島津軍団の総指揮官も乱戦の渦中に捲きこまれるほどの、彼我相い討つ激闘であった。

しかし城兵がいかに善戦するとはいいながら、雲霞のごとき攻城軍は、あとからあとからと、まるで大地から湧き出るもののように、斬っても撃っても、兵の数は減らなかった。

午後一時過ぎには、まず虚空蔵台辰己砦が破られ、福田民部以下全員討死。つづいて南門も乱闘の中で一歩も退かずと斬りむすんだが、圧倒的な敵襲をうけて、この砦も全員戦死。

西南の城戸を守る屋山中務のひきいる百余人も、他の砦と前後して陥落し、僅かな残兵は鎗を杖にして本丸に引き揚げていった。

城将紹運は折り重って倒れている城兵の間を馳けめぐって、まだ息のある者には、薬を与えたり、乏しい水を呑ませてやったりして、

「ようやってくれた。お礼を申すぞ」

と最後の激励をした。

もう動かなくなった兵には、叮寧《ていねい》に念仏を唱えてやった。

血刃を杖によろばいながら本丸に入ってくる兵には肩を貸して、

「みごとな働きじゃった。ようやった。もうすぐ、みんなで浄土にゆくぞ。それまで待ってくれや」

と元気付けながら詰めの丸まで連れていった。

その間にも敵の攻め太鼓は鳴り、彼我の陣営から銃声が山にひびき、はげしい谺となって響いた。

その銃声がしだいに低くなった頃、

「三原紹心殿戦死ッ」

「土岐大隅殿戦死」

と各砦から悲報がつづいた。

中でも弓削平内は射術の名手だったが、百発百中の弓も矢種が尽きると、太刀を咽喉にあてて塁壁の上から逆さに落ちていった。

詰めの丸は本丸ともいう。詰めの丸には詰めの櫓《やぐら》がある。

その櫓の前に、いずれも全身に負傷した城兵が息もたえだえに円陣をつくって、かがみこんでいる。

折から、その詰めの丸の広場を晩夏の熱い太陽が照りつけていたが、にわかに、さっと黒い影が地上に現れた。黒雲がはげしく動きはじめたのである。

返り血もあろうし、自身の血もあるだろう、胴丸もぼろぼろにちぎれて、下着は血でまっ赤に染っている。乱髪のそんな血だらけの将兵が、折れた槍や刀を杖にして、よろよろと詰めの丸に現れると、残兵の円陣の方に歩み寄ってゆく。

そんな兵の一人を、

「こやつッ、まだ逃ぐるつもりかッ」

と叱咤して追ってきた薩兵があった。

やっとの思いで円陣の群れに近付いた血染めの武者を、追ってきた薩兵が、無惨に手槍で突き殺してしまった。

すると、遠くの櫓の横手で少年の声が上った。

「あッ、父上ッ、父上ッ」

走り出そうとするのを母親が必死になって抱き止めている。薩兵から突かれた武者の子である。子は母の手を振り払って広場に飛び出した。母親は手に残った子の片袖を握ったまま茫然と突っ立っていた。

少年は父を突いた薩兵に、大声で叫んで斬りかかっていった。それをまた薩兵は無慈悲に一と突きで斃してしまった。すると、そのとき、一人の薩軍の武者が、

「この人でなしめッ」

と叫んで、無造作にその薩兵を殴り倒した。

紹運が櫓の中から出てきたときには、詰めの丸の塁壁のあたりは、すでに薩兵が群れていた。

その広場の中央に近い櫓の前で、紹運は城兵に向って深く頭を下げた。

「よう頑張ってくれた。お礼を申すぞ。さらば、共に称名念仏申そうかのう」というと、一声大きく「なむあみだぶつ」と唱えた。

それに和して、城兵の間から称名の声が起きると、いずれもゆっくりと具足を解いた。

念仏は城兵だけでなく、取り巻いている敵軍も、いっせいに称えだした。しだいに大きくひろがる黒雲の下、敵味方の大念仏の合唱の中で、紹運は割腹した。介錯は側臣の吉野左京である。時に紹運三十九歳。

六十余人の自決が終ると、あたかもそれを弔うかのように轟然として雨が降りだした。閃閃と稲妻が光り、まるで暗い天を乱打するようにはげしい雷鳴が起った。

紹運の辞世は「流れての末の世遠く埋れぬ名をや岩屋の苔の下水」

この合戦で紹運以下の城兵七百六十三人が玉砕したが、薩摩勢も戦死三千人、手負千五百人を出した。

いま、四王寺山の岩屋城跡には「嗚呼壮絶岩屋城址」と深く彫られた石碑が建てられている。

岩屋城の陥落は七月二十七日である。

翌二十八日、島津忠長によって紹運の首実検がおこなわれると、つづいて近くの秋月から仏心寺の茂林和尚を招いて、薩軍による敵味方戦死者供養のための大法要が営まれ、忠長が焼香追悼した。忠長は島津義久の従弟である。

難攻の末に岩屋城は陥ちたとはいえ、秀吉軍の九州進攻は目捷《もくしょう》の間《かん》に迫っている。いまは次の目標である立花城攻めを急がねばならない。島津の大軍は休む間もなく立花城へ向った。

その攻撃を前にして降伏勧告使を送ることは、岩屋城の場合と同様である。筑後の星野鎮胤を立花城に送った。しかし実父高橋紹運の大義の死を目前にした立花統虎が、おめおめ降伏するはずがなかった。

勧告は二度三度と行なわれたが統虎は、きびしく退けた。このとき、のちの宗茂、立花統虎は二十歳であった。

開城勧告を行う半面では、薩軍はぞくぞく立花山の近くに集結をはじめた。立花村に近い香椎に進んだ星野鎮胤の隊は香椎宮に乱入すると、火を放った。

二百十日前後の嵐は、火に火を重ねて荒れ狂い、本殿、拝殿、大門、廻廊、楼門、宝殿をはじめとして、隣接している社家などまで焼け失せてしまった。

さらに薩軍の一部は宗像の鎮国寺にも乱入しようとした。しかしこれは貞虎という役僧の弓勢に恐れて、逃げ去ってしまった。

立花城を遠巻きにしたまま、薩軍はいたずらに日を過ごしている感じである。岩屋城の血闘は思いのほかに烈しい打撃を、薩軍に与えたもののようであった。

力攻すれば、抜けるであろう。しかし岩屋城のような小城でさえ二十日間近くの日数を要し、四千人にのぼる死傷者を出している。岩屋城よりもさらに大きく、篭城兵も多い立花城を、果して秀吉軍の到着前に攻略することが可能か、どうか、という悩みもあった。

しかしもはや躊躇することはできなかった。総攻撃を八月十八日と決めた。すると、同時に立花城に歓声が挙った。小倉城まで派遣していた立花城の物見の兵が馳せもどってきたのである。

「秀吉軍の先鋒として、小早川、吉川、黒田の三部隊、海峡を渡って、豊前門司の浜に、十七日着岸、ぞくぞく小倉城に集結中」

立花城では、この情報を包囲軍に流した。薩軍としては、いまは十八日の総攻めどころではなくなった。

「装備の新らしい関白の軍勢が、浜街道を西に向っておるというぞ」

虚実混ぜ合いの情報が飛び交う中で、島津忠長は全軍に撤退を命じた。

薩軍は八月二十四日、博多の町に火を放って退却していった。かっては大内家の貿易港として栄えた博多は、美しい秋の青い空にむけて、赤い火焔とまっ黒い煙を噴き上げた。

敵が博多から南へ向けて退却中と知ると、立花統虎は、

「追撃せよ。岩屋城の仇ぞ。手をゆるめるな」

と命じて、みずから追尾隊の先頭に立った。

退却する薩軍の後尾を襲いながら、筑後川まで追撃して軍を返した。殺傷すること、数百。

帰路に二日市の町をすぎる頃、右手に岩屋城があらわれると、統虎は軽甲を脱いで瞑目合掌した。そのそばに薦野増時が馬を寄せていった。

「岩屋のお屋形は偉い大将でごわした。仰せられたとおりに、関白の軍勢が、間に合い申した」

増時のいうとおりであった。

岩屋城の奮戦のために、時間を失った薩軍は立花城攻撃をあきらめて去った。西部戦線では薩軍は欺計をもって、立花統虎の母と弟の統増とを捕虜にしたほか、さしたる戦果もあげることができなかった。

薩軍の東部方面軍二万余の軍勢を統べる大将は、義久の末弟家久で、天正十二年（一五八四）の島原合戦にも島津勢を率いて出陣し、竜造寺隆信を敗死させた猛将である。

このとき豊後南部地方では、すでに宗麟に昔日の威風なく、国境を越えて島津軍が侵入してくると、ほとんどの武将が大友を裏切って島津に内通した。

宇目《うめ》の朝日岳城の柴田紹安をはじめ、大友家の重臣志賀道益、朽網宗歴などから、戸次鎮連、一万田紹伝、柴田等竜、井上主税、久土知大蔵、稗田上総介、臼杵兵部などの有力な武将が反旗をひるがえして島津軍に従った。

しかしそれらのほかに、なお宗麟の軍を離れずに薩州勢と戦う城将もあった。佐伯栂牟礼《とがむれ》城の佐伯惟定はさんざんに薩軍と戦って、ついに城を守り通した。

さらに竹田の岡城では志賀太郎親次が善戦して、島津軍を撃退してしまった。

玖珠《くす》郡の角牟礼《つのむれ》城を攻撃したのは島津軍の新納忠光の六千余の軍勢だが、これも落すことができなかった。元来、この城は、古く鎮西八郎為朝が築いたといわれている。岩壁は屏風をめぐらしたように高く聳えて、嶮岨《けんそ》であった。その大岩壁が城壁をなしていたのである。とても尋常な攻撃では潰れる城ではなかった。

ただ府内方面は混乱した。関白秀吉軍の先遣部隊として四国から到着した長曾我部元親と仙石秀久の連合軍六千余が、戸次川（大野川中流）で一万八千余の島津軍と戦って敗北した。長曾我部元親の嫡男、二十二歳の信親は、群がる敵の中に攻め入って悲惨な最期をとげた。

この勝ちに乗じた薩軍が府内の町に乱入したのである。

戸次川の戦闘で勝利を得た島津軍は、時を措かず府内に向けて進撃した。

府内の大友軍は混乱した。義統は宗麟の長男であり、今は大友家第二十二代を相続している。その義統が狼狽したのであるから、府内は収拾できない闇黒の状態に堕ちてしまった。

義統は手兵に護られて、ひとまず高崎山の頂きにある山城まで遁れた。

しかしそこも籠城するには、なお不安があったので、さらに北上して、豊前の竜王城に向かった。宇佐郡安心院《あじむ》の村にある竜王城は、田原親賢の居城である。宗像掃部介、吉弘嘉兵衛、田北統辰、臼杵統元、大津留鎮益などの手兵四千余が従った。

この兵員がつぎの決戦に動員される正規軍と見るべきだが、もはや落日間近かく寥寥たる戦闘態勢であった。

義統が去ったのちの府内は、島津軍の蹂躙にまかせられた。宗麟がながい間に築いてきた西国一のキリシタン都市は、縦横に猛り走る狼の群れによって踏み荒らされ、各所から放火による火焔があがった。

ことに南蛮宗関係の建物は、むざんに掠奪され、破壊された。薩軍は喊声をあげて駈けまわった。どこまで駈けても、抵抗するものはなかった。無人の荒野であった。

府内の次ぎは臼杵である。義統の府内と、宗麟の臼杵の二つの町さえ、叩き潰せば、大友の息の根は絶えるのだ。たれもがそう考えた。

そのとき宗麟は臼杵から峠を一つ越えた南の津久見で、病床に臥していた。

秀吉に救いを求めるために大坂に行ったのが、そもそも無理であった。腺病質のからだは、若いころからしばしば発熱していた。あのときも津久見の館で病臥していたのを、むりをして大坂に向ったのだった。

大坂城を秀吉から案内されたときも、天守閣の登り降りでヘトヘトになった。

秀吉が、いたわって、

「くたびれたろう」

といったときには、返辞もできないほどであった。

やがて千利休がたてた一服の茶によって息を吹き返えしたが、全身、びっしょりと冷や汗をかいていたものだ。

大坂からもどってくると、すぐに津久見の別館に入ったが、そこで病室に臥したまま、起き上ることができなかった。

うとうとしながら、うわごとのように、つぶやいた。

「関白が来てくれる」とか。

「島津めは、大筒一発で潰してくれる」とか。

ときには、海風のながれる部屋で、

「おお、道雪に、茶をたてて、進ぜよう。苦労かけるのう。おお、そうか、紹運も、死んだのう」

夢うつつの中のひとりごとであった。

津久見は海沿いの村である。人口は二千余人。宗麟がこの村に隠棲したときは、自分で一軒一軒の家を訪れて、南蛮宗に転宗するように説いてまわった。

日向の無鹿で失敗した宗教都市の夢を、この海辺の村で成功させたかったようである。しかし病弱のからだでは、そんなことも無理であった。

うわごとをいわないときは、ただ昏昏と眠り呆けた。

そんな宗麟に障子の外から声をかけた。はじめは遠慮じみた声であったが、しだいに大きくなった。

「お屋形、一大事でござります」

それが近習頭の瀬古右馬之介の声だと知ると、はっきりと眼がさめた。

「なにごとじゃ」

弱々しい声である。

「島津の軍勢が、臼杵をめざして、やって来よるという飛馬でござります」

しばらくして、返事があった。

「追い返せ。町に入れるな」

「はい」

「道雪も、紹運も、おらん。わしが行く」

右馬之介はびっくりした。思わず障子を開けると、宗麟は立っていた。

頬は削ぎ落したようにくぼみ、憔悴しきった顔は発熱して、ぽっと紅いろがさしている。

「右馬之介、馬ぞ。用意せい」

この死色を呈しているようなからだで、五里の山坂を越えて臼杵に行こうというのであろうか。

右馬之介から知らされて、すぐに妻の芳野がやって来た。

「臼杵にゆく。仕度ぞ」

びっくりした顔で突っ立ったが、とどめようとはしない。主人の気性をのみこんだ柔順さで、すぐに侍女たちを集めると、宗麟の旅仕度を整えた。

十一月中旬といえば、南の津久見にもすでに初冬の風がながれている。その海風の中を瀬古右馬之介の騎馬が先導して、さらに二十騎ばかりから守られた宗麟の駕篭が、臼杵の丹生島城に向っていった。

丹生島城に入ると、すぐに仮小屋が建築された。板屋根の家が城内の広場いっぱいに建つと、宗麟は城下から城外にかけての老若男女を収容した。農民、商人、工人など、数千人が入城すると、すぐに食糧が心配になったが、これは城外のノートルダム寺院の備蓄米百俵をかつぎこむことで、問題はなくなった。

宗麟は病気を忘れたように馳けまわった。暫くの間も休まなかった。久しぶりの城将であった。耳川戦のときも前線に出ずにオラショを誦してばかりいたのが、いまはその南蛮宗も忘れてしまったかのように、城の中で軍兵の配置を命令するかと思うと、城外に馳け出して、南蛮寺の神父たちに指図を与えたりした。

津久見から丹生島城に移ってきて、わずか五日間ばかりで、宗麟はげっそりとやつれ果てた。床から離れているときは、あちこちを飛びあるいて戦闘準備をした。薩軍の進撃が思いのほかに急迫していないために、手抜かりなく準備ができた。

臼杵の町を見おろす城壁の上に、日頃は人を近付けない倉庫があった。

杖を突いて城内の広場をあるく宗麟のすがたは、見るからに弱弱しく、かつては六国二島の太守と称した名誉の武将とは、とても考えられもしない、一個老残の廃人とも見られる淋しさであった。

その老残の人が、城の隅の櫓の横手にひっそりと建っている小さな倉庫に近寄ると、

「権左」

と呼んだ。吹き抜けるような声である。

すると、その低い声をはっきりと聞き取った人があった。

「はい。古宮権左でございます」

しゃがれた声で返事をして、倉庫の扉がギギーッと軋んで開いた。

顔の右半分しかない男である。左半分の顔は、火薬操作の際にしくじって吹き飛んだのだが、大筒を使わせては、この人物に及ぶ者はないといわれる古宮権左衛門であった。まだ四十歳そこそこだが、残っている頭髪は白ろかった。

「もうすぐ来るじゃろう。きょうあたり、出して、狙いをつけておいた方が、よくはないかの」

「やれ、ありがたや。国崩しも、さぞよろこぶことでございましょう」

というと、小屋の方を向いて「出すぞ」

中から現れたのは三人の足軽からかかえられた一門のポルトガル砲で、次いで、さらにもう一門がかつぎ出された。都合、二門で、ともに宗麟がポルトガル船から買い入れて「国崩し」と命名した大筒である。

二門とも臼杵の町の方を向けて据えられると、宗麟は、その黒光りする砲身を、パシン、パシンとたたいて、

「たのむぞ」

といった。

それは生きている者に訴えるような、せつない声であった。

側に従っている右馬之介が、

「みごとな石火矢でございます。何町くらい飛ぶのでしょうか」

「まだ飛ばせたことはないが、もうすぐわかる。早う島津家久に会いたいものよのう」

というと、ヨロヨロとした。

「お屋形、危いッ」

おどろいた右馬之介が、倒れそうになった宗麟の体を支えた。細い骨だけのような痩せさらばえた体であった。

島津勢が臼杵の町に現れたのは十二月五日である。裏切り部隊の柴田紹安の隊を先頭に立てて、府内の攻撃からまわってきた島津家久の二千の隊が、臼杵川を渡って町に入ってきた。

丹生島城は三面が絶壁の島の上にある。ただ臼杵の町に通じる一方だけが陸つづきになっている。それもわずか二三人がならんで通れる程度の狭い道である。

侵入軍は臼杵に入ると、まず喊声をあげて南蛮寺を襲撃した。ことにノートルダム寺院は、宗麟が精魂をそそいで建てただけに、外観も内部もゼンチョ(異教徒)も眼を見張るほどに善美を尽していた。金銀で飾られた祭儀用の品は、ほとんど城中に運びこんであったが、それでも幾らかの品が残っているのを奪い合ったり、さむい、寒い、といっては器物を毀して、堂内で燃やした。

一隊は部将に率いられて、丹生島城を攻めた。三方が絶壁で一方しか通じていない狭い道を、口ぐちに罵りながら登っていった。それは城内から見れば、じつにありがたい標的であった。弓でも鉄砲でも、上から発射さえすれば、必ず命中した。むだ矢、むだ玉がなかった。坂道をのぼる攻城軍は、たちまちに崩れてしまった。

悲鳴をあげて、ころがり落ちていった。

そのときも宗麟は病床にあった。ひどい寝汗になやまされながら、遠くに来襲軍の喚声をきいた。それは城の向うの豊後灘からひびいてくる海鳴りのようでもあり、むかし戦場できいた人馬のとどろきのようにもあった。

障子の外で右馬之介の声がした。

「ご心配なさるほどのことはありませぬが、ただいま来襲の島津勢を、登り口で撃退しております」

「よし。すぐ行く。御台所を呼べッ」

宗麟は起き上った。

芳野が小走りに部屋に入った。白絹の寝間着の上に手早く物具をつけた。

「右馬之介、行こうぞ」

外に出ると、大股で歩きだした。痩せさらばえた宗麟の顔は蒼白であった。それがまるで健康な男のような足どりで歩き出したのである。

「権左ッ」

声に応じて、はいッ、と権左衛門が返辞をした。

「いっちょう、やるか」

黒光りするフランキ砲の照準の中にノートルダム寺院があった。その南蛮寺は島津軍の前線指揮所になっているらしく、中には百人ばかりの兵がいるし、武者らしい髭面がしきりに出入りしていた。

「やりましょう。けんど、あの南蛮寺をやるんですか」

「よい、よい。あんなお寺は、あとでなんぼでも造っちゃる。あれを撃ち潰しさえすれあ、何百人も薩州が吹き飛ぶぞ。やれッ」

宗麟の命令をうけて古宮権左衛門は、一貫目玉の上に小玉を二斤だけ詰めると、

「よいしょッ」

とかけごえを掛けて「国崩し」の発射縄を曳いた。

敵味方ともに魂がけしとぶほどの轟然たる砲声である。しかもその砲煙の向うに、うわあ、と悲鳴があがると、ノートルダム寺院の中から負傷した薩摩兵が何十人もヨロヨロと出てきて、ばたりと倒れ伏した。

その崖下の光景をじっと見つめていた宗麟は、とつぜん、跳ね上った。

「や、やったぞッ。撃てッ、撃てッ」

権左衛門は、また一貫目玉に、こんどは小玉を三斤ほども入れると、にやッと笑って発射縄を曳いた。

ふたたび、轟然たる砲声と、濛濛たる砲煙である。

その砲煙の彼方で、白いお堂と、金いろの十字架を光らせていた尖塔の下に押しつぶされた薩兵の屍がころがっていた。

「うおッ。やったッ。やったぞッ」

眼を吊り上げて宗麟がヨロヨロしながら、それでも両腕をぐるぐる廻して、叫ぶ。

「勝ったッ。勝ったぞッ。もう一つゆけ、権左ッ」

「よおし。こんどは、川ぶちの南蛮寺じゃッ」

「南蛮寺でも、日本寺でも構わん。早う、やれッ」

「よしきた」

と一貫目玉に、小玉三升を詰めて、発射した。

このたびは南蛮寺に命中しないで、川端の大きな樟を二つに射ち折った。

すると、城内から女の声が起こった。

「やったッ、やったッ、南蛮寺が吹き飛んだ。これで豊後は安泰ぞ、大友一門安泰ぞ……」

節《ふし》をつけて、歌っている。歌いながら踊っている。御台所の志緒利である。

老いても志緒利は美しかった。志緒利は宗麟を見て、ゲラゲラ笑いだした。踊りながら、笑いながら、去っていった。

宗麟は「国崩し」の発射をやめなかった。

すさまじい砲声で肝をつぶした敵は、散乱する小弾丸に頭や胸や腰などを射抜かれて斃れた。

「射て、射て」

と、どなりつづける宗麟は、耐えきれないほどの孤独の寂しさに襲われると、思わず、ホロッと一滴の涙を落した。

「お屋形、もう家に入りましょう」

妻の芳野が側に立っていた。

「そうしよう。この敵を、早く追い払うて、津久見の館にもどりたいのう」

「はい。お屋形は、いつもお忙し過ぎるのです。これからは、すこし、ゆっくりして下さいましな」

冬の夕日をうけて、二人の影が長くのびていた。

薩軍は三日後に囲みを解いて去った。宗麟が卒去したのは、その翌年、天正十五年（一五八七）五月六日で、島津義久が秀光に降る二日前であった。ときに五十八歳。

（完）

解説

北九州市立文学館　館長　今川英子

本書は、戦国時代から安土桃山時代の豊後（現・大分県）を中心に九州六か国を支配した大名・大友《おお》義鎮《ともよししげ》（法号宗麟、洗礼名ドン・フランシスコ）の一代記である。

義鎮が新太郎と名乗った青少年期、南蛮船、鉄砲との出会いからはじまる。「二階崩れ」といわれる家督相続に伴う家中騒動を経て、義鎮は大友家の二十一代目の当主となり、キリスト教を保護し、布教を許可。その後、周防長門の大名・大内氏の滅亡、安芸の毛利元就や肥前の竜造寺隆信との地縁、謀略で複雑につながる戦いや政治が描かれ、やがて大友家は版図を拡大、薩摩の島津家と九州を二分する勢力となる。

初出は「夕刊フクニチ」一九八〇（昭和五十五）年七月一日から十二月三十一日まで連載（全一八〇回）。挿絵は田部光子。

著者の劉寒吉（本名・濱田陸一）は、一九〇六（明治三十九）年九月十八日、小倉市魚町五〇番地

（現・北九州市小倉北区魚町二―四―二一）に、父・濱田源治、母・マツの長男として生まれた。生家の濱田屋は旧小倉藩小笠原公の砂糖御用達商人であった。劉には父母や家族をモデルとした「寝太郎餅」「父の靴」「三寒四温」の小説があり、父の死後は遺句集『柳かぜ』を刊行している。

天神島尋常小学校に入学。四年生の時編入してきた岩下俊作と出会い、岩下の家の二階が友人たちのたまり場となり、立川文庫や雑誌「日本少年」など互いに持ち寄って読みふけった。同校の二年上には阿南哲朗、二年下には松本清張がいた。その後、小倉高等小学校に入学、岩下の部屋での読書会は続き、「もう立川文庫からは卒業していて、押川春浪の武侠小説とか黒川涙香の翻案小説とかが仲間の愛読書になっていた」（劉寒吉「昔ばなし」）。

小倉市立小倉商業学校に進学。在学中から文芸活動をはじめ仲間と「梧桐」を発行、卒業後は岩下らとともに「公孫樹」「稜体発光」などの同人誌を発行した。さらに小倉を中心とした青年たちによる文化団体「白夜会」に参加する。ここから交流が広がり、詩誌「とらんしっと」を発行、十七号からは火野葦平も加わる。周囲には斬新な表紙を描く青柳喜兵衛、ロシア文学者の中山省三郎、星野順一、中村勉（中村哲の父）、久留米で「文学会議」を出していた矢野朗がいた。

一九三八（昭和十三）年、「とらんしっと」を含めた五誌が合併して第二期「九州文学」が創刊される。劉は創刊の話し合いから参加し、戦後もいち早く岩下らと「九州文学」を再興した。その復刊号（一九四六・一）の編集後記に、劉は、「文学に自由がきた。自由。なんという美しくなつかしい言葉であろうか。眼かくしと鞭の音から解放された文学は今こそ本然の無門の大道に立った」と書い

ている。「九州文学」は一九五八（昭和三十三）年、経営難に陥り、東京の出版社に発行所を移す案がでて、火野たち同人の大半が賛成したが、劉一人が反対して九州での発行を守り通した。その後、劉は責任を担い同年九月号から一九八三年十二月、四六四号で休刊するまでの二十五年間、七十七歳まで、「九州文学」の大黒柱として同誌を支えた。現在第八期を数え、今なお刊行が続いているのは劉の功績が大きい。

作家としての劉は当初、詩を書いていたが、火野葦平の第六回芥川賞受賞（一九三八年三月）を契機に小説を書きはじめ、翌年四月には、小説「魑魅跳梁」が雑誌「改造」の懸賞で佳作入選する。その後、「翁」（「九州文学」一九四三・五）が芥川賞候補となり、「十時大尉」（文芸読物・一九四三・十）、「風雪」（「九州文学」一九五五・三―四）が直木賞候補となるなど、その筆力は高く評価された。

そのほかにも、幕末の小倉藩の勇将・島村志津摩を主人公に長州藩との戦いを描いた『山河の賦』や、小倉の教育振興に尽くした教育者・杉山貞を書いた『以呂波読本』、歌人の宗不旱を追った『阿蘇外輪山』や、『天草四郎』『黒田騒動』『竜造寺党戦記』など、九州に題材をとった歴史小説を数多く発表した。

また随筆には、『片すみの椅子』『わが一期一会』、九州各地の文化遺産をみて歩き、その魅力を再発見した『九州芸術風土記』がある。

一方、劉は地域の文化振興に力を尽くした。福岡県文化財専門委員、小倉市の文化財調査委員長であり、森鷗外生誕一〇〇年の一九六二年二月、森鷗外展を開催するとともに、文学碑を建立。北九州市合併後は市立美術館、旧歴史博物館、市立中央図書館の設立準備に関わるとともに、鍛冶町の森鷗外旧居の保存に尽力し、顕彰活動のために「北九州森鷗外記念会」を結成した。その活動は現在も当時のままに脈々と引き継がれている。その他、小倉城の復元、火野葦平の文学碑建立の推進、市史編纂の提唱など幅広く貢献するとともに、柳川市では北原白秋生家の保存にも貢献し、一九七七年には西日本文化賞を受賞した。

書は独特の風格があり、興がわくと自作の短歌や俳句を色紙に書き、同人の単行本の題字や石碑などにも揮毫した。また短文の名手で、火野葦平文学碑の追悼文や岩下俊作・無法松の碑文などを記している。

表に立つことを嫌い、常に「片すみの椅子」を好んだ人柄は、「劉先生」と尊敬され、仲間からは「劉さん」と慕われた。

一九八六年十二月、『劉寒吉自選作品集』を刊行、翌年四月二十日、心不全のために永眠。享年七十九であった。

劉　寒吉（りゅう・かんきち）
明治 39（1906）年、福岡県小倉市に生まれる。小説家。本名濱田陸一（はまだりくいち）。第二期『九州文学』の結成に参加し、第五期の休刊号まで同誌を支えた。
昭和 18 年「翁」が芥川賞候補、「十時大尉」が直木賞候補となる。昭和 30 年「風雪」直木賞候補。北九州市立美術館、旧歴史博物館、市立中央図書館の設立に携わる。また森鷗外旧居の保存や火野葦平らの文学碑の建立など、北九州の文化振興に尽力した。
著書『天草四郎』（宝文館 1958 年）、『竜造寺党戦記』（人物往来社 1971 年）、『長崎歴史散歩』（創元社 1972 年）他多数。
昭和 61（1986）年逝去。

西国《さいごく》の獅子《しし》

■

2024 年 5 月 1 日　第 1 刷発行

■

著者　劉　寒吉

発行者　杉本　雅子

発行所　有限会社海鳥社

〒 812-0023　福岡市博多区奈良屋町 13 番 4 号

電話 092（272）0120　FAX092（272）0121

http://www.kaichosha-f.co.jp

印刷・製本　大村印刷株式会社

ISBN978-4-86656-162-2

［定価は表紙カバーに表示］